LYCIA BARROS
JANAINA VIEIRA
LAURA CONRADO

Shakespeare e elas

Clássicos do grande bardo reescritos por elas

2ª REIMPRESSÃO

autêntica

Copyright © 2014 Autêntica Editora
Copyright © 2014 Lycia Barros, Janaina Vieira e Laura Conrado

Todos os direitos reservados pela Autêntica Editora.
Nenhuma parte desta publicação poderá ser reproduzida,
seja por meios mecânicos, eletrônicos, seja via cópia
xerográfica, sem a autorização prévia da Editora.

EDIÇÃO GERAL
Sonia Junqueira

REVISÃO
Aline Sobreira
Lúcia Assumpção

PROJETO GRÁFICO E DIAGRAMAÇÃO
Diogo Droschi

Dados Internacionais de Catalogação na Publicação (CIP)
(Câmara Brasileira do Livro, SP, Brasil)

Barros, Lycia
   Shakespeare e elas : Clássicos do grande bardo reescritos
por elas / Lycia Barros, Janaina Vieira, Laura Conrado. -- 1. ed.
2. reimp. -- Belo Horizonte : Autêntica Editora, 2020.

   ISBN 978-85-8217-331-2

   1. Literatura juvenil I. Vieira, Janaina. II. Conrado, Laura.
III. Título.

14-01010   CDD-028.5

Índices para catálogo sistemático:
1. Literatura juvenil 028.5

Belo Horizonte
Rua Carlos Turner, 420
Silveira . 31140-520
Belo Horizonte . MG
Tel.: (55 31) 3465 4500

São Paulo
Av. Paulista, 2.073, Conjunto Nacional
Horsa I . 23º andar . Conj. 2310-2312
Cerqueira César . 01311-940 . São Paulo . SP
Tel.: (55 11) 3034 4468

www.grupoautentica.com.br

7. Sobre este livro

9. Otelo, o mouro de Veneza

107. Sonho de uma noite de verão

179. Romeu e Julieta

251. O autor...

253. ...e elas

Sobre este livro

"Será que podemos fazer isso?"
Esta foi a primeira pergunta que fizemos a nós mesmas quando tomamos a corajosa (e assustadora) decisão de escrever este livro. Em seguida, depois de interessantes e criativos debates a respeito do assunto e do pavor inicial com relação à imensa responsabilidade que tínhamos em mãos, pensamos: *"Por que não?"*. E aqui está, para você, caro leitor, o resultado do nosso trabalho.

Shakespeare é Shakespeare, e sempre será. Sua obra é eterna, há praticamente 400 anos vem atravessando o tempo, encantando, alegrando e emocionando plateias e leitores ao redor de todo o mundo. Contudo, apesar de todo esse brilho e fama, suas obras foram escritas em outra época, quando os valores, a vida cotidiana, as relações e a linguagem eram completamente diferentes da realidade do nosso mundo moderno. Por causa disso, fora dos círculos acadêmicos, dificilmente seus textos originais são efetivamente lidos pelo público em geral. No entanto, a carga emocional que cada história traz em si mesma é tão forte e tão atual que pode ser encontrada e reconhecida em praticamente qualquer lugar. Pode acontecer a qualquer momento, na vida real, com outros nomes e em outros cenários, pois a natureza humana ainda é a mesma, tão repleta de ambiguidades, grandezas, alegrias, tristezas, heroísmo e perdição.

Então, com o objetivo de aproximar o grande bardo do leitor comum e do público jovem, apresentamos aqui as nossas versões de algumas de suas peças, uma comédia e duas tragédias. Não temos, porém, qualquer intenção de teorizar, explicar, desdobrar ou destrinchar questões acadêmicas a respeito de sua obra. Bem diferente disso, queremos apenas trazer para a modernidade e para o tempo atual algumas das tramas que, graças a sua genialidade, foram tão maravilhosamente escritas. Desse modo, o leitor de hoje poderá mergulhar na leitura e compreender, em detalhes, o que efetivamente aconteceu com esses personagens inesquecíveis em cada uma dessas histórias.

Boa leitura!

As autoras

Otelo, o mouro de Veneza

William Shakespeare * Adaptação de *Janaina Vieira*

A história original...

Em *Otelo, o mouro de Veneza*, Shakespeare conta a trágica história de Otelo, general mouro que, por seu valor e bravura, conquista a confiança do Doge, o dirigente máximo e primeiro magistrado da república de Veneza.

Quando Otelo promove Cássio — jovem soldado florentino — ao posto de tenente, tal decisão provoca a fúria de seu alferes, Iago, que sempre acreditou que as promoções jamais deveriam ser obtidas por conta das amizades e sim pelos meios tradicionais, respeitando-se a hierarquia. Por causa disso, e também devido à imensa inveja que sente de Otelo, Iago começa a tramar com o objetivo de destruir a vida dele.

Unindo-se a Rodrigo, Iago logo encontra um modo de contar a Brabâncio, rico senador de Veneza, que sua filha, a bela e gentil Desdêmona, tem relações amorosas com Otelo e com ele fugiu da casa paterna, despertando assim a ira do senador. Porém, contrariando os objetivos maldosos de Iago, Brabâncio se convence da sinceridade do amor entre Otelo e sua filha e aceita o casamento. Ao perceber que seu plano falhou, Iago decide lançar mão de artifícios bem mais perigosos. Mais do que nunca fingindo grande fidelidade a Otelo, começa a insuflar-lhe ciúme, levando-o a acreditar que Desdêmona o trai com Cássio. Hábil, dissimulado e intuitivamente conhecedor das emoções humanas, Iago sabe que, de todos os tormentos que afligem a alma, o ciúme é o mais intolerável, incontrolável e perigoso, conduzindo Otelo, passo a passo, rumo à própria destruição.

A história nos dias de hoje...

Personagens

ORIGINAL	ADAPTAÇÃO
O doge de Veneza	**Túlio,** o CEO da GB Engenharia
Brabâncio, o senador	**Bernardo,** o senador, amigo de Túlio
Graciano, irmão de Brabâncio	**Guilherme,** irmão de Bernardo
Ludovico, parente de Brabâncio	**Luís Eduardo,** sobrinho de Bernardo
Otelo, mouro nobre a serviço da República de Veneza	**Otelo,** diretor de Marketing Internacional a serviço da empresa, gestor
Cássio, seu tenente	**Carlos,** seu assistente
Iago, seu alferes	**Tiago,** executivo
Rodrigo, fidalgo veneziano	**Ronaldo,** executivo
Montano, governador de Chipre antes de Otelo	**Maurício,** ocupava antes o cargo de Otelo
Bobo, criado de Otelo	**Bobó,** faxineiro da empresa
Desdêmona, filha de Brabâncio e esposa de Otelo	**Diana,** filha de Bernardo, estagiária na empresa e namorada de Otelo
Emília, esposa de Iago	**Eliane,** amante de Tiago
Bianca, amante de Cássio	**Betânia,** amante de Carlos
Marinheiros, oficiais, gentis-homens, mensageiros, músicos, arautos, criados	**Executivos, garçons, estagiários, policiais**

ATO I

*Permita o céu que nosso amor e nossa felicidade
cresçam como os dias que ainda temos de vida.*

Diante da imensa janela, Otelo contemplava o mar azul, que se estendia a perder de vista, unindo-se ao céu claro e limpo daquele fim de tarde na cidade do Rio de Janeiro. Cidade verdadeiramente maravilhosa, aquela! Uma das mais belas, sem dúvida, e ele se sentia grato por estar ali, livre e feliz, deleitando-se com a visão das águas salgadas que se alastravam languidamente diante dos prédios e de todos que passavam nas ruas. As mais belas águas do mundo. Nunca antes observara de modo tão completo a beleza do Rio, a cidade mágica, misteriosa e apaixonante, que encantava a todos, fossem nativos ou turistas de passagem. A visão daquele paraíso, que curiosamente se formara em meio ao mar e às montanhas, era realmente de tirar o fôlego, mas somente agora ele conseguia perceber sua magia por inteiro. E se entregava a esse sentimento com alegria, pois aquela era também a cidade do amor. Que predispunha ao amor. Que embalava o amor. Que dava vida aos amantes e os acalentava.

Sim, ele era um homem feliz! E tal felicidade tinha somente um nome: Diana. Ao pensar nela, sorriu. Ele jamais poderia ter imaginado que alguém como Diana pudesse realmente existir, e muito menos que pudesse tê-lo notado. E menos ainda que pudesse tê-lo amado desde o primeiro momento. Desde que a vira – lembrava-se ainda da emoção desconhecida e avassaladora que sentira naquele instante –, soubera que sua vida não seria mais a mesma. Haveria sempre o *antes* e o *depois*. Antes, sua vida era boa, sim, mas era incompleta. Ao vê-la, ele rapidamente descobriu que nada mais faria sentido se ela não estivesse ao seu lado.

Porém, esses sentimentos eram muito conflitantes, e ele se lembrava de ter perdido o fôlego várias vezes em questão de poucos minutos. A emoção lhe dizia: "Esta é a mulher da sua vida, para sempre", enquanto a razão gritava em seus ouvidos: "Está louco? Ela jamais olhará para você! Ela é jovem demais, é linda demais para estar ao seu lado. Pardo!".

Haviam se encontrado em um dos longos corredores da empresa. Passava um pouco de 6 horas da tarde, ela carregava uma pilha de papéis e caminhava depressa, com uma expressão séria no rosto, demonstrando preocupação. Ele tinha acabado de sair de sua sala e, ao vê-la, ainda de longe, caminhando rapidamente e olhando para os lados, imediatamente sentiu seu coração bater descompassadamente e se assustou. Ora... certamente era apenas mais uma estagiária, uma entre as dezenas que caminhavam pela GB Engenharia o tempo todo. Mas, ao mesmo tempo, ele não conseguia controlar as batidas do próprio coração e parou onde estava. Esperando-a. Sim, esperando-a, tinha de confessar, embora ao mesmo tempo lhe parecesse uma atitude completamente absurda.

Diana diminuiu o passo à medida que se aproximava do final do corredor, sempre olhando os números das salas e as placas em cada uma das portas. Por fim, parou diante da porta da sala dele, "meu Deus..." E o olhou, corando de imediato quando seus olhos se encontraram pela primeira vez.

– Er... é aqui a sala... do senhor Otelo? – ela balbuciou, confusa.

Ele respirou fundo, controlando ao máximo o surpreendente e inesperado nervosismo que o tomou. Sabia que, sendo alto como era, estava ocultando a placa com seu nome, colada à porta.

– Sim, é aqui mesmo. Você... quer falar com ele?

Ela olhou para os lados, parecia desconfortável.

– É, eu preciso entregar esses relatórios e...

– Quem enviou... por favor? – Ele sentia uma necessidade premente de esticar o assunto. Na verdade, pouco lhe importava quem havia mandado aquele monte de papéis!

– Ah... foi a... Elizabeth... Elizabeth... – Diana subitamente esqueceu o sobrenome da pessoa, tão nervosa estava. Tanto quanto ele, sentira a mais estranha das emoções ao vê-lo pela primeira vez enquanto caminhava pelo longo corredor.

Otelo sorriu. Ela corou mais ainda, as faces vermelhas. Adorável!
— Elizabeth *Soares*? — perguntou, tentando acalmá-la.
— Isso mesmo, Elizabeth Soares. — Ela sorriu também, sentindo-se uma idiota.
— OK, pode me entregar, farei com que chegue ao destinatário. — Estendeu a mão.
— Obrigada, mas... ela me disse que... eu deveria... entregar somente em mãos... ao próprio... senhor Otelo e... desculpe, mas... — Ela abaixou a cabeça, confusa, sem saber o que fazer, sem saber se o estaria ofendendo. E quem seria ele, pelo amor de Deus?

Otelo sorriu mais ainda, afastou-se um pouco e mostrou a ela a placa na porta. Diana olhou, viu o nome que procurava e assentiu. Ele deu um passo elegante para o lado, abriu a porta de sua sala e fez um gesto para que ela entrasse antes dele.

Ao entrarem, ele pensou rapidamente em como poderia mantê-la ali, pelo menos por alguns minutos. O que estava sentindo era estranho e fascinante demais, ele não conseguia conter-se. Quanto mais a olhava, mais encantado se sentia.

— Pode colocar aqui nesta mesa, por favor. — Indicou a ela a gigantesca mesa em forma de L, que era a sua.

Diana sorriu levemente, ainda nervosa, e arrumou a pilha de papéis em um dos cantos, ao lado do telefone e atrás do monitor do *desktop*.
— Muito obrigada... senhor. Ele, o senhor Otelo, vai... encontrar esses relatórios, certo? Parece que ele estava... esperando... com urgência e...
— Sim, ele vai encontrar os relatórios. Fique tranquila.
— E... obrigada de novo.

Ela estava de frente para ele e era linda. Linda, suave, gentil, harmônica. Luminosa. Verdadeiramente luminosa como uma estrela. A mais brilhante de todas. Ele sentiu um aperto no peito.
— Qual é o seu nome? — perguntou, sem se conter.
— Diana.
— Você trabalha com a Elizabeth? A Soares? — Ele riu.

Diana sorriu também e abaixou os olhos, por fim relaxando um pouco. Ao ver seu sorriso, ele estremeceu.
— Trabalho na equipe dela, sim. Sou... estagiária de Comunicação.
— Ah! Muito bom.

Ela queria muito saber quem era ele, mas não conseguia perguntar. Poderia parecer atrevimento. Mas que ele era alguém importante na empresa, estava claro. O modo como se vestia, como caminhava, como falava, tudo indicava um executivo em alta posição. Mas, ao contrário de tantos outros, ele não era arrogante. Nem um pouco arrogante, o que a surpreendera de imediato. Mas ela não se sentia confortável ali. Na verdade, sentia-se uma imbecil por estar tão abalada em sua presença. Era estranho como fora atraída por aquele homem desde o primeiro momento. Nunca sentira nada igual em toda a sua vida.

Eles ficaram em silêncio por alguns segundos. A tensão pairava no ar, palpável, forte, poderosa.

— Bem, eu preciso... ir — ela disse. — Obrigada... senhor...?

Ele não queria que ela saísse. Ela não queria ir embora.

— Claro. Obrigado por trazer os relatórios, eu estava mesmo esperando por eles. Vou trabalhar em casa hoje. — Ele sorriu com um ar de quem se desculpa. Deveria ter dito logo quem era.

Diana arregalou os olhos e cobriu a boca com a mão. Não sabia se ria ou se fazia cara feia. Óbvio. Então, aquele era o *famoso* Otelo! Que péssimo. Que complicado. Que impossível... Sim, o melhor que ela poderia fazer seria sair dali o quanto antes.

— Ah... desculpe mesmo, eu não... Eu estou há pouco... tempo na empresa e... não o conhecia... Que idiota eu sou! — Ela balançou a cabeça, inconformada. O que ele iria pensar? Que ela era uma estagiária incompetente, tola e completamente desinformada. — Eu já... vou. Desculpe...

Agora, ele a olhava por inteiro. Discretamente. Sua pele clara parecia ser tão macia quanto uma pétala de rosa. Seus cabelos eram longos, ligeiramente ondulados e cor de mel. Assim como seus olhos, também cor de mel. Ela era verdadeiramente linda, linda de tirar o fôlego. Otelo não poderia deixá-la ir. Nunca mais.

— Não se preocupe, Diana. Os relatórios estão entregues. Você cumpriu a sua missão muito bem.

À medida que falava, ele se sentia um adolescente. Na verdade, não conseguia pensar em nada inteligente para dizer nem fazia ideia do que ela gostaria de ouvir. Será que o ouviria apenas por respeito? Apenas porque ele era *Otelo*, o mais novo diretor de Marketing Internacional, recentemente promovido com todos os louvores possíveis? Claro, ela o ouviria somente por isso. Não havia outro motivo para que uma moça tão linda...

— Ah, obrigada. — Ela sorriu de novo. Para ele, foi como vislumbrar um pedaço do paraíso, onde reinava a mais absoluta perfeição. Ela parecia tão ingênua, tão jovem, tão pura... Era enternecedor. – Então, muito... prazer... – Ela estendeu a mão para ele.

Otelo imediatamente aceitou seu cumprimento, mas quando suas mãos se tocaram ambos souberam, ali, de imediato, que estavam predestinados um ao outro. Sem que uma única palavra precisasse ser dita, sem que um único gesto diferente precisasse ser feito, eles souberam. E ficaram diante um do outro, com as mãos unidas, olhando-se nos olhos. Embevecidos. Espantados. Emocionados. Entregues. Apaixonados.

✳

Ao se lembrar de tudo – o que fazia com frequência, ainda incrédulo com sua sorte –, Otelo sorriu mais ainda, sentindo o peito inflar de tanta alegria e felicidade. Desde que Diana entrara em sua vida – bendito dia –, tudo havia se transformado. Ele era um homem melhor. Sentia-se melhor com relação a tudo e a todos. E mal podia esperar pelo dia em que estariam finalmente casados. Aos 30 anos, Otelo sabia que já estava mais do que na hora de assumir um compromisso sério, para toda a vida. Antes de Diana, mulher alguma havia conseguido penetrar a armadura que, ao longo dos anos, ele próprio criara para si. Desde que nascera, estivera sempre tão ocupado com a árdua luta pela sobrevivência que havia deixado de lado as coisas do coração, e também as coisas de homem.

Namoradas? Podia contar nos dedos... Tivera apenas três ou quatro ao longo de toda a sua vida. Ele sabia que era muito pouco, ainda mais nos dias modernos. Seus amigos, diferentemente dele, já estavam quase todos casados e até já haviam desistido de tentar compreender por que ele ainda era solteiro.

E agora que fora pego subitamente pelo destino, ele só conseguia pensar em sua imensa felicidade. Claro que haveria problemas a contornar, dificuldades a enfrentar, mas coisa alguma poderia afastá-los um do outro, ele estava certo disso. Tudo se resolveria.

De repente, ao se voltar para pegar o copo de água que estava sobre a mesa, ele finalmente deu atenção ao som insistente que vibrava atrás de si. Era o telefone. E estava tocando havia um bom tempo. "Oh, céus!" Pensar nela o tirava da terra, sem dúvida. E havia muito trabalho o esperando naquela tarde.

Rapidamente ele atendeu, antes que o telefone parasse de tocar e todos pensassem que ele havia fugido da GB.

– Sim?

Do outro lado da linha ouviu uma respiração forte, que transparecia uma evidente insatisfação.

– Otelo? – Era Túlio, o CEO. E parecia bastante aborrecido; ele já conhecia todas as nuances de sua voz.

– Sou eu, Túlio. Desculpe, eu estava em outr...

– Preciso falar com você. Agora. Por favor. – E desligou.

Otelo ficou com o fone na mão, espantado. Algo muito sério estava acontecendo, com certeza. Rapidamente, ele pegou o celular, seu bloco de notas e saiu da sala. O que poderia ter acontecido? Os asiáticos teriam desistido do projeto? Ou os australianos? Nenhuma das duas opções era boa.

Porém, quando ele entrou na sala de Túlio, alguns minutos depois, e viu quem estava lá, compreendeu que o problema não tinha nada a ver com os asiáticos ou com qualquer outro cliente da GB. Não. O problema era muito mais sério e dizia respeito à vida dele. À sua recente felicidade descoberta. Ao seu paraíso particular. E, sem que pudesse controlar, sentiu um arrepio na nuca e um aperto no estômago. Não fora assim que havia planejado lutar, e se sentia como um lutador de MMA que é pego à traição, de surpresa do lado de fora do octógono.

Sentado diante da mesa do CEO estava o senador Bernardo Vilaça, grande amigo de Túlio... e também o pai de Diana. Otelo respirou profundamente e se preparou para a batalha.

– Túlio, estou aqui. – E se voltando amigavelmente para Bernardo: – Como vai, senador? Boa tarde.

Ele estendeu a mão, mas Bernardo não se mexeu. Seus olhos estavam vermelhos, e sua expressão era péssima. Por um segundo, Otelo imaginou que ele ia levantar e atacá-lo com fúria.

Túlio também estava muito sério. Normalmente, ele era afável e divertido, pelo menos quando estava diante de seu primeiro executivo e agora diretor de Marketing Internacional. Mas, naquele momento, até mesmo Túlio parecia prestes a agredi-lo.

Mesmo nervoso, Otelo decidiu que não se intimidaria. Aquele momento chegaria, mais cedo ou mais tarde, e pouco importava se fosse naquele mesmo dia ou semanas depois. Que resolvessem de uma vez a situação, pensou ele. E se sentou ao lado de Bernardo e diante do CEO da GB, seu chefe.

– Então, de que se trata? – perguntou, olhando para um e outro alternadamente.

Túlio foi o primeiro a falar.

– Otelo, eu te chamei aqui por causa de uma situação bastante desagradável que o senador, *meu amigo*, precisou me contar. A situação envolve você.

Otelo continuou olhando para ambos, esperando.

– Qual situação, Túlio?

Bernardo se remexeu na cadeira.

– Você quer falar, meu amigo? Ou prefere que eu fale? – Túlio perguntou ao senador.

Bernardo, muito vermelho, tentou afrouxar um pouco o laço da gravata.

– Eu mesmo falo, Túlio, obrigado. – E se voltando para Otelo: – Hoje de manhã, senhor Otelo, eu recebi um e-mail que me deixou bastante consternado.

Otelo franziu o cenho. Como assim? Um e-mail? O rumo que a conversa estava seguindo era completamente inesperado.

– Um... e-mail, senador?

– Sim, um e-mail. Pior de tudo: anônimo. Mas isso é o que menos importa. O que me abalou não foi o e-mail em si, mas o seu conteúdo.

– E o que dizia esse... e-mail, por favor? – Otelo estava curioso, apesar da tensão presente entre eles, que tomava toda a sala.

– Esse e-mail, senhor Otelo, dizia com todas as letras que eu deveria "abrir os olhos", pois estou sendo enganado debaixo do meu próprio nariz. E dizia que estou sendo enganado, senhor Otelo, porque... – Ele parou, como se lhe custasse muito repetir o que lera. Respirou fundo, cerrou os olhos e continuou: – ...porque o senhor e minha filha, Diana, estão... tendo um... caso. Um caso amoroso escondido. – Falou a última frase como quem fala um palavrão.

Otelo demorou alguns instantes para entender. Ele e Diana eram muito cuidadosos para evitar o surgimento de fofocas dentro da empresa, justamente porque eles não queriam que o pai dela soubesse de tudo por terceiros, mas por eles próprios. Já haviam programado o dia e a hora em que conversariam juntos com o senador, e eis que de nada haviam adiantado seus esforços, pois alguém os vira juntos, alguém *sabia*. E esse mesmo alguém avisara ao senador, escondendo-se atrás de um correio eletrônico. Ato típico de covardes, ou de pessoas muito vingativas. Teria ele tantos inimigos assim? Mal podia imaginar...

— Isso é verdade, Otelo? – perguntou Túlio com irritação evidente na voz. Se não fosse verdade, ele estaria correndo o risco de passar vergonha diante de seu mais novo diretor. Mas, se fosse verdade, ele não sabia o que deveria fazer. O caso era grave e poderia tornar-se ainda pior.

Otelo respirou fundo, reunindo suas forças. Sim, por *ela*, tudo valia a pena.

— Senador. Túlio. – Começou a falar com voz firme, olhando-os nos olhos o tempo todo. – Não, eu e Diana não temos um *caso* – retorceu a boca com desprezo ao dizer aquela palavra odiosa –, nós jamais teríamos um simples *caso*. Nós nos conhecemos aqui na GB, ela não sabia quem eu era, nem eu sabia quem ela era. E nós nos apaixonamos desde o primeiro minuto. Senador, eu quero me casar com a sua filha, ela é a coisa mais importante da minha vida. Quero que ela seja minha esposa, com todas as honras que merece. Que eu, ela e nossas famílias merecem. Lamento muito que o senhor esteja sabendo dessa forma tão vil, por conta de um e-mail anônimo. Nós já tínhamos planejado lhe contar tudo, e também a você, Túlio – fez um gesto com a mão na direção do CEO –, mas já que os maledicentes de plantão se anteciparam, é preciso que saibam de tudo. Quero deixar claro também que...

Otelo não pôde continuar, pois o senador se levantou com as duas mãos na cabeça. Parecia prestes a ter um ataque.

— Meu Deus, Túlio! O que é isso? O que ele está dizendo? Ele e minha filha? Juntos? Ele e minha Diana, que ainda é uma menina? Que absurdo! – Começou a andar de um lado para o outro, o rosto em chamas.

Túlio se levantou e pegou um copo de água para Bernardo, que recusou.

— Não quero água! Não quero me acalmar, não quero ouvir mais nada! Chega dessa história!

— Bernardo – Túlio insistia em lhe estender o copo de água –, você precisa se acalmar. Beba isso.

— Não! Meus Deus, o que diria minha falecida esposa? Isso é uma afronta!

E se dirigiu a Otelo, com o dedo erguido diante de seu rosto.

— Você, rapaz, não precisa da minha filha para subir na vida! Você quer o quê? Uma vaga no Senado? Sinto muito, isso não é possível. Primeiro, comece uma carreira na política, como vereador. Um dia, quem sabe, pelos seus próprios méritos, você conseguirá chegar a Brasília. Mas a minha Diana não será a sua escada! – Ele falava cada vez mais alto e estava a ponto de gritar.

Ao ouvir suas palavras, Otelo se sentiu como se estivesse sendo esbofeteado. Levantou-se de uma só vez, as sobrancelhas juntas, os lábios retesados, tentando reprimir as palavras de ódio e revolta que brotavam em seu peito. Ele ficou de frente para Bernardo, a uma distância de poucos centímetros.

– Senador! Eu não sou essa coisa infame que o senhor está descrevendo! Por favor, não me ofenda! – Otelo já fora muito humilhado no passado, mas aquela acusação absurda passava de todos os limites.

Túlio rapidamente percebeu que aquela conversa poderia se tornar um escândalo de grandes proporções e tentou pôr fim à discussão.

– Chega! Os dois, sentem-se agora! – Ele tinha grande autoridade na voz e sempre sabia se fazer respeitar nos momentos necessários.

Bernardo e Otelo se olhavam com raiva, ainda frente a frente, prontos para se engalfinharem sobre o tapete se fosse necessário.

– Sentem-se! Ou vou ter de chamar os seguranças? – Túlio falou com firmeza, mas em um tom de voz mais baixo do que o normal. Era uma de suas táticas: falar baixo em meio à guerra. Sempre funcionava.

Por fim, Otelo recuou e se sentou novamente, sem tirar os olhos de Bernardo. Este, por sua vez, suava em bicas, mas depois de alguns instantes também recuou e se sentou de novo. Ambos bufavam.

– Muito bem, assim está melhor – disse Túlio. – Agora, podemos continuar. E quero deixar claro para ambos que esta empresa não é um campo de guerra, muito menos um parque temático ou um castelo cor-de-rosa para casais se amarem. – Olhou diretamente para Otelo. – Vocês precisam resolver isso com bom senso, por favor!

Mas nenhum dos dois dizia nada. Apenas se olhavam.

Por fim, Otelo retomou a palavra, usando de todo o seu autocontrole para não explodir.

– Túlio, eu lamento muito que isso esteja acontecendo, mas tenha a certeza de que a GB nunca foi, como você parece desconfiar, um castelo cor-de-rosa para mim e para Diana. Nós apenas nos conhecemos aqui, só isso.

Ao ouvir o nome da filha, Bernardo pareceu despertar do choque.

– Não repita isso, rapaz! Eu não acredito em você! Minha filha jamais, ouviu, jamais iria se envolver com alguém do trabalho, muito menos com um homem *mais velho* do que ela. Bem mais velho, diga-se de passagem! Diana nunca teve um namorado, ela é quase uma criança.

Apesar da tensão do momento, Otelo adorou ouvir que sua amada nunca tinha namorado ninguém antes dele e quase sorriu, mas se conteve a tempo.

– Senador, eu não sei por que o senhor não acredita em mim. Acha que estou inventando histórias? O que eu ganharia com isso?

Bernardo o olhou nos olhos mais uma vez.

– Você deve ter seduzido Diana com seu charme. Um homem mais velho sempre sabe como atrair uma mulher mais jovem. Diana deve ter se sentido... talvez levada a... Talvez tenha ficado insegura pela sua posição de destaque... Talvez tivesse medo de perder a vaga...

Otelo sacudiu a cabeça diversas vezes.

– Não, senador, não foi assim. Estamos apaixonados de verdade, as minhas intenções são seriíssimas, eu...

– E ela poderia confirmar isso, senhor Otelo? Se eu a chamar aqui, agora, o que o senhor faria? – Havia um arremedo de sorriso no rosto do senador.

Otelo sorriu, quase aliviado.

– É o que mais desejo, senador. Eu não sugeri isso em respeito ao senhor e para que ela não se sentisse exposta, mas como a sugestão é sua, sim, quero que a chame.

Bernardo olhou para Túlio e subitamente pareceu assustado.

– Túlio, meu amigo, você permite?

O CEO respirou fundo. Tudo que ele queria naquele exato momento era estar navegando em seu barco, longe daquela situação absurda. Mas o senador era um de seus melhores amigos, e Otelo era o seu melhor executivo. Então, em consideração a ambos e também a si mesmo, pois não poderia dispor de nenhum dos dois, ele assentiu.

– Claro, Bernardo. Ligue para sua filha e peça a ela que venha até aqui. – Avisou à sua secretária que conduzisse Diana, a filha do senador, assim que ela chegasse.

Em seguida, ficaram em silêncio. Um silêncio pesado e constrangedor, mas repleto de múltiplos significados.

Cerca de quinze minutos mais tarde, a secretária de Túlio bateu discretamente na porta.

– Sim? – disse Túlio. – Pode entrar.

A porta se abriu e Jaqueline, sua secretária, entrou. Parecia desconcertada. Atrás dela entrou Diana.

*

No momento em que a viu, dezenas de pensamentos e emoções diferentes inundaram a mente e o coração de Otelo. O que falava mais alto do que qualquer outra coisa era o amor, tão pleno e tão absoluto que ele se sentia como se estivesse prestes a levantar voo com Diana em seus braços. Junto ao amor, havia o encantamento que a simples presença dela evocava. Ah, ele faria tudo, absolutamente tudo para ficar com ela para sempre, e nada nem ninguém poderia impedi-lo. Em uma fração de segundos, ele teve a certeza de que seria capaz, inclusive, de abandonar a empresa, a cidade, até mesmo o país, desde que eles pudessem estar juntos. Tal pensamento, tão surpreendente, assustou-o e o encantou ao mesmo tempo.

Paralelamente, percebeu o quanto ela empalidecera ao avistá-los todos ali, ele, Túlio e seu pai, o senador. Teve o impulso de correr para ela e aninhá-la em seus braços, dizendo-lhe que não tivesse medo, pois ele estava ali, por ela. Conteve-se a tempo, no mesmo instante em que Jaqueline saiu, fechando a porta com discrição, e Diana avançou lentamente na direção deles.

A tensão no ambiente era palpável, quase visível. Bernardo estava vermelho, irado, os lábios apertados numa expressão de raiva mal contida. Túlio parecia ansioso para resolver tudo aquilo e tinha a expressão contrafeita daqueles que são desviados de um trabalho importante por uma bobagem qualquer. Mais um pouco e ele ergueria os olhos, pedindo socorro aos céus. Porém, ao ver a jovem caminhando na direção deles, seu olhar se tornou mais suave.

Diana parou, olhou os três, e quando seus olhos pousaram sobre Otelo sua expressão se modificou de tal forma que foi impossível não perceber. Bernardo fechou mais ainda a cara.

– Senhor Túlio, meu pai. Senhor... Otelo. – A voz dela tremeu ao dizer o nome dele, e Túlio quase sentiu pena dela, tão frágil e tão jovem.

– Diana, boa tarde. Por favor, sente-se – disse ele, subitamente imprimindo um tom afável à própria voz.

Ela obedeceu, e todos se sentaram. O senador estava visivelmente prestes a explodir. Túlio o ignorou, Otelo também.

– Diana, veja bem, pedi para lhe chamar porque temos aqui um problema de família para resolver. – Ele sorriu ligeiramente.

Ela não olhou para os lados e continuou prestando atenção ao que Túlio dizia.

Ele continuou:

— Você sabe que eu e seu pai somos amigos há muitos anos, e por isso deve saber que eu não gostaria, de modo algum, que a confiança que ele depositou em mim, ao permitir que você viesse estagiar na GB, fosse perdida. Certo?

Ela fez um sinal de cabeça, aquiescendo.

— Pois bem, justamente por isso eu quero esclarecer um assunto que chegou aos ouvidos de seu pai e que envolve esta empresa. Eu não tenho, claro, nenhum direito de me envolver nas questões pessoais dos meus funcionários, as pessoas estão aqui para trabalhar. Mas quando existe a desconfiança de que a vida pessoal se mistura com a vida profissional, e quando isso acontece com alguém como você, que é filha do meu melhor amigo, eu me vejo obrigado a esclarecer a situação. — Suas palavras eram severas, mas não o modo como ele a olhava.

Diana continuou calada, olhando para Túlio. Otelo mais uma vez precisou conter-se, pois percebeu que ela estava transpirando ligeiramente, embora o ar-condicionado estivesse ligado. Ah, que martírio, aquela conversa! Que os deixassem em paz!

— Pois bem, Diana, seu pai recebeu um e-mail anônimo, através do qual foi informado... Bem, foi dito a ele que você e Otelo estão... *namorando?*

Por uma fração de segundo, Otelo julgou perceber uma espécie de mal-estar na voz de Túlio, que ele não soube identificar de onde vinha. Aquilo o incomodou.

Contudo, antes que Diana pudesse dizer qualquer coisa, o senador se levantou num repente e explodiu, apanhando a todos de surpresa. Não era homem paciente, nunca fora.

— Namorando, não, Túlio! O e-mail dizia que minha filha Diana e o seu... o seu executivo aqui estão tendo um caso! Não vamos amenizar as palavras, por favor!

Bernardo olhava para Túlio com os olhos injetados, e este pensou que seu amigo, quando enfurecido, parecia um touro pronto a arremeter sem piedade sobre o toureiro. Se ele continuasse daquele jeito, Túlio pensou, poderia ter um ataque do coração a qualquer momento.

— Calma, Bernardo. Vamos ouvir Diana e...

— Minha filha não é qualquer uma, Túlio, minha filha não tem "casos" escondidos como se fosse uma qualquer... Mas eu quero a verdade, Diana! — Virou-se de repente na direção dela, o que a fez recostar-se na cadeira. — Eu quero a verdade! Este homem — e apontou para Otelo – se insinuou para você? Ele a está assediando? Faltando com respeito? Perseguindo você? Basta uma palavra sua, minha filha, e ele está acabado! – Fitou Otelo ao dizer essas palavras; seus olhos pareciam duas adagas afiadas.

Túlio se levantou; aquilo ia de mal a pior. Deu a volta na mesa, segurou o amigo pelos braços e tentou fazê-lo se sentar de novo. Mas o senador não queria ser acalmado, estava com muita raiva. Diana era o seu tesouro, a única coisa que lhe restara, sua única e verdadeira família. Para aquela filha tão amada ele fizera os planos mais maravilhosos que pudera conceber. Ela merecia o que o mundo tivesse de melhor. Então, somente a ideia de que ela pudesse ser desviada do caminho que ele havia cuidadosamente traçado o deixava fora de si.

– Calma, meu amigo – disse Túlio –, esse nervosismo não vai resolver nada. Vamos conv...

– Eu quero saber, Diana! Diga a verdade: este homem assediou você?

Ao mesmo tempo em que falava, ele tentava livrar-se de Túlio, que buscava fazê-lo se sentar de novo. Era um pequeno pandemônio. Otelo nada dizia, apenas vigiava Diana. Se Bernardo tentasse bater nela ou ameaçá-la, ele seria capaz de lhe dar um murro ali mesmo. Nesse momento, Diana o olhou nos olhos, e ele sentiu um formigamento correr por todo o seu corpo.

– Túlio, me largue! Por favor, me largue! Eu vou resolver isso do meu jeito, está claro que algo suspeito esse homem fez, você não vê?

– Bernardo, por favor, vamos...

– Eu e Otelo nos amamos, pai. Esta é a verdade.

A voz de Diana se elevou, clara e límpida, em meio àquela discussão inútil. No mesmo instante em que disse aquelas palavras, Bernardo e Túlio pararam de falar e olharam para ela. Otelo também. Ele estava esperando por tudo: que ela ficasse calada, que negasse, que dissesse apenas que ele não era um monstro, que inventasse alguma história a fim de protegê-los. E nada do que ela fizesse, ou até mesmo inventasse, alteraria o amor que ele sentia. Mas não. Ele jamais esperara que ela assumisse o amor deles daquele jeito tão simples e sereno, em meio àquele caos. Ela simplesmente jogara a verdade diante de todos, com a firmeza de quem não teme, porque não havia outra coisa a dizer. Nesse momento, ele quase cedeu à tentação de abraçá-la ali mesmo. Foi muito difícil se controlar.

– O... que você... disse? – o senador gaguejou.

Os olhos de Diana brilhavam. Sua voz não tremeu.

– A verdade, pai. Eu e Otelo nos conhecemos aqui na empresa, sim. Mas nunca namoramos aqui às escondidas, nunca fizemos nada de errado. – E se voltando para Túlio: – O senhor pode ficar tranquilo, senhor Túlio. Nós nunca desrespeitamos ninguém nem nunca nos desviamos do trabalho. Otelo nunca me assediou. Nós nos amamos no momento em que nos vimos pela primeira vez. Esta é a única verdade que tenho a dizer.

Por alguns segundos, Bernardo ficou paralisado. Túlio também. Otelo, idem. Eram eles três homens adultos, porém incapazes de agir ou de falar diante daquela jovem, que parecia tão frágil, mas que se mostrava tão corajosa. Muito mais corajosa do que eles poderiam ter imaginado. Os segundos foram se passando, e, por alguma razão desconhecida, o ar se tornou mais leve, a pesada sombra que parecia pairar sobre a sala lentamente começou a se dissipar. A verdade sempre afasta a escuridão.

Túlio foi o primeiro a se recobrar. Soltou os braços de Bernardo e fez sinal para que ele se sentasse novamente. Sentindo-se subitamente muito cansado, o senador se deixou cair na cadeira, fechou os olhos e soltou um longo suspiro. Otelo não conseguia tirar os olhos de Diana. Percebendo isso, Túlio o tocou de leve nos ombros para trazê-lo de volta à realidade.

– Muito bem, Diana. Então... você e Otelo estão... Como dizer? Namorando de verdade? – perguntou Túlio olhando de novo para ela. Ele se sentou em sua cadeira alta e se recostou um pouco. Como estava cansado! Aquela discussão viera em um momento totalmente impróprio, havia muitos negócios a resolver, muitos milhares de dólares estavam em jogo, e ele ali, por amizade e lealdade a Bernardo, ocupando-se da vida privada de sua filha quase ainda adolescente. Ou melhor, sua *linda* filha, quase ainda adolescente. Ele se lembrava de uma menina calada e compenetrada, mas fora realmente surpreendido pela belíssima mulher que ela estava se tornando. – Não quero entrar em detalhes, nada disso me compete. Quero apenas que haja paz e entendimento nesta empresa, e principalmente entre você e seu pai. – O nó da gravata começava a incomodá-lo terrivelmente.

– Senhor Túlio, quero lhe agradecer pelo que fez, pela sua compreensão. O senhor é um homem de bom senso, sem dúvida, e fico muito feliz que seja amigo de meu pai.

Ela conseguiu sorrir timidamente, e em seguida abaixou os olhos. Para seu desagrado, Túlio não pôde deixar de pensar novamente que ela se tornara realmente uma linda mulher, e por um instante compreendeu por que, ao que tudo indicava, havia virado a cabeça de Otelo. Justo ele, o superexecutivo, que sempre fora tão desgarrado de aventuras amorosas. Ah, mas por aquela beldade de olhos doces, ele podia compreender muito bem...

O senador continuava de olhos fechados. Parecia mais calmo, felizmente.

– Bernardo – chamou Túlio. – Você quer continuar a conversa?

Depois de alguns minutos, Bernardo abriu os olhos. Olhou ao redor e suspirou novamente. Quando começou a falar, sua voz estava cansada.

– Túlio, se me permite, quero conversar com... o senhor Otelo na sua presença. – E, voltando-se para sua filha, disse: – Diana, nós falaremos em casa, mais tarde.

Ela olhou para ele, claramente espantada.

– Mas, papai, eu sou parte disso. Eu quero ficar e...

Bernardo ergueu a mão, em um gesto claro de quem não deseja ser contrariado.– Vá para casa, Diana. Mais tarde vamos falar sobre tudo isso. Por favor, me obedeça.

Diana abriu a boca, mas nada disse. Não adiantaria teimar com ele, ela sabia muito bem. Levantou-se em seguida, com uma expressão contrafeita, mas controlada.

– Está bem, papai. – E se voltando para o CEO: – Mais uma vez, muito obrigada, senhor Túlio. – Estendeu a mão para cumprimentá-lo.

Imediatamente Túlio se levantou, deu a volta na mesa e parou diante dela, sorrindo. Pegou suas mãos com delicadeza e as beijou levemente. Diana enrubesceu.

– Minha querida, quando a vi da última vez você era uma menina. Agora já está crescida, é uma adulta. Seja feliz.

– Obrigada.

Então, ela ousou olhar para Otelo. Ele tinha uma expressão séria no rosto, mas também se levantou. Eles nada disseram, apenas se olharam nos olhos com paixão. Não havia nada que pudessem dizer em público naquele momento, e qualquer palavra de cortesia mundana soaria falsa e deslocada. Diana sorriu para ele o seu mais belo sorriso. Otelo estremeceu. Por fim, ela se aproximou do pai e o beijou no rosto. E saiu da sala, deixando-os sozinhos.

Otelo pensou que certamente teria muito trabalho para proteger Diana de todos os possíveis admiradores que ela ganhava assim que a viam. Até mesmo Túlio se rendera ao seu encanto, ele percebera muito bem! Sim, percebera muito bem a expressão no rosto dele quando a viu e depois, ao segurar suas mãos. Vira seu sorriso. Mais um segundo e ele se tornaria um rival... Não, Otelo jamais admitiria rivais por perto. Já enfrentara muitos deles em sua vida profissional e até havia se conformado com isso. Mas com relação ao amor da sua vida não poderia haver rivais. Diana era sua amada e somente sua, de mais ninguém. Ao simples pensamento de que outro homem poderia aproximar-se dela com segundas intenções, ele inconscientemente cerrava os punhos.

Estava imerso nesses pensamentos quando ouviu Túlio chamar seu nome.

– Otelo! Rapaz, terra chama.
– Desculpe. Túlio, eu...
– Ah, vamos terminar este assunto, por favor? Bernardo...

O senador finalmente ergueu os olhos. Finalmente olhou novamente para Otelo. E finalmente começou a falar.

ATO II

Já te disse muitas vezes e torno a dizê-lo pela centésima vez: odeio o mouro; tenho para isso motivos arraigados no coração.

Otelo se sentou, sorrindo. Sentia-se aliviado por ter conseguido contar tudo a Tiago. Devia ser muito difícil para alguém não ter com quem conversar, não ter com quem dividir os problemas e as dificuldades. Felizmente, ele sabia que podia confiar em seu amigo. Ele e Tiago haviam trilhado praticamente os mesmos caminhos. Nascidos em famílias humildes, nada lhes fora dado de graça. Nenhum dos dois tivera herança a receber, contas bancárias polpudas, carros à disposição na garagem, viagens ao exterior e tantas outras coisas que os bem-nascidos recebiam desde a infância. Não. Eles tiveram de lutar muito para chegar até ali, até aquela empresa, até aquele patamar.

Haviam se conhecido na faculdade e desde o primeiro momento se tornaram próximos. Ao conhecê-lo melhor, Otelo logo percebera que, apesar de tudo, sua própria realidade de vida era ainda muito mais branda que a dele, pois seus pais conseguiam ajudá-lo com as despesas da faculdade. Porém, Tiago quase desistira várias vezes, uma vez que não tinha realmente ninguém com quem contar. Sua mãe, viúva havia muitos anos, tinha saúde frágil e não podia trabalhar, de modo que todas as despesas da casa corriam por conta de Tiago. Ele também era responsável pelos irmãos, ambos menores e bastante problemáticos. Ao crescer, um deles, inclusive, se envolvera com o tráfico e estava desaparecido, ninguém sabia se ainda estava vivo ou se morrera. O outro engravidara uma namorada, e como nunca se interessara pelos estudos, trabalhava como garçom em um restaurante. Era uma vida dura, ainda mais devido ao fato de ter posto três filhos no mundo.

Somente Tiago conseguira escapar daquele círculo vicioso que tantas vezes a pobreza consegue produzir. Justamente por isso Otelo reconhecia o valor de sua luta e, desde sempre, o ajudava como podia. Tiago era inteligente, espirituoso, lia muito, era culto e tinha uma vontade férrea de vencer as dificuldades da vida. Por isso, ao ingressar na GB Engenharia – uma das maiores empresa do ramo, senão a maior de todas –, assim que surgiu uma oportunidade, levou-o para trabalhar em sua equipe. Tiago não o decepcionou, mostrando-se um ótimo profissional. É claro que, como a perfeição não existe, ele às vezes tinha dificuldade de se concentrar em suas próprias metas e se envolvia demais nas demandas de outros executivos da equipe. Por conta disso, havia muitos que não gostavam dele. Mas Otelo sempre acreditara que suas atitudes se deviam ao seu passado e à enorme necessidade de provar a si mesmo o próprio valor. Certamente, em algum momento, toda aquela ansiedade passaria.

Naquele dia, portanto, que era um dia de grande alegria em sua vida, ele estava contente também por poder contar com a amizade de Tiago.

– Nossa, eu nem acredito... – Tiago sorria e balançava a cabeça, espantado. – Então, você e a menina se conheceram aqui no corredor?

– Pois foi aqui mesmo, meu amigo. Eu nunca poderia imaginar isso. Justo eu, que, como você sabe, nunca pensei seriamente em ter esse tipo de compromisso. Pelo menos não agora. Eu acho que nunca acreditei... Acho, não. Eu realmente nunca acreditei em amor à primeira vista, sempre achei que isso era coisa de romance cor-de-rosa, coisa de mulher romântica. Pois paguei a minha língua, paguei mesmo! – Ele começou a rir, andando de um lado para o outro. – Quando eu vi aquela princesa, porque ela é uma verdadeira princesa, eu nem sei te dizer... E foi ali que ela me pegou, com aquele rostinho de menina inocente.

Tiago colocou os braços ao redor da cabeça e olhou para o teto, assoviando.

– A filha do *senador*. Não servia uma outra mais simples, meu amigo? – Começou a rir.

Tiago se voltou imediatamente e o olhou. Ainda ria, mas sua expressão estava diferente.

– Eu não sabia quem ela era, nem ela sabia quem eu era. Foi obra do destino, Tiago. Agora eu posso dizer que acredito nisso.

Tiago gargalhou e se levantou. Abraçou o amigo com força e tentou levantá-lo do chão, mas não conseguiu.

– Estou brincando, cara! Até parece que eu não te conheço... Parabéns!

Otelo voltou a sorrir com vontade e retribuiu o abraço.

– Há anos você tenta me levantar do chão, mas acho melhor desistir.

– Pelo menos hoje eu queria conseguir, porque você deveria estar leve como uma pluma... Voando com Diana nos braços... Mas que nada! Está ainda mais pesado. Deve ser o peso da responsabilidade. Casar com uma filha de senador deve dar trabalho. – Ele se afastou de Otelo e o olhou com uma expressão azeda. – Porque esse Bernardo tem uma cara enjoada, vamos combinar? Cheio de dedos, bem entojado, eu acho.

Otelo riu, mas não queria alimentar aquele tipo de comentário. Afinal, o senador iria se tornar seu sogro. Não seria leal de sua parte falar mal do pai de sua amada futura esposa. Por isso, ele saiu de perto de Tiago e se sentou novamente.

– Ele é muito tradicional, tem um cargo público, deve ser complicado mesmo. Mas depois que conversamos com calma, ele entendeu tudo e aceitou o nosso namoro. Fez muitas exigências quanto a comportamento, horários, compromisso, essas coisas, mas aceitou. Eu também devo muito ao Túlio, que intermediou a questão muito bem.

– Pois é, ainda bem que o Túlio não se importou por ter de resolver essa história, não é? Afinal de contas, sabemos que esse não é um assunto de negócios. Deve ter sido difícil para ele, eu acho.

Otelo se mexeu na cadeira, sentindo-se um pouco desconfortável, pois Tiago estava tocando em um ponto que ele próprio considerava crucial: a reação de Túlio. Ele sabia muito bem que, mesmo seu chefe sendo amigo de Bernardo, mesmo confiando em Otelo, Túlio não se irritara definitivamente com tudo por causa de Diana. Sim, por causa de sua beleza e sua doçura, que o encantaram. Otelo bendizia tal situação por um lado, mas por outro aquilo o incomodava. Por isso, não queria mais pensar naquele detalhe, muito menos esticar aquele assunto.

– Sim, Túlio foi o melhor CEO, e também um grande amigo.

– E quando vai ser o casamento? – Tiago perguntou com o maior dos sorrisos.

– Em alguns meses. Mas não se preocupe, você vai ser convidado. – Otelo respondeu com uma expressão radiante.

– Experimente não me convidar!

Tiago se levantou, tinha uma reunião em seguida. Apertou a mão do amigo mais uma vez e, quando estava prestes a abrir a porta para sair, voltou-se, parecendo ter se lembrado de algo.

– Ah, Otelo...

– Sim? – Ele levantou os olhos do *notebook*.

– Eu soube que o Carlos foi promovido ontem e que será o seu primeiro executivo e assistente direto. Quero que saiba que fiquei muito contente, ele merece, é um profissional e tanto.

A expressão de Otelo se tornou mais suave, e ele deu um meio sorriso.

– É claro que você não se importou com isso, não é? Eu tenho outros planos para você, meu amigo. Algo muito mais de acordo com os seus talentos. Não vai demorar muito.

Tiago sorriu, parecendo contente com o que ouvia.

– Eu confio em você, Otelo. Mas parabéns pela oportunidade que está dando a ele. Carlos vai fazer uma boa dupla com você.

– Vai, sim. Vamos jantar na quinta-feira? Na semana que vem não vai dar, os australianos vão chegar na segunda-feira e ficaremos ocupados com eles. Depois, no início do mês, teremos o congresso anual. E os chineses. – Otelo riu e cerrou os olhos, imitando os olhos orientais. Só fazia essas coisas na frente de Tiago, e nesses momentos parecia um menino.

– Claro, vamos sim.

– OK.

– Até.

Tiago saiu, fechando a porta com cuidado.

Otelo ficou pensando no amigo por alguns minutos. Ainda bem que Tiago não se importara com a promoção que ele dera a Carlos. Sim, porque daria a ele, em breve, um cargo muito mais importante do que o que Carlos ganhara. Além disso, sendo amigos há tanto tempo, se trabalhassem tão próximos poderiam, talvez, ter problemas de convivência, e a última coisa que Otelo desejava era pôr em risco sua amizade com Tiago.

Ele sorriu. Não havia por que Tiago se preocupar. Seu prêmio estava muito além do que ele poderia ter imaginado. Com esse pensamento, ele voltou a atenção para as planilhas que o esperavam na tela do seu *notebook*.

*

Diana sempre considerara a mentira uma das coisas mais desprezíveis que uma pessoa poderia cometer. Ela era partidária de sempre dizer a verdade, custasse o que custasse. Por isso, ao ser confrontada pelo pai e por Túlio, jamais mentiria. E agora que tudo estava tão bem, que sua vitória – completamente inesperada – lhe trouxera o maior dos prêmios, ela tinha a certeza de que a verdade era uma das bênçãos da vida, pois quem dizia a verdade realmente não merecia o castigo, como tão bem ensinava o ditado popular.

Sua felicidade era plena e saborosa. Ela e Otelo poderiam casar-se! Ela e Otelo ficariam juntos para sempre. Ela e Otelo eram um só e haviam finalmente se encontrado. Ah, ela jamais esqueceria o momento em que o vira pela primeira vez...

No abençoado dia em que se conheceram, ela estava tão nervosa, tão insegura, tão preocupada em mostrar sua capacidade e seu profissionalismo que se esquecera completamente de perguntar onde ficava a sala do senhor Otelo, o diretor mais importante mais importante da GB, braço direito do próprio CEO. Que angústia sentira ao ver que havia um homem parado no final do corredor, claramente a observando, certamente avaliando seu comportamento, claramente sabe-se lá o quê... E que angústia ainda maior sentira ao se aproximar e perceber que, ao olhar seu rosto, imediatamente seu coração começou a bater descompassadamente, sem explicação. Ele era alto, vestia um terno muito bonito e muito bem cortado. Tinha cabelos negros, olhos castanhos e a pele cor de mate. Não era exatamente mulato, tampouco tinha cor de índio, mas algo entre as duas cores. E, acima de tudo, era absurdamente bonito. Charmoso. Envolvente. Elegante. Perfumado. Não era um jovenzinho, mas também não era velho. Devia beirar os 30 anos, talvez? Depois, soube que estava certa: ele completara exatamente 30 anos um mês antes.

À medida que se aproximava, ela ficava ainda mais confusa, pois não sabia explicar o que estava sentindo. Sabia apenas que não fazia sentido algum. E eis que ele era o próprio "senhor Otelo", diante dela.

Suas lembranças da breve conversa que tiveram eram confusas, mas ela jamais se esqueceria da corrente elétrica que perpassara entre eles quando suas mãos se tocaram pela primeira vez. Ambos ficaram mudos, apenas deixando que a atração falasse em seu mutismo tão revelador. E ele subitamente erguera a mão até seu rosto, hesitando e a olhando com olhos febris. Ela não se movera, mas o olhou de tal forma que ele soube que poderia tocá-la. E lentamente acariciou seu rosto com o dedo, sentindo a maciez de sua pele. Ela fechou os olhos e o deixou tomar posse de sua face corada. Quando o olhou novamente, ele parecia um homem caminhando sobre brasas. Obedecendo a um impulso incontrolável, ela levantou a cabeça e fez um pequeno gesto com as mãos. E foi naquele mesmo momento que eles se beijaram pela primeira vez.

Ao se lembrar, Diana estremeceu. Sim, ele era o seu amado, aquele por quem ela esperara desde sempre.

Justamente por isso, precisava conversar com Eliane. Tudo dera certo, seu pai estava em paz, eles iriam se casar em breve. Mas ela não conseguia se esquecer do tal e-mail anônimo que Bernardo recebera. Ele próprio lhe mostrara dias antes. Era verdade, alguém tentara prejudicá-los, quanto a isso não havia dúvidas. Mas Otelo não dava importância àquilo, achando que nada mais poderia afastá-los um do outro. Diana, porém, precisava saber a verdade, e a única pessoa para quem ela havia contado sobre seu namoro com Otelo era Eliane.

Elas haviam se conhecido de modo absolutamente surpreendente. Certa tarde, Diana entrou no banheiro e de repente ouviu alguém chorando. Olhou para os lados e não viu nada. Por isso, deduziu que a pessoa estava dentro de um dos toaletes. Decidiu ficar em silêncio, aquilo era constrangedor. Certamente, a pessoa estava ali se escondendo de todos, e a última coisa que desejaria seria uma presença anônima do lado de fora. Estava pensando em sair e voltar depois, quando uma das portas se abriu de repente. Ela olhou para trás e viu que a moça estava cambaleando, o rosto lavado de lágrimas.

Sem pensar duas vezes, correu na direção dela e a segurou antes que caísse. Era Eliane, que soluçava como se fosse uma criança. Diana a levou diante de uma das pias, abriu a torneira, encheu de água uma das mãos e lavou seu rosto carinhosamente. Por fim, Eliane olhou para ela e começou a se acalmar. Diana sorriu. E foi assim que a amizade delas teve início.

Depois desse dia, estavam sempre juntas. Diana soube que Eliane tinha um caso de amor antigo e muito mal resolvido, que sofria muito por causa disso, que amava loucamente seu "namorado", que ele não era casado, mas também não assumia a relação deles, e que por isso ela se sentia apenas uma reles amante – o que era muito pouco comparado a tudo que sempre fizera por aquele homem e ao imenso amor que ela lhe tinha.

Diana desconfiava de que o tal homem era alguém da empresa, mas Eliane nunca lhe dissera a verdade. Ela nem sabia o nome dele, mas também não forçava a amiga a contar. Afinal de contas, era sua vida pessoal, ela tinha o direito de manter segredo. Diana era discreta, e se por um lado tinha curiosidade de saber, por outro achava melhor permanecer na ignorância. Afinal de contas, por causa daquele homem desconhecido sua boa amiga sofria.

Eliane era uma das dezenas de secretárias da GB Engenharia. Era muito bonita, tinha cabelos louros e um corpo cheio de curvas, capaz de provocar inveja e admiração por onde passasse. Estava sempre muito bem vestida e perfumada. Ao seu lado, Diana se sentia insignificante, mas quando confessou isso à amiga, rindo muito de si mesma, Eliane se mostrou chocada. Afirmou que Diana, sim, era belíssima, pois possuía um encanto natural. Em seguida, afirmou que tudo nela própria era, na verdade, bastante artificial, desde a cor dos cabelos até as exageradas curvas de seu corpo, fruto de muito silicone! Nesse dia, elas riram muito de si mesmas, pois de certa forma se invejavam mutuamente e mesmo assim haviam se tornado amigas de verdade. Eliane jamais esqueceria a gentileza e a simplicidade de Diana no dia em que haviam se conhecido, quando ela estava destruída, infeliz e mais uma vez desejando morrer por causa das atitudes egoístas *dele*. Diana fora tão paciente, tão gentil, que conquistara para sempre a sua amizade. Desde então, Eliane se sentia quase que como uma irmã mais velha da amiga. E também se achava no dever de protegê-la dos males do mundo, para que jamais sofresse o que ela própria sofria havia tanto tempo: mal de amor não correspondido.

Diana sabia de tudo aquilo, a própria Eliane lhe dissera várias vezes: "Você agora é minha irmãzinha caçula e eu tenho de cuidar de você, entendeu?". Sempre que ela dizia isso, Diana sorria e concordava, sabendo que de nada adiantaria protestar.

Porém, depois da história do e-mail anônimo, ela se sentia levada a conversar com sua amiga. Teria Eliane, ainda que sem querer fazer mal, contado a alguém sobre ela e Otelo? De que forma a pessoa misteriosa ficara sabendo do namoro deles? Em momento algum desconfiou da sinceridade dela, mas já sabia o quanto Eliane podia falar demais, o quanto era impetuosa e emocional.

Por isso, quando lhe contou tudo o que havia acontecido, deixou para o final a pergunta ruim. Não queria ofendê-la. Jamais.

— Meu Deus, Diana! Então, foi um e-mail anônimo? — Ela olhou para os lados, como se estivesse procurando o inimigo em cada canto. Diana sorriu e balançou a cabeça.

— Foi. Você precisava ver como meu pai ficou. Eu pensei que ele ia ter um ataque. Morri de medo. — Ela sacudiu a cabeça para afastar a desagradável lembrança.

— Ai, amiga, que situação!

— Pois é. Ainda bem que já passou, meu pai está bem conosco. Já não olha mais para Otelo como se ele fosse um *serial killer*.

Elas começaram a rir.

— Ah, vocês formam um casal tão lindo...

— Eliane, eu preciso te perg...

— Com todo o respeito, Diana — ela a interrompeu, animada —, você tirou a sorte grande. Ninguém nunca viu Otelo de gracinha com as garotas daqui. Aliás, ele nunca apareceu com uma namorada, sabia? Uns e outros até cochichavam que ele seria gay, mas ao mesmo tempo também não acreditavam nisso porque ele exala hormônios masculinos. E tem aquele olhar, sabe? Que faz as mulheres se derreterem. Olha, vou falar francamente: o seu Otelo é lindo, meu bem! Você já reparou nisso? Com todo o respeito, mas eu tenho de dizer: que homem, que coisa, ó, céus!

Eliane estava de olhos fechados, as mãos juntas sobre o peito. Diana começou a rir mais ainda diante de todo aquele arroubo.

— E eu já vi ele te olhando, querida. Que paixão! Dá até um negócio na gente... Eu, hein...

Por um momento, Diana deixou sua pergunta de lado. Seus olhos brilhavam.

— Como ele me olha? Como?

Eliane se virou para ela com uma cara sonhadora.

– Ai, como se estivesse olhando para o paraíso...

– Verdade?

– Claro! Eu percebo essas coisas de longe. Ele está doido por você, é paixão avassaladora. Você não notou? Ah, por favor. – Fez um muxoxo, desfez a expressão sonhadora e colocou as mãos nos quadris. – Acho que vou te bater.

– Para com isso. É claro que eu sei que ele... gosta de mim, mas quem está de fora... – Diana não tinha o hábito de se engrandecer.

– *Gosta* de você? Diana, por favor. Esse homem só respira porque você existe. Não sei como ele vivia antes, mas agora você é a razão da vida dele, está na cara. Não seja boba.

Depois de discutirem mais um pouco, Diana voltou ao assunto principal. Não conseguiria ter paz se não fizesse a pergunta à amiga.

– Eliane, olha, por favor, não fique chateada comigo, mas eu preciso te perguntar uma coisa.

– O quê? Pergunte, ora. Por que essa cara de tragédia?

Diana olhou para os lados. Elas estavam na calçada em frente ao prédio da GB. Em alguns minutos terminaria seu horário de almoço.

– Você comentou com alguém sobre Otelo e eu? Talvez com o seu namorado?

Eliane ficou vermelha, balançou a cabeça furiosamente e começou a se mexer de um lado para o outro.

– Claro que não! Por que você está perguntando isso?

– Por causa do e-mail anônimo. Quem mandou esse e-mail sabia sobre nós dois, então...

– Diana, eu nunca contei nada a ele. Ele nem trabalha aqui, se você quer saber. Eu acho que vocês dois deram alguma bobeira e foram vistos. Sabe quantos funcionários existem nesta empresa? Hein?

Diana suspirou.

– Mais de 800...

– Isso mesmo, mais de 800 fofoqueiros de plantão. – Seu rosto se desanuviou um pouco. – Agora, eu não contei sobre vocês dois, não, mas o que eu disse foi que *ele* deveria se mirar no exemplo do namorado de uma das minhas amigas. Só falei isso, não entrei em detalhes, claro que não. Nem disse nomes. Mas eu falei do namorado de uma amiga minha, que estava enfrentando todas as barras para ficar com ela. E que se ele me amasse mesmo, faria a mesma coisa. E eu nem tenho um pai durão para conquistar, veja só. Foi só isso que eu falei. – Eliane segurou uma das mãos de Diana com carinho e sorriu.

Diana se sentiu completamente aliviada. Sabia que podia contar com sua louca amiga.

– Ah, você ficou chateada comigo? – Naquele momento, era a sua única preocupação, já que Eliane respondera tão prontamente à sua pergunta odiosa.

– Eu vou cobrar, querida, você vai ver! – De repente, ela abraçou Diana com força. – Claro que não, irmãzinha. Claro que não estou chateada. Você teria mesmo de me perguntar.

Em seguida, despediram-se. Diana tinha trabalho a fazer e não queria se atrasar. Nunca usara sua condição de filha do senador para obter vantagens, nem mesmo as mais prosaicas, como esticar o horário de almoço. Eliane ainda tinha uns dez minutos e disse que subiria em seguida, depois de ir até a farmácia.

Olhando-a entrar no prédio, Eliane cerrou os lábios. Ah, jamais poderia confessar a Diana que havia, sim, contado a Tiago sobre seu romance com Otelo... Mas contara somente para que ele percebesse a grandeza do sentimento de seu amigo e, quem sabe, desejasse imitá-lo. Eles dois estavam juntos havia mais de um ano, já era mais do que tempo de assumirem seu romance para o mundo. E Eliane era completamente alucinada por Tiago. Faria qualquer coisa para conquistá-lo definitivamente. Por isso, não resistira à tentação e lhe contara sobre o lindo amor escondido de Diana e Otelo. Agora não mais escondido, pois toda a empresa já tomara conhecimento do fato.

Ela jamais faria algo para prejudicar pessoa alguma, muito menos Diana. Mas sabia que errara duas vezes: primeiro, por ter revelado a Tiago um segredo que não lhe pertencia; segundo, por não ter dito a verdade à amiga.

Mas o que estava feito estava feito. Além do mais, é claro que o tal e-mail não havia sido obra de Tiago, ora. Ele era o melhor amigo de Otelo, não tinha motivo algum para tentar prejudicá-lo. E ela também não poderia contar a Diana que Tiago era o seu par misterioso. Não. Se a história se espalhasse, Tiago ficaria enfurecido. E embora Diana fosse a discrição em pessoa, poderia, num momento de deslize, contar algo a Otelo, que certamente iria falar com Tiago, e seria um inferno.

Depois de pesar os prós e os contras da situação, decidiu que deixaria tudo como estava. Afinal de contas, Otelo e Diana já estavam mesmo planejando o casamento, e o tal e-mail não poderia mais ser um empecilho para eles dois. Vida que segue!

Porém, mesmo a contragosto, ela se sentia mal. Mesmo tentando convencer a si mesma de que tudo estava bem, havia uma sombra qualquer ao seu redor, embora ela não conseguisse identificar o que era ou de onde vinha. E foi com o coração estranhamente apertado que entrou no prédio da GB para retomar o trabalho.

※

— A cada dia mais eu acredito que certas pessoas nascem mesmo viradas para a lua. Olha aqueles dois!

Tiago olhou na direção a que Ronaldo apontava e viu Otelo e Diana saindo do elevador. Eles sorriam e conversavam animadamente. Pararam no saguão, Otelo conversou rapidamente com o funcionário da portaria e saiu em seguida, tomando Diana pela mão, demonstrando não se importar nem um pouco com os olhares curiosos e atentos ao redor deles. Por fim, pegaram novamente o elevador, certamente indo para a garagem. Passava um pouco das 7 da noite.

Ronaldo tinha uma expressão azeda, que não conseguia disfarçar. Antes que ele chamasse a atenção de quem passava com sua cara de poucos amigos e seus comentários ácidos, Tiago o convidou para um chope, e eles saíram dali.

A noite estava linda e muito quente. Uma típica noite carioca, e ainda nem era verão. Enquanto caminhavam, Ronaldo continuava de cara feia, e aquilo começou a irritar Tiago.

Quando por fim se sentaram, ele começou a falar.

— Então, você está mesmo mordido porque a linda Diana está namorando Otelo? — Ele disse a frase como se estivesse recitando um poema.

Ronaldo não achou a menor graça e franziu mais ainda a testa.

— Muito engraçado, porque não é com você.

— Eu não sei por que você está tão incomodado com isso.

Ronaldo virou a cabeça na direção dele com tanta força que Tiago pensou ter ouvido um estalo. Balançou a cabeça e olhou para o mar diante deles, do outro lado da rua. "Como tem gente imbecil neste mundo..."

— Não sabe? Como assim? Há muito tempo eu quero aquela garota, cara. A minha família tem amizade com o senador, eu conheço Diana desde que era moleque. E eu sempre tive a certeza de que um dia tudo entre a gente ia acontecer. Mas, não... Tinha de chegar esse infeliz, esse mulato suburbano, sem berço e sem brasão para me roubar a mulher! – À medida que falava, entortava os lábios sem sentir, compondo uma máscara de feiura no rosto. No entanto, Ronaldo era jovem e bastante atraente. Na verdade, não deveria ter do que reclamar.

Tiago riu. "Mulato." Sim, Otelo era mulato.

– Cara, você precisa tomar cuidado. Isso é preconceito, e preconceito nos dias de hoje dá cadeia. Sabia disso?

Ronaldo riu com uma expressão de desdém.

– Cadeia? Na minha família? Jamais. Cadeia é para essa gente...

– Essa gente? *Qual* gente? – perguntou Tiago com uma expressão ambígua no rosto.

Imediatamente Ronaldo percebeu que havia falado bobagem e tentou consertar a situação.

– Gente como ele, que se mistura onde não deve.

A frase não explicava coisa alguma, mas Tiago deixou passar. Na verdade, ele pouco se importava com as opiniões de Ronaldo sobre classes sociais e cor da pele. O que lhe interessava era o que eles tinham em comum.

– Concordo com você, mas de nada adianta chorar o leite derramado. No momento, e olha que eu estou dizendo *no momento*, eles estão juntos, sim, mas isso é por pouco tempo.

Ronaldo o olhou com espanto.

– Eles vão se casar! Como pode ser por pouco tempo?

Nesse momento, chegou o garçom com mais dois chopes. Tiago esperou que ele se afastasse e continuou.

– Você está se deixando levar pela raiva, por isso não consegue pensar com clareza.

– Por quê? O que você quer dizer?

Tiago olhou para o alto, respirou fundo e, por fim, olhou dentro dos olhos de Ronaldo, que estava tão impaciente que parecia prestes a explodir.

– Cara, pensa bem: Diana é a filha caçula, a única que sobreviveu, é o xodó do pai dela. O pai dela, o senador, deve ter mil planos para a filha, e eu garanto que esses planos não incluem o casamento com um... Como você disse mesmo? Um mulato? Ah, sejamos mais elegantes e politicamente corretos, por favor. O casamento com um *pardo*. É assim que se deve dizer hoje em dia, entendeu? – Ronaldo, mesmo a contragosto e odiando o tom irônico de Tiago, ouvia-o com toda a atenção. – Ele deve ter concordado com isso esperando que a filha perceba a tempo a besteira que poderá fazer. E, caso ela não perceba, ele terá tempo de desviar a atenção dela dessa maluquice.

Ronaldo exibia uma clara expressão de dúvida.

– Sei lá. Todo mundo está comentando que...

Tiago ergueu a mão, interrompendo-o.

– Fofocas, só isso. A mulherada adora uma história de amor, e os homens adoram uma competição. Já deve ter muito marmanjo planejando levar Diana para a cama assim que ela esteja casada com o... – riu de novo – ...superdiretor de Marketing pardo.

Ronaldo franziu o cenho e colocou as duas mãos espalmadas sobre a mesa. Tiago percebeu o gesto, mas nada demonstrou. Estava chegando aonde queria.

– Eu não quero só levar Diana para a cama! O que eu quero é muito mais.

Tiago fez uma expressão apaziguadora e virou um pouco a cabeça de lado.

– Eu não estava falando de você, mas de todos os gaviões que existem nesta empresa. – E, mudando de tom: – Você acha mesmo que a sua querida Diana, nascida rica, filha de um senador da República, branca e linda, vai mesmo querer se casar com um cara onze anos mais velho, que nasceu pobre, na Baixada Fluminense, que estudou graças a uma bolsa de estudos, que nunca frequentou os círculos sociais que ela conhece, e que, ainda por cima, tem sangue negro nas veias? Tudo bem que ele é meio café-com-leite, bastante encardido, mas não é branco. – E, rindo mais ainda: – Eu, sim, sou branco, mesmo tendo nascido também na Baixada.

– Mas ela está com ele, ela...

– Ronaldo, eu sei de fonte segura, vá por mim.

– O que você sabe?

Ele fechou os olhos por um instante, como se estivesse avaliando o que dizer.

– Daqui a pouco eu falo. Mas, voltando ao ponto, eu duvido que essa paixonite dure muito. Quando ela conhecer a família dele, quando descobrir onde é que os pais dele moram, eu te garanto que ela vai pensar melhor. É outro mundo, cara, e são mundos que não se misturam. O Otelo serviria para ser o motorista da família. E só. Entendeu?

Ronaldo estava cada vez mais confuso, embora, mesmo não querendo admitir, também estivesse finalmente vislumbrando um mínimo clarão de luz no fim do túnel. Tiago falava com muita certeza. Certamente, sabia de mais alguma coisa.

"Preciso arrancar dele, seja o que for."

— Tem mais alguma coisa, Tiago? Você sabe que pode me contar. Nós estamos juntos nessa. Não fui eu que te dei a ideia do e-mail anônimo?

Tiago olhou para os lados atentamente. Não havia ninguém conhecido. Ainda bem, porque aquela história precisava ficar para sempre escondida debaixo do tapete.

— Nós tivemos a ideia *juntos*, mas é claro que as suas orientações sobre o que escrever e como escrever foram preciosas. Óbvio que somos parceiros!

"Mas somente enquanto for necessário, cara-pálida."

— Você sabe de mais alguma coisa? Quero que me diga agora, entendeu? Porque o e-mail não teve o resultado que eu esperava, o senador aceitou o namoro deles, e sabe-se lá como isso aconteceu. O tiro saiu pela culatra, como se diz, mas não vai acontecer de novo. Se eu tiver mais uma chance, qualquer chance de separar Diana de Otelo, basta me dizer, e eu farei o que for preciso.

Percebendo ali mais uma oportunidade, Tiago se aproximou dele e abaixou um pouco a cabeça. Ronaldo fez o mesmo.

— Você nem precisa atacar de novo, porque ele próprio, Otelo, deu um tiro no próprio pé. Olha, eu sei de fonte segura que Diana está precisando de... dinheiro.

Ronaldo arregalou os olhos.

— Hein?

— A melhor amiga dela está encrencada, mas Diana não pode pedir ajuda ao pai, ele jamais compreenderia o problema da tal amiga. — E sussurrou: — Aborto. Da amiga, certo? Então, ela conversou com o querido Otelo, na certeza de que poderia contar com ele. Mas, infelizmente...

Tiago se comprazia em deixar Ronaldo na ponta da faca, dando a ele apenas retalhos da "história". Sentia tanto prazer naquilo que poderia passar a noite ali, assando-o em fogo lento. Até porque a expressão dele era algo surreal. Mas o tempo urgia. Tal prazer teria de ficar para outra oportunidade.

— Infelizmente o quê? — Ronaldo estava quase gritando.

— Shhhhh... — E olhou novamente para os lados. Mais uma vez o garçom os interrompeu, e mais uma vez Tiago esperou. — Obrigado. — Sorveu o chope rapidamente, quase até a metade. Naquela noite, ele estava realmente com muita vontade de beber. Sim, estava bebendo ao sucesso. À sua própria vitória, que ele já conseguia vislumbrar por inteiro. — Infelizmente, meu caro, o "boníssimo", o "devotadíssimo" e "apaixonadíssimo" Otelo ficou horrorizado, falou poucas e boas para Diana, proibiu-a de ver a amiga e ainda disse que, se ela teimasse com ele, contaria tudo ao senador. Diana ficou tão decepcionada que chorou a noite toda, segundo eu soube. Verdade. Vê? É como eu digo, essa história não tem futuro. Não dou um mês para tudo acabar entre eles.

Tiago se calou, deixando que Ronaldo avaliasse tudo o que ele dissera. Sim, ele teria de estar no ponto para a proposta que receberia.

A mente de Ronaldo vagava longe dali. Tiago respeitou aquele momento íntimo, mas por dentro gargalhava. "Como um homem adulto pode ser tão imbecil?"

— Mas hoje eles estavam rindo, você viu. Pareciam... normais. *Felizes*, até. — A palavra soou com azedume.

Tiago suspirou, impaciente.

— Diana está testando Otelo, não percebeu? Está tentando, vamos dizer, amolecer o coração dele. Além do mais, ela não é dada a chiliques, parece que é muito educada.

— Ela é sim, é uma princesa — completou Ronaldo com ar sonhador.

"Haja paciência!"

— Pois é, ela é educada, não vai fazer cena com ele. Mas você concorda que a decepção dela é muito grande? Concorda que ela já descobriu que não pode contar com ele nos momentos em que precisa? Concorda que a atitude dele é coisa de suburbano e que ela já está enxergando isso?

Ronaldo não sabia o que deduzir daquela história. Em silêncio, avaliou por alguns instantes o contexto de tudo o que Tiago revelara.

— Tudo bem, digamos que sim, que ela esteja decepcionada. E daí? Ela vai terminar tudo com ele por causa do problema da amiga? — Ele balançava a cabeça com força, e Tiago pensou que aquele era o momento adequado para lançar a isca.

— Não é uma amiga qualquer, é a melhor amiga, amiga de

infância. E Diana quer ajudar a moça a todo custo. Então, eu pensei no seguinte: se *você* conseguir o dinheiro e der a ela, como uma gentileza, seu gesto teria um peso enorme.

Ronaldo arregalou os olhos e o fitou com uma expressão de pavor.
– Hein?! Como assim? Eu?

Tiago balançou a cabeça lentamente, em um claro sinal de desgosto.
– Você mesmo, meu caro. A salvação e a solução do problema.
– Mas...
– Sem "mas". Essa é a sua grande chance de mostrar a ela quem tem berço e tradição.

"Ah, sim, você vai fazer isso..."
– Mas, ela vai saber que eu sei?
– Deixe isso por minha conta, não se preocupe. Sim, ela vai saber que você sabe e que realmente se importa. Isso é o mais importante, Ronaldo. Você consegue entender, ou eu preciso desenhar? – Tiago começou a traçar círculos imaginários sobre a mesa.

Ronaldo estava confuso, mas ao mesmo tempo conseguia enxergar uma ponta de verdade em tudo o que Tiago estava dizendo. Por fim, concordou com ele.
– Muito bem, muito bem. De quanto ela está precisando?

Tiago mal podia acreditar em sua sorte.
– Vou conferir, mas eu acho que ela precisa de dez mil reais.

Ronaldo se mexeu na cadeira e uniu as mãos diante do rosto.
– Dez mil reais? Para um aborto?
– Não somente para o aborto, mas para muitas outras coisas importantes. Importantes para Diana, claro. Por conta dos riscos, ela não quer qualquer médico para fazer isso. E ela não quer que a amiga corra nenhum perigo, por isso escolheu o melhor médico aborteiro dos ricos e famosos. E ele é bem careiro, ao que parece, mas é o melhor nesse ramo.

Ronaldo suava em bicas.
– Olha, a quantia não é a questão. A questão é: o que eu ganho com isso? O quê?

Tiago sorriu muito e bateu levemente os dedos sobre a mesa.
– Você ganha a atenção, a simpatia e a boa vontade de Diana. É o começo da conquista. E eu ganho a minha desforra. Otelo nunca mais há de me ignorar nessa empresa.

Ronaldo emudeceu por alguns minutos. O garçom trouxe mais dois chopes para a mesa deles.

– Muito bem. Como você vai fazer para entregar o dinheiro a ela?
Tiago se recostou na cadeira. Finalmente se sentia relaxado.
– Por intermédio do meu contato. Óbvio.
– E quem é o seu *contato*?
– Isso eu não posso falar, não é verdade? – Tiago riu alto, sem se importar mais com as pessoas ao redor. – Confie em mim, Ronaldo. Nós dois vamos conseguir o que queremos. Você vai ter a sua querida Diana em muito pouco tempo. E eu vou ter o lugar de Otelo. Também em muito pouco tempo.

Ronaldo olhou para Tiago e percebeu que seus olhos brilhavam de modo estranho. Na verdade, não confiava nele. Não por inteiro. Mas ao mesmo tempo se sentia impelido por sua segurança, pela força com que comandava e realizava o que queria. Ele próprio não conseguiria ir tão longe. Não sozinho. Mas por Diana ele estava se arriscando. Por ela seria tudo ou nada. Por ela valia a pena se associar a Tiago. Por ela valia a pena correr o risco.

Para Tiago, o momento era de prenúncio da vitória. Sim, a promoção que Otelo dera a Carlos lhe custaria muito caro.

ATO III

E enquanto ela não vem, quero, com a mesma lealdade com que ao céu confesso as faltas do meu sangue, contar a esses ouvidos severos como pude apaixonar-me dessa donzela e ser por ela amado.

Águas de São Pedro é uma cidade pequena e adorável, localizada no interior de São Paulo. Pareceu a Túlio um ótimo local para realizar o congresso anual da GB Engenharia, justamente pelo fato de ser tão diferente das metrópoles, e ainda mais diferente do Rio de Janeiro. Lá, naquele clima ameno, em meio àquela beleza interiorana, onde a calma e a paz reinavam sempre, ele esperava realizar o mais proveitoso de todos os encontros que já organizara até então.

Havia muita coisa em jogo. A empresa estava crescendo freneticamente, fechando contratos milionários, muitos deles com empresas estrangeiras. Por isso, cada passo precisava ser calculado com todo cuidado. Cada funcionário da GB precisava estar preparado para os novos projetos, que significavam muitos milhões entrando no caixa. Esses milhões poderiam, sim, financiar os ambiciosos projetos futuros que Túlio já estava alinhando, principalmente com grupos asiáticos. A China, com seus bilhões de habitantes, com sua economia crescente, tinha tantos e tão amplos campos para novos negócios nos quais investir que podia ser comparada a um gigantesco cesto de barras de ouro. E Túlio queria muito obter várias daquelas barras douradas para a GB. Por isso, inclusive, convidara um grupo de empresários chineses para participar do evento. Eles participariam nos primeiros dias, depois iriam fazer um pouco de turismo em São Paulo e no Rio de Janeiro. Tudo pago pela GB, obviamente. Túlio sabia que aquele investimento seria muito bem aplicado.

Assim, quando chegou ao salão de festas e viu que já havia muita gente participando do coquetel de abertura, sorriu satisfeito. Aquela primeira noite, que antecedia o início do evento, era crucial para que tudo se desenrolasse do modo como ele planejara.

Olhou ao redor com cuidado, dando um nome a cada rosto. Ele conhecia todos que trabalhavam em sua empresa, o que considerava da maior importância para manter um bom relacionamento profissional, pois as pessoas gostavam de ser notadas. Caminhou lentamente pelos diversos grupos, cumprimentando aqui e ali, dando um sorriso afável para alguns, apertando as mãos de outros, balançando a cabeça em sinal de aprovação quando via os garçons carregando bandejas fartas. Sim, ele gostava daquilo.

Os chineses estavam agrupados próximos a uma das mesas. Imediatamente, Túlio se dirigiu a eles. Às suas barras de ouro. A esse pensamento, ele sorriu ainda mais. Tudo estava indo muito bem.

Algum tempo depois, finalmente Otelo apareceu no salão. Ele estava impecável, como sempre. E radiante. Túlio, que sabia muito bem qual era o motivo de todo aquele brilho nos olhos de seu novo diretor, olhou ao redor e viu Diana do outro lado do salão. Ela estava linda como nunca. Conversava animadamente com as pessoas do seu setor, mas de vez em quando seus olhos varriam o salão, pousando em Otelo. Sempre que o olhava, seu rosto enrubescia. Túlio quase sentia inveja de Otelo, pois conquistar a atenção e o sentimento de uma jovem tão bela e adorável como Diana era o sonho de muitos homens. Túlio suspirou. Infelizmente, já não tinha idade para aqueles arroubos e sabia disso. Sentindo-se quase culpado, fez sinal para que Otelo se juntasse a ele e aos chineses.

Perto da imensa janela envidraçada do salão, Tiago acompanhava tudo. Tinha uma taça de vinho nas mãos e em vários momentos desejou lançar seu conteúdo no rosto de Otelo. Como ele era arrogante! Como se sentia melhor do que todos os presentes, melhor até do que Túlio, o CEO da GB! Ah, Tiago o odiava e queria vê-lo ser derrubado do pedestal onde estava tão injustamente instalado. O modo como ele estendia a mão para as pessoas, o modo como virava a cabeça de um lado para o outro enquanto conversava, tudo era calculado para tentar encantá-las e obter delas tudo que desejasse. Até os equilibrados chineses pareciam estar se rendendo... Tiago sabia que poderia fazer melhor, muito melhor. Bastaria que lhe dessem a chance. Até porque Otelo era *fake*, nada nele era autêntico. Fora por pura sorte que conquistara a confiança de Túlio, mas competência mesmo... Ah, ele não tinha nenhuma! Seus *cases* de sucesso aconteceram por acaso, Tiago sabia bem. Ele próprio dera a Otelo muitas oportunidades para brilhar, mas não fora reconhecido por nada. Pior, tivera de assistir à promoção ser dada a Carlos. A Carlos! E Otelo se dava ares de todo-poderoso, dizendo-lhe que "havia algo melhor reservado para ele". Tiago sorriu maldosamente. Sim, claro que havia algo melhor reservado para ele: o lugar de Otelo na GB. E naquela mesma noite ele começaria a colocar seu plano em ação.

Um garçom passou diante dele. Tiago colocou na bandeja a taça vazia e pegou duas cheias, agradecendo com um gesto de superioridade. Olhou ao redor e viu o seu alvo a alguns metros de distância. Caminhou na direção dele com firmeza, sentindo a adrenalina tomar conta de seu corpo. Era uma sensação fantástica, sempre a mesma quando ele iniciava um novo combate.

— Carlos, precisamos comemorar a sua promoção!

Carlos se virou e viu Tiago lhe estendendo uma taça de vinho. Pego de surpresa, e estranhando bastante aquela aproximação, deu um meio sorriso.

— Oi, Tiago.

— Vamos brindar, por favor. Eu ainda não tive oportunidade de te cumprimentar, não é? Então, acho que esta é uma boa hora.

Ele sorria, e Carlos se perguntava qual seria o seu verdadeiro objetivo. Afastou-se do grupo onde estava conversando e aceitou a taça de vinho.

– Bem... Obrigado, Tiago.
– À sua saúde e ao seu sucesso em sua nova função.
– À nossa.

Tiago sabia que Carlos não estava entendendo o seu comportamento. Tudo bem, isso também era parte do plano. Eles brindaram com um leve tilintar das taças.

– Você está mesmo me cumprimentando, Tiago? – Carlos involuntariamente ergueu uma sobrancelha ao fazer a pergunta, enquanto bebia um gole do vinho.

"Estou te cumprimentando pela sua queda, que acontecerá em breve, meu amiguinho."

– Claro que sim. Mas eu imagino que você não acredite muito nisso, não é? – Tiago baixou os olhos na tentativa de compor uma expressão ligeiramente humilde.

Carlos reagiu imediatamente.

– Bom, eu pensei que, sendo tão amigo de Otelo, você poderia... – Ele interrompeu a frase, acabrunhado.

– Eu poderia ter ficado com raiva da sua promoção? Fiquei sim, Carlos, mas foi naquele momento. Depois Otelo conversou comigo, está tudo certo, fique tranquilo.

Tiago adorava misturar a mentira com a verdade para confundir as pessoas e quase sempre conseguia que sua farsa passasse completamente despercebida. Daquela vez não foi diferente, e ele viu Carlos mexer os ombros como se estivesse se livrando de um enorme peso.

– Olha, eu realmente me sinto aliviado. Nossa, eu achei que você estava com muita raiva. Afinal de contas, se Otelo o promovesse para esse cargo, não seria espanto para ninguém. Eu achei que você se sentia injustiçado, mas ainda bem que não é nada disso. – Ele sorriu com franqueza e bebeu mais vinho.

– Carlos, sinceramente, cara, eu acho que você é a melhor escolha. Sério! Eu e Otelo somos amigos, sim, estudamos juntos, trabalhamos na mesma empresa. Já está de bom tamanho, eu acho. Mas se a gente trabalhasse tão próximos como vocês vão trabalhar, eu não sei... Acho que não seria tão bom como é, poderia atrapalhar justamente a nossa amizade. Somos praticamente irmãos, todo mundo sabe disso. É claro que, quando eu soube da sua promoção, na hora eu fiquei... sei lá... chateado. Mas não pela promoção, e sim pelo fato de Otelo ter escolhido outra pessoa e não eu. Mas depois, como te disse, nós conversamos e esclarecemos tudo. Então, estou te parabenizando mesmo, pode crer. – Tiago ergueu novamente a sua taça.

Carlos relaxou e brindou novamente.

– Acho que merecemos beber hoje. A semana vai ser uma loucura, ainda mais com esses chineses por aqui. – Tiago fez um gesto na direção do grupo estrangeiro, com o qual Túlio e Otelo ainda se ocupavam.

– Esse vinho é muito bom mesmo – Carlos concordou. – Mas eu não quero exagerar, não sou muito forte para beber. E amanhã tenho de fazer a minha explanação, ainda vou dar uma repassada em tudo antes de dormir.

– Não se preocupe, cara. Esse vinho é de ótima qualidade, não pega mesmo. – Tiago começou a rir com um ar despreocupado.

– Nunca se sabe. Mas tudo bem. Mais uma taça, então.

– É assim que se fala. – Tiago fez sinal para um dos garçons que circulava perto deles. – Acho melhor a gente ir para a varanda, aqui dentro está meio sufocante. Vamos?

Carlos olhou ao redor e viu que todos estavam distraídos, cada grupo envolvido em suas próprias conversas. Ninguém perceberia se eles saíssem por alguns minutos. Além do mais, ele queria mesmo beber. Estava ansioso pelo dia seguinte, quando teria de fazer a explanação de um dos projetos de maior porte. Otelo o encarregara daquela função, mas Carlos estava inseguro. Precisava conversar com alguém sobre o assunto e de repente percebeu que Tiago seria a pessoa certa com quem falar.

– Vamos, sim.

*

Ronaldo passou a noite admirando Diana à distância. Sabia que precisava concentrar-se no congresso, nas questões profissionais que ali estavam envolvidas, na grande oportunidade de se sobressair perante os estrangeiros, perante Túlio, o CEO. Contudo, invariavelmente seus olhos eram atraídos para ela. Sempre que a via, tudo o mais perdia a importância. E o mais doloroso era perceber a energia faiscante que visivelmente existia entre ela e Otelo. Era inegável que eles estavam, sim, completamente apaixonados. E de repente, lembrando-se da história que Tiago lhe contara, começou a desconfiar de que havia algo muito errado naquilo tudo. Na verdade, a história não combinava com o que ele via. Embora em momento algum Otelo e Diana tivessem se aproximado, sequer dirigido a palavra um ao outro, o modo como se olhavam era mais do que suficiente para mostrar ao mundo a paixão que os unia. Mesmo que houvesse problemas, mesmo que houvesse desentendimentos entre eles, nenhum conflito poderia afastá-los um do outro. Ele conseguia perceber aquilo intuitivamente.

Ao se dar conta disso, Ronaldo decidiu testar sua teoria. O vinho que bebera lhe dera a coragem necessária. Aproximou-se de Diana em um raro momento em que ela estava um pouco afastada do grupo e a cumprimentou gentilmente. Conversaram um pouco, ele esperando todo o tempo que ela, de modo discreto, lhe agradecesse pelo imenso favor que lhe prestara, pela ajuda incondicional que dera a ela e a sua amiga secreta encrencada, mas em momento algum Diana se referiu ao fato, agindo como se nada tivesse acontecido. Tratou-o muito educadamente, mas nada fez além disso. Ela era a mesma de sempre, tratando-o com educada distância, como sempre fizera, aliás, desde a infância de ambos. Mesmo quando era somente uma menina, era gentil e discreta com todos, e também o fora com ele. Por fim, percebendo o olhar ansioso de Otelo, ela se desculpou e se afastou delicadamente.

Ronaldo sentiu um ódio imenso tomando-o pela garganta. Sentia-se um imbecil e não sabia se tinha mais raiva dela ou de Tiago, que o envolvera naquela situação ridícula. Pensando nele, olhou ao redor, mas não o viu em lugar algum. Onde estaria ele? Aquele era um bom momento para tirar a limpo aquela história. Todos estavam distraídos e envolvidos em suas conversas, ninguém perceberia se ele saísse por alguns instantes.

Tomou um último gole de vinho, colocou a taça em cima de uma das mesas e estava prestes a se virar quando ouviu uma voz irônica atrás de si.

– Aonde vai... o nosso *querido* executivo com tanta... pressa?

Ronaldo olhou para trás e viu que era Carlos. Viu também que ele parecia ter bebido bastante, tinha o olhar febril e exibia um sorriso torto no rosto avermelhado.

– Carlos, você está bem? – perguntou.

Carlos começou a rir e pegou uma taça de vinho da bandeja do garçom que passava, quase o derrubando. O pobre homem se esquivou rapidamente, mas lhe ofereceu a bebida mesmo assim, educadamente.

– Muito... obrigado, meu amigo! – Carlos sorveu metade do vinho de uma só vez. – Não quer... brindar comigo, Ronaldo? Eu mereço... um brinde, você não acha? Ah, não, claro que não acha...

– Carlos, você deveria parar de beber, acho que...

Carlos parou de rir e o puxou pela manga da camisa.

– Vamos, vamos. Eu quero... brindar, mesmo que você... não concorde. Vamos!

– Para com isso, Carlos. As pessoas vão perceber e...

Mas Carlos conseguiu puxá-lo para a varanda, e Ronaldo não teve outra opção a não ser segui-lo. Não queria chamar a atenção de ninguém, mas estava bastante aborrecido com aquela situação.

– Carlos, eu acho que você deveria...

De repente, Carlos se virou e o encarou com olhos furiosos.

– E eu... acho que você... deve... me cumprimentar, Ronaldo. Porque você e... todo mundo vai... ter de... engolir a minha... pro... pro... promoção...

– O quê? Você está mesmo... bêbado. O que eu tenho a ver com a sua promoção, cara? – Ronaldo se esquivou dele, fazendo-o finalmente soltar sua manga.

– Ah, ficou... *vervoso*? Nervoso?

– Estou nervoso porque detesto gente que... não sabe beber! – Ele próprio se sentia muito tonto, mas não poderia deixar que o outro percebesse.

– Nossa... que certinho... você é...

– Olha, eu não sei o que você tem, e não quero saber. – Com um safanão, Ronaldo lhe deu as costas e tentou sair, mas Carlos o segurou pela gola e o fez voltar-se novamente.

– Seu... hipo... hipo... hipro... Mentiroso!

Ronaldo estava a ponto de se engalfinhar com ele ali mesmo, mas ainda conseguiu manter a cabeça no lugar.

– Me larga, imbecil! – Puxou o braço com força e mais uma vez tentou se afastar.

Os olhos de Carlos faiscavam. Ah, sua cabeça rodava, mas nada parecia ter mais importância do que a verdade que Tiago lhe contara. Ronaldo falando mal dele para toda a empresa! Ronaldo rindo de sua promoção, sussurrando a todos que em pouco tempo ele fracassaria, que era só uma questão de tempo. E ele próprio já vislumbrara os olhares que o seguiam quando ele passava pelos corredores da GB. Sim, eram olhares de desdém, puro desdém. E somente Tiago tivera a coragem de lhe revelar a verdade! Devia-lhe muito por tal coragem, sem dúvida. Carlos sabia que o vinho em excesso lhe dera a força necessária para enfrentar Ronaldo. Aquilo era um tanto quanto vergonhoso, ele era obrigado a admitir, mas o prazer que sentia por ser capaz de enfrentá-lo e desmascará-lo era maior do que qualquer sentimento de vergonha. Eles nunca haviam sido próximos. Ronaldo era arrogante e tratava as pessoas com superioridade, como se o seu sobrenome o fizesse valer mais do que qualquer um. Carlos, que também ostentava um bom sobrenome, nunca o suportara por conta de sua postura, e agora tinha motivo de sobra para ir à desforra contra ele.

Por tudo isso, sem pensar duas vezes, sem raciocinar sobre a loucura que estava prestes a fazer, mas fortalecido pelos vapores do álcool, ele estendeu a mão, agarrou novamente a gola da camisa de Ronaldo e a puxou com força. Ronaldo tropeçou, sendo puxado para trás, e colocou as mãos no pescoço tentando se livrar do aperto incômodo.

– Você está maluco, cara? Me larga! Me lar... ga...
– Diz agora... seu miserável... diz a verdade... Mas eu juro que... você... vai engolir... cada palavra que... disse... contra... mim...

Carlos puxava a gola com força; Ronaldo começou a sufocar e tentou mais uma vez se soltar, atirando um pé para trás na tentativa de acertar Carlos, mas foi em vão. Sua posição não o ajudava.

Finalmente, um dos garçons apareceu na varanda, viu o que estava acontecendo e correu para dentro a fim de chamar os seguranças do hotel. Eles chegaram rapidamente e tiveram de erguer os dois, que já estavam caídos no chão, engalfinhados, suando em bicas, empoeirados, descabelados, parecendo dois delinquentes, e não dois altos executivos da GB Engenharia.

A chegada dos seguranças chamou a atenção de todos que estavam do lado de dentro, e foi com completo desgosto que Túlio e Otelo, ao chegarem à varanda, presenciaram aquela cena deplorável. Túlio ficou lívido e não disse palavra. Saiu imediatamente, preocupado com seus convidados estrangeiros. O que pensariam daquilo seus *valiosos* chineses? Se a GB perdesse o negócio, se amargasse aquele imenso prejuízo por causa daqueles dois imbecis, eles seriam demitidos por justa causa e ainda seriam processados. Ah, sim, ele faria isso com todo o prazer!

Otelo não conseguia acreditar que aquela cena deprimente era real. Quando os dois estavam finalmente de pé, completamente amarfanhados, ele se aproximou de Carlos, o segurou pela gola e disse em voz tão baixa que ninguém ao redor conseguiu ouvi-lo:

– Quando o seu vergonhoso porre passar, e acho que vai demorar um pouco, pegue a sua bagagem e volte para o Rio. Você está despedido!

Carlos era sua responsabilidade, ele o tinha promovido. Quanto ao outro, Túlio decidiria o que fazer. Antes de sair, Otelo olhou uma última vez para Carlos e sacudiu a cabeça em sinal de completo desgosto. Como pudera se enganar tanto assim?

Quando os seguranças passaram conduzindo os dois, as pessoas que estavam aglomeradas junto à porta da varanda se afastaram rapidamente, todas ao mesmo tempo. Parecia que eles estavam infectados por algum vírus assassino, tal era o modo como os olhavam e como demonstravam claramente que não queriam estar perto deles de forma alguma. A uma distância segura, perto da porta de entrada do grande salão, Tiago assistia à cena, completamente satisfeito com o sucesso de seu plano.

*

Ao abrir os olhos na manhã seguinte, Carlos pensou que sua cabeça iria explodir, tão forte era a dor que sentia. Ele mal conseguia olhar ao redor, qualquer pequeno movimento que fazia provocava a sensação de que estava sendo perfurado por agulhas. Lentamente, muito lentamente, ele conseguiu sentar-se na cama e olhou de relance o celular sobre o criado-mudo. Apertou uma das teclas e conseguiu ver que passava das 10 da manhã. "Inferno, inferno, inferno!" O congresso já estava a todo vapor, e ele ali, naquele estado deprimente. Ele precisava descer, sua apresentação seria às 11 horas.

Fazendo um grande esforço, levantou-se e foi para o banheiro. Entrou no chuveiro, despiu-se e deixou que a água fria corresse por seu corpo com força. Sim, aquilo era bom... A ducha era forte, e ele se sentiu bem melhor.

Vestiu-se o mais rápido que pôde e conferiu sua pasta para ver se ali estavam os relatórios e documentos necessários para a sua apresentação. Estava tudo ali, mas não o resumo. Onde estaria o resumo? Abriu o *notebook* rapidamente e olhou as horas. Eram 10h35. Ainda havia tempo. Porém, ele ainda precisava pensar na desculpa que daria por não ter se apresentado às 8 da manhã, horário do início das apresentações. E foi nesse momento que as lembranças da noite anterior voltaram, todas da uma vez.

Na verdade, ele não precisava se preocupar com a sua apresentação porque não havia mais necessidade. Otelo o despedira! Por causa da briga com Ronaldo, por causa da sua bebedeira, por causa do imperdoável vexame que dera diante de todos.

Completamente desesperado, Carlos abaixou a cabeça. Por que fizera aquilo? Por que bebera tanto? Por quê? Por quê? Por quê?

Claro. Ele sabia o motivo: as revelações de Tiago sobre Ronaldo, os terríveis comentários maldosos a seu respeito. Muito justo que ele fosse cobrado por isso. Carlos não sabia deixar nada para depois, com ele era tudo às claras. Ótimo. Mas ele não precisava ter feito daquela forma, jamais! Que imbecil ele era! Se pudesse, bateria com a própria cabeça na parede. Imbecil! Idiota! Havia jogado tudo fora, tudo pelo que lutara, por causa de cinco minutos de descontrole, por causa de uma desforra que agora se mostrava inútil. Se não estivesse fora de si, teria confrontado Ronaldo em outro momento, de outra forma, e não justamente durante aquele congresso, que era tão importante, que só acontecia uma vez por ano, em que tantas coisas estavam em jogo... Teria sido a sua grande oportunidade, o momento de mostrar a todos, e principalmente a Túlio e a Otelo, que estava efetivamente capacitado e pronto para dar conta de suas novas responsabilidades. Infelizmente, porém, a oportunidade fora jogada fora por ele mesmo.

Ficou ali, com a cabeça entre as mãos, amargando sua derrota, mas ainda tentando encontrar uma tábua de salvação, quando ouviu o som de uma mensagem chegando em seu celular. Lentamente pegou o aparelho e olhou o visor. Era Tiago.

"Vc está no seu quarto?"

Tomado pelo mesmo impulso que leva um náufrago a se agarrar a um tronco de árvore que surge boiando no meio do mar, ele digitou: "Tô aqui sim."

Tiago respondeu: "Estou subindo".

Carlos começou a acalentar a ideia de que algo positivo poderia ter acontecido. Tiago certamente traria alguma notícia da parte de Otelo. Quem sabe ele teria uma segunda chance? Pensando nisso, e ainda tremendo um pouco por conta do vinho que bebera na noite anterior e do nervosismo daquele dia negro, ele esperou.

*

Tiago por fim se calou, certo de que seus argumentos convenceriam Carlos. A sensação de vitória que o invadia era tão plena que ele poderia gritar. Tudo, absolutamente tudo que planejara estava acontecendo de verdade, era completamente real, e ele estava descobrindo que os movimentos da vida eram efetivamente guiados pela mente humana, e por nada mais além disso. Destino? Uma grande bobagem, com certeza. Não havia destino, não havia Deus, não havia castigo. Havia apenas as mentes inteligentes que manipulavam as demais como queriam, e as certeiras vitórias que colhiam em seguida. Era como na lei de Darwin, que dizia que somente os mais fortes sobrevivem. Pois bem, se ele tivesse de louvar a um deus, esse deus seria Darwin, com certeza, que postulara a maior das verdades. Ele era mais uma prova disso.

– Então, você entendeu tudo? – perguntou a Carlos mais uma vez.

– Entendi, mas você acha mesmo que...

– Carlos, eu sei do que estou falando. Conheço Otelo há anos, sou o melhor amigo dele, esqueceu?

– Sei disso, mas mesmo assim... Envolver a namorada dele... Sei lá, acho que...

Tiago suspirou, impaciente, e olhou o relógio. Não poderia demorar-se mais, em quinze minutos o intervalo para o almoço terminaria e ele teria de voltar para o congresso, as apresentações da tarde eram muito importantes. Naquele dia, inclusive, Túlio apresentaria aos chineses o milionário projeto da GB para diversas construções gigantescas em Pequim e em várias outras cidades próximas. Era algo faraônico, portanto ele não poderia se atrasar de modo algum, até porque os austeros chineses já não demonstravam o mesmo entusiasmo de antes devido à lamentável cena da noite anterior. Isso estava explícito no rosto de todos eles.

– Carlos, atualmente nada é mais importante para Otelo do que Diana. Entendeu? Se você pedir a ela que interceda a seu favor, Otelo vai ouvi-la. Se você mesmo procurar por ele, não vai adiantar nada, ele nem mesmo vai olhar para você. Mas as mulheres sempre têm um modo diferente de conseguir o que querem, elas têm algo precioso, que os homens adoram! – Começou a rir, fazendo um gesto grosseiro com as mãos. – Não é verdade?

– Eu sei, Tiago, mas por que ela me ouviria? Por que iria se envolver nisso? – Naquele momento, Carlos parecia mais velho e mais frágil. Tiago adorou vê-lo daquele jeito e mal pôde conter-se para não gargalhar.

"Isso é para você aprender que ninguém pode meter-se no meu caminho e sair limpo."

– Cara – colocou as mãos em seus ombros, como a ampará-lo –, sou seu amigo e quero que você saia vitorioso disso tudo, com o seu emprego e a sua promoção. Eu nunca poderia imaginar que você teria aquela reação quando contei as intrigas de Ronaldo, puxa vida! Você exagerou, mas agora está feito, não se pode apagar o que houve. Mas podemos consertar tudo, e o caminho para isso é Diana, vai por mim. Fale com ela ainda hoje, eu vou te ajudar. Diana sabe que você apoiou o namoro deles. Sei disso de fonte segura. Ela sabe que você, inclusive, cortou a fala de muitos, que insistiam em afirmar que Otelo era interesseiro. Por causa disso, ela vai te ajudar, sim.

Carlos ergueu os olhos e pensou que a amizade recém-descoberta de Tiago valia muito mais do que ele sequer poderia ter imaginado. Subitamente, colocou a mão em seu antebraço e conseguiu sorrir levemente.

– Olha, eu vou ficar te devendo essa pelo resto da vida. – Sua voz estava um pouco embargada. – Valeu mesmo, Tiago. Tudo bem, eu vou falar com Diana.

– Assim é que se fala! Mas é importante que você fique aqui, não saia. Otelo não deve te ver ainda. Na hora certa de falar com ela, eu te aviso pelo celular. E não se preocupe, porque a GB pagou a estadia de todos com antecedência, ninguém vai te procurar aqui. Eles estão ocupados com os chineses.

– Tudo bem.

Com um sorriso de encorajamento, Tiago saiu do quarto satisfeito. Agora precisaria colocar em prática a parte mais difícil do plano. Mas, justamente por ser a mais difícil, era a que realmente fazia ferver a adrenalina em seu corpo.

*

Diana estava preocupada com Otelo. Desde o lamentável acontecimento da noite anterior, ele mal conversava, nem mesmo aos executivos da GB se dirigia. Ela vira que ele abrira a boca apenas para responder o que lhe perguntavam e conservava uma expressão fechada e dura no rosto. Por isso, durante o intervalo da manhã, ela não pôde conter-se e se aproximou dele, contrariando as regras que ambos haviam estabelecido para quando estivessem em situações de trabalho, ou seja, de que não se dirigiriam um ao outro em público. Mas ela percebera que ele estava muito aborrecido e queria ajudar de alguma forma. Por isso, quando o viu sozinho pegando uma xícara de *cappuccino*, viu ali a sua chance.

– Otelo, podemos falar um pouco?

Ao ouvir aquela voz suave e tão amada, ele se voltou rapidamente.

– Ah, minha querida, não é um bom momento, infelizmente. – Ao vê-la ali, percebendo que ela não pudera controlar-se, o coração de Otelo se enterneceu e, apesar de todos os aborrecimentos recentes, ele mais uma vez pensou no quanto era afortunado por tê-la conhecido.

– Eu sei, nós combinamos isso, mas me diga apenas se você está bem.

Os olhos dela brilhavam, e Otelo mais uma vez quis mergulhar naquele olhar, esquecendo-se de todo o resto.

– Não estou bem, mas vou ficar. Não se preocupe.

– Podemos nos ver hoje à noite? Talvez sair um pouco? – perguntou ela ansiosamente.

– Podemos sim, meu amor. Eu te ligo assim que estiver liberado. – Sorriu, tentando mostrar a ela o quanto a sua simples presença era adorada.

– Vou esperar, seja a hora que for, meu querido.

Ao vê-la se afastar, Otelo não pôde deixar de admirar seu belo porte, que a fazia se assemelhar a uma verdadeira rainha. Diana era muito bela, e era dele, somente dele. Foi nesse momento que Túlio entrou na sala, um pouco apressado e olhando para todos os lados à procura de alguém. Contudo, ao cruzar com Diana, sua expressão mudou. Otelo o viu parar para cumprimentá-la com gentileza, tomando sua mão e a beijando com ternura. Ternura? Não. Havia desejo nos olhos de Túlio, Otelo conseguia perceber. Desejo de um homem por uma bela mulher. Porém, aquela mulher era dele, Otelo, de mais ninguém.

Ele viu o sorriso gentil de Diana, que parecia agradecer algum comentário que Túlio fizera. Em seguida, ela saiu, mas Túlio continuou parado, olhando-a se afastar. Quase sem perceber, Otelo cerrou os punhos. Por mais que admirasse o CEO, a quem devia muito, não poderia admitir que ele lançasse aqueles olhares para ela, para sua Diana, sua amada, seu tesouro. Por alguns segundos, teve a gana de segurá-lo pelo colarinho e lhe perguntar o que realmente pretendia com todos aqueles gracejos. Por causa disso, Túlio o encontrou com uma expressão ainda mais fechada e julgou que era por causa da cena envolvendo Ronaldo e Carlos.

— Eis você, Otelo, finalmente. Eu estava à sua procura. Precisamos repassar alguns pontos para a apresentação da tarde. O que acha de fazermos isso na hora do almoço?

Túlio parecia menos preocupado, e Otelo supôs que ter encontrado Diana fizera bem a ele. Esse pensamento foi mais um motivo para seu humor se azedar novamente.

— Podemos, Túlio, claro – respondeu entredentes.

— Encontrei Diana agora. Quando penso que quando conheci Bernardo ela era uma criancinha de tranças, mal acredito que se tornou essa mulher belíssima. Tomei um susto quando a vi naquele dia, no dia em que o senador mandou lhe chamar. Ela poderia ser modelo, se quisesse. Sorte a sua, meu caro, por se casar com essa beldade. É de dar inveja, falando francamente. Se eu não tivesse a idade que tenho, acho que seria seu rival e lutaria pelo amor da bela Diana. – Sorriu para Otelo com um ar jovial, algo que raramente o acometia.

Otelo franziu o cenho e cerrou um pouco os olhos. Sentiu que sua cabeça estava começando a doer intoleravelmente. A vontade de segurar Túlio pela gola estava rapidamente se transformando no ímpeto de lhe dar um murro. Por isso, ele sacudiu a cabeça, virou-se e pegou um copo de água sobre a mesa do *coffee break*. Precisava se controlar. No fundo, sabia que Túlio não faria nada daquilo, que estava falando apenas para se divertir um pouco à custa dele e para deixar a atmosfera mais leve. Mas, mesmo assim, somente por imaginar Diana em seus braços, ele sentia seu estômago pegar fogo.

— Vamos, Túlio, já está na hora.

— Você está com uma cara péssima, Otelo. Olha, eu também estou furioso com aqueles dois imbecis, mas precisamos disfarçar. Se demonstrarmos o tempo todo o quando estamos envergonhados, o assunto não morre. Faça cara de quem nem se lembra mais, por favor. Até porque eles não têm importância alguma, ainda mais perante os projetos que temos; esses, sim, são muito importantes.

Otelo respirou fundo, aquiesceu e o seguiu. Não via a hora de estar com Diana e esquecer tudo aquilo. Somente em seus braços ele conseguiria relaxar e apagar da mente o vergonhoso episódio. Afinal, ele próprio promovera Carlos, que por sua vez provara não estar à altura. Ou seja, o erro maior era dele.

Sim, somente Diana tinha a força necessária para apaziguar sua consciência.

ATO IV

*As ninharias leves como o ar, para quem tem ciúmes,
são verdades tão firmes como trechos da sagrada Escritura.*

Ele já estava impaciente e sentiu que transpirava. Se alguém o visse ali e contasse a Otelo? Ou a Túlio? Carlos passara o dia praticamente escondido no quarto. Pedira o almoço pelo telefone, receando o tempo todo que batessem na porta o convidando a se retirar do hotel, mas felizmente nada acontecera. Aquele fora o pior dia de sua vida, sem dúvida. Sentia-se como um marginal foragido, e a única coisa que aliviara seu desgosto fora a mensagem enviada por Tiago, já no começo da noite. Ele escrevera: "Ela acabou de subir, esteja atento e fique no corredor. O quarto dela é no andar de baixo, 403, desça pela escada. Boa sorte!".

E ali estava ele, encostado na janela, no final do corredor, de onde tinha uma visão ampla de toda aquela ala de quartos. O de Diana era a terceira porta à esquerda. Carlos desejou que ela não fosse como tantas mulheres, que demoram horas e horas para se arrumar. Por sorte, a porta da escada ficava ao lado de onde ele estava, de modo que a cada som que ouvia ele podia rapidamente se esconder. Todos os andares, do segundo ao quinto, estavam ocupados por funcionários da GB Engenharia. Ele não poderia ser visto de modo algum.

Por fim, a porta do 403 se abriu e ele pôde ver Diana. Ela estava muito bonita, bem vestida e bem penteada. Ele também viu que ela segurava alguma coisa, que prendia sua atenção. Sem esperar mais, ele avançou pelo corredor e a chamou:

— Diana, por favor, preciso falar com você!

Ela se assustou e virou a cabeça rapidamente em sua direção. Ao reconhecê-lo, pareceu aliviada.

— Oi... Desculpe, mas você não é o...

— Carlos, sou eu mesmo.

— Pensei que você já tinha ido embora. Depois do que...

Ele não deixou que ela terminasse a frase. Não tinha tempo a perder com considerações inúteis.

— Sim, eu ainda estou aqui e preciso muito falar com você. Por favor.

Diana estava muito surpresa. Se ele ainda estava ali era porque certamente estava desobedecendo à ordem que lhe fora dada, o que era grave. Mas, por outro lado, sua expressão era tão infeliz que ela, involuntariamente, sentiu muita pena dele.

— Desculpe, mas eu não sei como eu poderia ajudar. Eu...

— Por favor, pode me dar alguns minutos? Eu realmente preciso da sua ajuda. Por favor, Diana.

Ela o olhou longamente e percebeu de imediato o que ele desejava. Mas seria certo se envolver com aquela história, que em nada lhe dizia respeito? Bem, na verdade lhe dizia respeito, sim, pois Otelo estava envolvido. E ela também sabia o quanto Otelo estava infeliz por causa do que acontecera, pela confiança que depositara naquele rapaz. Esses pensamentos passaram por sua mente em segundos, e ela não demorou muito para tomar uma decisão.

— Tudo bem, vamos conversar. Mas onde? No meu quarto, eu acho que não seria...

Aliviado, sentindo que um peso enorme começava a ser tirado de seus ombros, Carlos quase sorriu ao responder:

— Podemos ir ao meu quarto, com todo o respeito. Fica no andar de cima. A escada é logo ali. Por favor, não tenha medo, sou um homem de respeito. Mas não posso, no momento, ir a outro lugar.

Diana olhou ao redor com desconforto. Não se sentia à vontade para ir ao quarto dele sozinha, mas sabia também que eles não poderiam ficar ali. E, já que decidira ouvi-lo, tinha de ir até o fim. Em todo caso, ficaria de pé e deixaria a porta do quarto dele apenas encostada, para o caso de alguma emergência. Contraditoriamente, o pensamento lhe pareceu tão absurdo que ela sentiu vontade de rir de si mesma. Carlos estava claramente apavorado por ter perdido o emprego, de modo que certamente não tinha cabeça para mais nada, muito menos para atacar uma jovem indefesa. "Não seja ridícula..." Caminhou pelo corredor, atrás dele.

Sem que nenhum dos dois pudesse vê-lo, Tiago apareceu do outro lado, saindo do elevador, no mesmo momento em que a porta da entrada da escada era fechada. Ele sorriu, deliciando-se com as marionetes que movia mais uma vez.

*

— Ele realmente fez isso? Ronaldo fez isso? — O tom de sua voz era de total incredulidade.

Carlos andava de um lado para o outro, não conseguindo conter seu nervosismo.

— Fez. Eu sei que nada disso justifica a minha atitude, Diana. Eu sei que errei feio, sei que não correspondi à confiança que Otelo depositou em mim. Mas, na verdade, embora muito errado, eu não errei no campo profissional. Claro, eu sei que este é um congresso, sei que é um ambiente de trabalho e que eu não deveria jamais ter bebido como bebi, agredido o Ronaldo, etc. Mas, tirando essa fraqueza momentânea, eu sei quem sou no meu trabalho. Foi por isso, inclusive, que perdi a cabeça ao saber de tudo o que o Ronaldo estava falando pelos corredores da GB. É muito injusto! Eu trabalhei muito para merecer essa promoção. Todos os meus projetos para os chineses estão aí, prontos para serem implantados, basta que eu tenha uma chance. Uma nova chance...

Por um momento ela imaginou que ele iria chorar e ficou perplexa. Mas Carlos conseguiu se controlar, e quando a olhou de novo estava firme e determinado.

— Otelo vai escutar você, tenho certeza disso.

Ela balançou a cabeça, claramente em dúvida.

— Não sei, Carlos. Não sei mesmo. Eu não posso me envolver assim no trabalho dele. Nem tenho parâmetros para julgar a sua competência. Na verdade, eu...

Carlos atravessou o quarto e se abaixou diante dela, a uma distância respeitosa, mas olhando-a nos olhos.

— Diana, acho que vocês, mulheres, não sabem mais a força que têm sobre os homens. Vocês buscaram tanto a independência, a igualdade e sei lá mais o quê, quando na verdade tudo é muito simples. Veja bem: um homem apaixonado faz qualquer coisa pela mulher que ama. Qualquer coisa. Tudo ele é capaz de ouvir, de conceder, de perdoar. Otelo está completamente apaixonado por você, e você, por ele. Todo mundo já percebeu isso. Então, qualquer pedido que você faça, ele vai no mínimo considerar.

Ela ainda estava em dúvida. Não se imaginava assim tão poderosa sobre Otelo, pois na verdade julgava que o amava muito mais do que ele a ela, e assim deveria ser. Ele fora feito para ser adorado, e ela, para adorá-lo.

— Carlos, eu acho que não devo...

Ele segurou as mãos dela com carinho.

— Por favor, eu lhe peço, me ajude.

Subitamente Diana se lembrou do que Eliane lhe contara algum tempo antes: que muitas pessoas na GB estavam dizendo que Otelo se aproximara dela somente por interesse, porque ela era filha de um senador, porque ele queria ascender socialmente, visto ter nascido em uma família pobre. E faziam também outros comentários maldosos, diziam que ele gostava mesmo era de garotinhas jovens e cheirando a leite. Diana ficara revoltada ao saber de tudo aquilo, que jogava lama em um sentimento tão belo e puro como o deles, que nascera sem que eles pudessem prever.

Mas Eliane também lhe contara que Carlos, ao ouvir aqueles comentários, rebatera todos eles com desdém, dizendo claramente que eles não passavam de uns invejosos, mal-amados e dissimulados, pois falavam mal de Otelo por trás, mas quando estavam em sua presença só sabiam adulá-lo e lhe dizer falsas palavras gentis. Por causa disso, inclusive, Carlos adquiriu vários desafetos na empresa.

Diana suspirou. Sim, ele merecia que ela o ajudasse.

– Tudo bem, Carlos. Vou falar com ele.

Ele mal conseguia acreditar que ela estava concordando! Finalmente, a sorte parecia ter se lembrado dele novamente. Ele conseguiria superar tudo aquilo.

– Diana, eu nem sei o que dizer... Muito obrigado mesmo. Saiba que acabou de ganhar um grande amigo. Conte comigo sempre. Muito obrigado.

Ela sorriu, satisfeita por poder ajudá-lo. Otelo estava muito mal por causa de tudo o que acontecera, e mais ainda pela confiança que depositara em Carlos. E se Otelo havia apostado nele e em sua competência profissional, era porque Carlos estava preparado para tal. Logo, se eles conseguissem se entender novamente, seria melhor para todos.

– Falarei com ele na primeira oportunidade, ainda hoje. – Levantou-se, percebendo que já estava atrasada. – Darei notícias, não se preocupe.

– Muito obrigado. – Ele não conseguia dizer nada diferente.

Acompanhou-a até a porta e se sentiu andando sobre nuvens. Todo o mal-estar que sentira o dia inteiro desparecera por completo.

Diana sorriu ligeiramente para ele e saiu. Ele ainda ficou parado, observando-a, emocionado e agradecido. Ela tinha um porte de rainha, com certeza. E, sendo uma rainha, conseguiria obter para ele o perdão do rei.

*

Ao ver Diana entrando no salão à sua procura, Otelo suspirou ligeiramente. Como ela estava linda! Como ele gostaria de poder sair dali com ela sem que ninguém visse... O aconchego de seus braços era tudo o que ele realmente desejava, mas Túlio o envolvera em uma reunião fora de hora, que certamente iria durar muito. Por isso, o passeio deles teria de ficar para a noite seguinte.

Ele se levantou, pedindo licença a Túlio, e se dirigiu à sua amada. Conversaram por alguns minutos, e ele pôde perceber claramente a decepção estampada em seu rosto. Mas ambos tinham consciência de que estavam ali a trabalho e que teriam, ainda, uma vida inteira para estar juntos. Por isso, ela própria o encorajou a se dedicar ao compromisso profissional, mas frisando que ele tentasse não dormir muito tarde e que não ficasse sem comer.

Otelo adorou aquelas orientações, pois ela já se colocava na posição da esposa que toma conta do marido. Beijou suas mãos com gentileza, olhando-a nos olhos, e prometeu que na noite seguinte nada os impediria de sair um pouco e conhecer a cidade.

Quando Diana entrou no elevador, cruzou com Tiago, que a cumprimentou com vivacidade. Ela percebeu que ele parecia muito contente e se perguntou qual seria o motivo, uma vez que todos ainda estavam cabisbaixos, sob o efeito do incidente da noite anterior. Mas, como tinha outras preocupações na cabeça, rapidamente esqueceu o assunto e subiu para o seu quarto.

Tiago viu que Otelo e Túlio estavam ocupados com assuntos muito importantes, mas ele não estava com pressa. Poderia esperar até o amanhecer. Por isso, acomodou-se em uma das confortáveis poltronas, pegou uma revista e começou sua vigília. Otelo e Túlio saíram logo dali e foram para uma das salas de reunião.

Cerca de duas horas depois, saíram. Ambos exibiam rostos cansados. Despediram-se brevemente, Túlio chamou o elevador e subiu em seguida. Otelo, porém, ao avistar Tiago sentado em uma das poltronas do espaço reservado para os intervalos do congresso, que era uma espécie de *lobby*, dirigiu-se a ele.

– Então, meu amigo, ainda acordado?

Tiago abaixou a revista e fez de conta que havia sido apanhado de surpresa.

– Cara, você? Nem te vi... Onde você estava?

Otelo deu a volta e se sentou diante dele, na outra poltrona.

— Com Túlio, em uma reunião de última hora. Ele queria repassar vários pontos dos projetos e decidiu que tinha de ser agora. Ele é muito impaciente, você sabe.

Tiago sorriu e balançou a cabeça.

— É, eu sei. Ele é mesmo impaciente. Mas isso você tira de letra, Otelo.

Tiago sorriu largamente, fechou a revista e a colocou de lado. Descruzou as pernas, compôs uma expressão mais séria e olhou intensamente para Otelo.

— Como você está depois do que aconteceu?

Otelo se recostou na poltrona e respirou profundamente. Ficou em silêncio por alguns segundos, como se não soubesse o que responder. Por fim, disse:

— Decepcionado. Não tenho outra palavra. Decepcionado. Eu não esperava que Carlos agisse assim, de forma tão... tão...

— Irresponsável?

— Isso mesmo, irresponsável. Eu estava apostando nele.

Tiago se virou, balançou a cabeça e fechou os olhos. Quando olhou novamente para Otelo, tinha uma expressão séria e preocupada.

— E o Ronaldo? Ele também vai sair da empresa?

— Ronaldo é assunto do Túlio, eu não sei o que ele vai fazer. Acho que nem está com cabeça para decidir isso agora. Porque, na verdade, o Ronaldo é que foi agredido, entende?

Tiago abaixou a cabeça, mirou seus próprios sapatos, respirou fundo e olhou para Otelo com pesar.

— Meu amigo, você sabe o quanto eu quero o seu bem, não sabe?

— Claro que sei. Por que a pergunta?

— Porque o que eu vou falar não é fácil, nem divertido, nem agradável. Mas não posso deixar de contar. Não posso.

Otelo se ajeitou na poltrona. A expressão de Tiago o incomodou.

— De que se trata, Tiago? Pode me dizer, seja o que for.

— Na verdade, não é nada que tenha ligação com o lado profissional dele, mas mesmo assim...

— De quem você está falando?

— De Carlos.

— De Carlos. Muito bem. Pode falar. Depois do que ele fez, acho que nada mais pode me espantar.

Tiago ergueu os olhos e fitou Otelo longamente.

— Bom, você sabe que em qualquer empresa existem os fofoqueiros, que estão sempre falando mal da vida de alguém. Às vezes, as pessoas aumentam as histórias, até mesmo inventam, mas, como diz o ditado, onde tem fumaça...

— Tem fogo. Continue.

— Desde que chegou à GB, o Carlos se mostrou competente, claro. Teve uma ótima formação, vem de uma ótima universidade, etc. Mas...

Otelo estava ficando impaciente.

— Tiago, meu amigo, não enrola, por favor. O que é que você quer me contar?

— OK, sem enrolar. O Carlos se mostrou um tremendo conquistador, deu em cima de uma porção de mulheres. Lembra da Jéssica, aquela lourinha que ia se casar e de repente terminou tudo?

— Lembro mais ou menos. Ela trabalhava no quinto andar, com o Aires...

— Pois é. Ela se envolveu com o Carlos, que prometeu tudo, disse que estava louco por ela, que se ela desistisse do casamento eles ficariam juntos. E quando ela terminou, ele saiu fora logo depois. A garota ficou tão desesperada que pediu demissão, e eu soube que ela... até tentou se matar.

Otelo arregalou os olhos e sentiu um aperto no peito.

— E como você sabe de tudo isso?

— As pessoas falam, Otelo. E as notícias sempre chegam, mesmo quando a gente não procura. Essa história foi meio que um escândalo.

— E por que...

— Por que eu nunca te contei? — Tiago sorriu ligeiramente, quase com tristeza. — Porque não era um assunto importante para você *naquele* momento. Além do mais, tudo correu nos corredores, não é uma história oficial e ninguém pode provar nada contra ele.

— E por que está me contando agora? — A voz de Otelo estava diferente. Mais dura e bastante contida. Tiago percebeu imediatamente e compôs a expressão mais triste que pôde. Voltou a olhar para os próprios sapatos.

— Otelo, eu sou seu amigo e não quero que você passe por situações vergonhosas. Você é um irmão para mim, cara.

— O que você tem para me contar, Tiago? — Chegou para a frente, apoiando os antebraços nas coxas. Tiago percebeu que a respiração dele estava acelerada.

— Você tem de ter cuidado, meu amigo. Quando a gente tem um tesouro, uma joia rara, sempre surgem ladrões que querem nos roubar.

— O que você quer dizer com isso? — Otelo sussurrou.

Tiago fechou os olhos por um minuto e depois levantou a cabeça, olhando Otelo com intensidade.

— Carlos está assediando Diana desde que ela chegou na GB.

Otelo mudou de cor, cerrou os olhos, e, por um segundo, Tiago imaginou que ele poderia soltar fumaça e fogo pelo nariz, tamanha era a sua raiva. Sim, aquilo estava ficando muito mais interessante do que ele havia imaginado. Então, Otelo estava realmente apaixonado pela bela Diana! Quem diria? Seu plano seria ainda mais fácil de ser colocado em prática.

— Como você sabe disso, Tiago? — Segurou o braço dele com força.

— Eu vi, algumas pessoas comentaram. Cara, você está me machucando, meu braço vai ficar roxo. — Riu para Otelo, que imediatamente o largou.

— Desculpe, desculpe. Mas eu quero saber de tudo. Por favor.

— Cara, ele está fazendo com ela o que já fez com muitas outras. Dizem que ele tem um ótimo papo com as mulheres. É o que dizem, eu não sei se é verdade. Mas ele é um cara boa pinta, mora na Zona Sul, vem de uma família que tem dinheiro. Parece que o pai dele trabalha no consulado da Inglaterra e a mãe é pianista. Você sabe, não? Gente que tem berço. Diferentemente de nós, eles nunca enfrentaram dificuldades, nunca tiveram de contar moedas para sobreviver. Aliás, a Diana também não, felizmente. O pai dela é senador há algum tempo, mas sempre esteve na política, e a família deles tem fazendas no interior de São Paulo...

Quando Tiago inseriu o nome de Diana também naquele contexto, Otelo ficou lívido. Aquele era o seu ponto fraco, sem dúvida: sua origem humilde, algo que Tiago sabia muito bem. A vida havia sido generosa com ele, sim, mas à medida que ele ascendia profissional e socialmente, ao mesmo tempo se sentia secretamente menor, como se o fato de ter nascido em um ambiente de pobreza automaticamente o diminuísse perante as pessoas mais abastadas, mesmo que elas não soubessem disso. Como se sua origem não fosse capaz de sustentá-lo em patamares mais elevados e em algum momento pudesse derrubá-lo. Otelo escondia esses sentimentos muito bem, mas eles estavam sempre lá, como cicatrizes ocultas por baixo de sua roupa. E no dia em que havia enfrentado a ira do senador, percebeu muito bem qual era o real motivo pelo qual ele desaprovara o namoro deles: porque Otelo não era bem-nascido. Pouco importavam sua competência, sua recente promoção, sua aparência distinta, sua inteligência, sua fluência em inglês e espanhol, seu mestrado ou seus sucessos profissionais. O que o senador não perdoava era o fato de ele ter nascido em uma família simples e pobre da Baixada Fluminense. E não o perdoava por ser... pardo. No Brasil moderno, as leis eram severas a respeito de preconceito de cor, mas Otelo sabia que as leis não mudam o pensamento das pessoas, apenas as fazem calar e esconder o que realmente pensam. Ah, o senador certamente levantara informações sobre ele e sabia muito bem qual era a sua história de vida! Aquilo doía, era como uma faca espetada diretamente em seu coração, e somente o amor de Diana fora capaz de libertar sua alma.

Porém... e se... E se ela afinal percebesse que ele não estava à sua altura? E se considerasse Carlos mais interessante e mais de acordo com a sua posição social? Carlos, sendo oriundo de uma família abastada, certamente saberia de cor todas as regras de etiqueta, porque as havia aprendido desde a infância. Ele, não. Na infância, comia na sala, com o prato no colo, assistindo a desenhos na tevê e vendo a mãe lavar fardos e fardos de roupa para sustentá-los. Carlos, muito diferente dele, certamente crescera rodeado de empregados solícitos, que faziam tudo para ele. E fora apresentado desde cedo a pratos finos, de modo que sabia naturalmente como comer cada um deles. Otelo, ao contrário, ainda se sentia inseguro quando participava de almoços e jantares formais e tinha de manejar o talher de peixe, ou quando chegava uma fruta como sobremesa e ele tinha dúvidas sobre pegar a colher ou o garfo para comê-la.

Tudo isso se passou em segundos por sua mente, mas seu rosto se transformou de tal modo que Tiago entendeu que conseguira acertar o alvo. E continuou, animado por dentro, mas fingindo pesar e tristeza. Era difícil, no entanto, controlar sua satisfação ao ver Otelo desabando.

– Meu amigo, acho que você deve observar tudo com cuidado. Pelo que eu soube, o Carlos só se interessa por mulheres comprometidas. Esse é o jogo dele, sempre: roubar a mulher de alguém. Quando consegue o que quer, já destruiu o relacionamento. Acho que é uma espécie de patologia, não sei.

— Mas você viu alguma coisa, Tiago? Por favor, se você viu, tem de me contar.

Tiago fechou os olhos e balançou a cabeça de um lado para o outro.

— Otelo, eu...

— Pela nossa amizade, você tem de me contar!

— Olha, o que eu vi pode não ser nada, entendeu? Pode não significar nada.

— Tudo bem, eu avalio isso. O que foi que você viu?

Otelo estava transtornado, e Tiago se sentia pleno. Estava dando-lhe o merecido troco!

— Bem, várias vezes eu vi eles dois conversando, mas sempre que eu me aproximava, eles paravam de falar. Na GB isso acontecia sempre. Eu fiquei até pensando, confesso, por que Diana estaria namorando você, caso tenha se envolvido com Carlos. Daí...

— Daí? O que foi que você concluiu? — A voz de Otelo estava rouca.

— Para desafiar o pai, Otelo. *Se*, e veja bem, estou dizendo *se*, isso estiver acontecendo, namorando você ela poderia mostrar ao senador que ele não manda nela, porque você não é, desculpe, meu amigo, o marido que ele sonhou para a filha. Como eu também não seria, claro. — Tiago queria lembrar a Otelo que ambos eram iguais, que pertenciam ao mesmo grupo e que tinham a mesma origem.

Otelo se levantou, caminhou de um lado para o outro e, quando falou, Tiago entendeu que havia ganhado a partida.

— Aqui, desde que chegamos, você também viu os dois juntos? Conversando?

Tiago se levantou e colocou as mãos nos bolsos da calça. Caminhou na direção de Otelo com uma estudada expressão de tristeza.

— Vi, sim, meu amigo. Infelizmente. Um pouco antes da briga com Ronaldo, eles estavam conversando. Você estava com Túlio na outra sala, com os chineses. Mas eu estava por aqui e vi os dois. Acho que ninguém percebeu, todo mundo estava em um grupo diferente, todos ocupados em beber e comer. Mas eu vi, sim. Não posso afirmar nada, claro, mas eles pareciam muito chegados. Carlos segurava o braço dela o tempo todo. Ela sempre se soltava em seguida, rindo, mas ficou com ele um bom tempo. Logo depois acho que ele saiu e foi quando começou a discussão com Ronaldo. Eu não sei bem, tive de subir e ir ao banheiro.

Otelo ficou em silêncio, olhando à frente, mas na verdade nada via. As revelações de Tiago – das quais ele jamais poderia duvidar – eram como gotas de veneno penetrando em sua alma e em seu coração. O gosto era amargo, e ele se sentia enjoado.

– Tiago, meu amigo... – Sua voz tremia.

– Cara, por pior que seja, a verdade é sempre melhor que a mentira. Eu não sei qual é a verdade, mas tenho certeza de que você vai descobrir. Conte comigo sempre, meu irmão. – Segurou as mãos de Otelo entre as suas por alguns segundos. – Vamos subir, já é tarde.

Otelo parecia ter envelhecido depois daquela conversa e dava a impressão de carregar um peso enorme nas costas. O peso da dúvida, da desconfiança, do medo. Tiago percebeu que a bomba iria explodir em breve, desde que Carlos tivesse feito a sua parte, que fora tão bem conduzida por ele próprio.

"Ah, Otelo, agora você está menos arrogante, não? Esse é o resultado por ter me colocado de lado."

*

Diana estava ansiosa. Dormira mal, em meio a sonhos confusos e sombrios. Acordara a noite toda, arfando, mas não conseguia lembrar-se de nada com clareza. Sabia apenas que tivera pesadelos, embora não recordasse claramente de nenhum deles. Tudo era muito estranho, havia lugares escuros, mãos que tentavam segurá-la, mas não era capaz de se lembrar de mais nada.

Por causa disso, levantou-se cedo, tomou banho, colocou uma roupa qualquer e desceu para tomar o café da manhã. Queria ver Otelo, queria conversar com ele o quanto antes. Por isso, quando viu que ele já estava no salão e que estava sentado sozinho, sentiu-se aliviada. Eram apenas 7 horas da manhã, de modo que eles certamente teriam um bom tempo para conversar antes de o congresso ter início naquele dia.

Caminhou depressa, sorrindo para ele. Rapidamente reuniu o que desejava para sua primeira refeição e caminhou na direção da mesa onde ele estava, carregando sua bandeja.

– Bom dia, meu amor. Posso lhe fazer companhia?

Otelo ergueu os olhos para ela, mas não sorriu. Ou melhor, exibiu um meio sorriso, o que era muito diferente do que ela estava acostumada. Sempre que a via, ele exibia uma expressão iluminada e um sorriso radiante, mas naquela manhã havia uma nuvem escura sobre ele.

— Claro que sim — ele respondeu secamente, mas se levantou e puxou a cadeira para ela.

— Dormiu bem, meu querido? Eu não, tive pesadelos a noite toda.

Otelo se sentou de novo, pegou o copo com suco de laranja e bebeu lentamente, sempre olhando para ela com intensidade.

"Será que esse lindo rosto esconde a mentira, meu Deus? Ah, que Tiago esteja enganado! Ele é tão preocupado comigo que pode ter visto maldade onde não há nada, somente com o intuito de me proteger..."

Porém, por mais que se esforçasse para apagar o que Tiago lhe dissera, as sementes ruins já haviam sido plantadas, e ele olhava para Diana como se visse outra pessoa.

Ela, por sua vez, ainda estava sob a influência dos pesadelos que tivera e por isso não percebeu de todo o quanto Otelo estava distante e sombrio.

— Se eu dormi bem, você pergunta? Não, na verdade não.

— Ainda pensando na briga? Ainda preocupado com isso, não? Eu bem imagino.

— Não, na verdade estou preocupado com o andamento dos negócios, Diana. A briga já é assunto encerrado e resolvido para mim.

"Oh, como vou tocar no assunto? O que ele vai pensar?"

— Claro, meu amor. Mas eu sei que você ficou muito chateado com tudo o que aconteceu. Isso é normal, afinal de contas, você...

Otelo a interrompeu com um gesto.

— Eu não quero mais falar disso, por favor. Você quer torradas? — Começou a servi-la rapidamente.

Diana percebeu que teria de ter muito cuidado para tocar no assunto, pois Otelo estava realmente de mau humor naquela manhã. Mas ela desconfiava que aquele estado de espírito se devia à decepção que ele tivera com Carlos. E ela, como sua companheira fiel, deveria ajudá-lo a superar aquele aborrecimento.

— Meu amor, eu preciso conversar com você. — Pegou sua mão com doçura.

Otelo estremeceu com seu toque e se odiou por isso. Com ele se tornara tão fraco perante uma mulher?

— Sobre o que, Diana? Na verdade, acho que não é um bom momento.

— Temos tempo, ainda faltam quase duas horas para...

— Qual é o assunto? Podemos falar mais tarde, hoje à noite.

— Não, é melhor falarmos agora. É sobre o Carlos.

Ao ouvir aquele nome, Otelo sentiu o coração disparar e se desprendeu da mão dela. Olhou-a e percebeu que ela estava ansiosa, tinha uma expressão preocupada no rosto. Por isso, não soube o que pensar e ficou mais confuso do que nunca.

— Você quer falar sobre... Carlos? Por quê? — Sua voz tinha a dureza de um punhal, e Diana imaginou que realmente o ajudaria muito se ele aceitasse o executivo de volta.

"Meu pobre amor está sofrendo, mas não quer admitir."

— Vamos até o jardim, Otelo?

Ele a olhou com um misto de pesar e raiva, mas concordou. Não tinha outra opção a não ser ir até o fim.

— Vamos. Agora. — E se levantou de imediato, caminhando com rapidez e a deixando para trás.

Diana terminou de beber o suco e saiu às pressas atrás dele. Encontrou-o sentado em um dos bancos do jardim, a cabeça baixa, a expressão fechada. Quando ela se sentou ao lado dele, teve a impressão de que ele enrijeceu. Não a abraçou e se manteve como estava, olhando as plantas diante deles.

— Meu amor, você parece tão triste... — Estendeu a mão para acariciá-lo, mas ele não permitiu e segurou seu punho.

— Diana, o que você quer conversar comigo? Não viemos aqui, a esta hora da manhã, para namorar, não é verdade?

Ela teve um sobressalto, jamais o vira daquele jeito. Normalmente, Otelo era a gentileza em pessoa quando estavam juntos, sempre carinhoso e gentil, sempre pronto a acarinhá-la, a beijá-la, a abraçá-la. Ele raramente conseguia conter-se quando estavam juntos, mas naquela manhã parecia ser outra pessoa.

"Por isso mesmo, preciso ajudá-lo. Ele não quer admitir o quanto está magoado com Carlos, por isso tenho de ir em frente. Imagino que a saída de Carlos poderá atrapalhar, e muito, o trabalho dele, por isso estou agindo bem, com certeza."

— Meu querido, eu não quero me intrometer nos seus assuntos de trabalho, mas...

— Mas? — Ele pressentiu que o assunto poderia ser o prenúncio da sombra que Tiago colocara em seus ombros na noite anterior e sacudiu a cabeça.

Diana prosseguiu:

— Mas preciso lhe contar que... ontem... Carlos me procurou.

Por um segundo, Otelo enxergou um névoa avermelhada sobre os olhos e cerrou os punhos inconscientemente. Mas conseguiu respirar fundo, e a sensação estranha passou.

— Como assim, procurou você? Ele não está mais aqui. Ele lhe telefonou, foi isso?

Por um segundo, Diana pensou em contar a verdade. Afinal, detestava mentiras. Mas se fizesse isso poderia prejudicar Carlos. Se a GB soubesse que ele ainda estava no hotel, seria muito ruim e poderia haver um novo aborrecimento. Não, ela teria de omitir a presença dele até Otelo perdoá-lo. Depois, claro, ela diria a verdade.

— Ele me ligou, sim, e me pediu para falar com você. Otelo, ele disse...

— E como ele tem o número do seu telefone, Diana? Aliás, *por que* ele tem o número do seu telefone? – Sua voz não era nada amigável, e ela percebeu isso.

— Na GB, um dia, nós trocamos os números, ele disse que o pai dele queria falar com meu pai, e eu não vi mal nenhum nisso.

Os olhos dela eram tão límpidos e claros que Otelo tremeu. Teria ele se enganado com Diana a tal ponto? O que esconderia aquele belo rosto? Seria ele um simples joguete nas mãos dela? Uma marionete, que ela usava a seu bel-prazer para alcançar outros objetivos que não estar com ele por amor? Porque aquelas revelações só estavam endossando tudo o que Tiago lhe contara. Ele sentiu a ira brotar novamente dentro de si, mas conseguiu controlar-se. Antes de tomar qualquer atitude, precisava ter *certeza*. Por isso, decidiu deixá-la falar.

— Tudo bem. Realmente, não há mal nenhum nisso. O que ele queria?

Ela suspirou, bastante aliviada.

— Meu amor, ele só me ligou porque está desesperado e completamente arrependido do que fez. Ele sabe o quanto foi irresponsável, o quanto errou, mas se ele fez isso foi porque descobriu que o Ronaldo estava fazendo uma verdadeira campanha contra ele na GB desde a promoção. Eu sei que ele errou, e muito, sei que ele perdeu a cabeça, mas estou convicta de que ele merece uma segunda chance. Se você o promoveu, é porque ele tem valor profissional, e você contava com ele na sua equipe. Será que o transtorno de procurar outra pessoa na última hora vale a pena? Não seria, talvez, bem mais proveitoso aceitá-lo de volta e recomeçar de onde pararam? Acho que você não iria se arrepender, meu querido.

A cada palavra de Diana, Otelo sentia a ira tomar conta de sua mente e de seu corpo de forma avassaladora. Como ela defendia bem aquele Carlos! Como parecia preocupada com ele... Então, certamente, tudo o que Tiago lhe contara era verdade. Aquela certeza foi a maior dor que sentiu em toda a sua vida, e ainda mais por perceber o quanto ela parecia realmente preocupada em trazer Carlos de volta. Carlos... Quanta falsidade morava nos rostos de ambos! Quantas mentiras! E mais uma vez ele se deu conta de que, no fundo, não passava de um homem de origem humilde, que se esforçara e chegara ao topo da escada profissional, mas que jamais poderia ser verdadeiramente aceito nas famílias de sangue azul como a dela. Como a de... Carlos.

Diana aguardava a sua decisão com ansiedade, ele podia ver. E imaginou que ela se preocupava com o outro, não com ele. Naquele momento, ele conseguiu compreender o que realmente significava a expressão "coração partido", pois era como se sentia: com o coração inteiramente partido ao meio.

Após observá-la por alguns minutos, ele se levantou. Ela o olhava com aflição, sem saber o que dizer ou fazer.

– Diana, eu vou pensar nisso tudo com calma. Depois conversamos. Pode ser?

Ela se levantou lentamente, assustada com a expressão dele.

– Claro, meu amor. Mas você não pode me dizer nada? O que acha disso tudo?

Ele conseguiu sorrir, mas era um sorriso triste.

– Mais tarde falaremos. Agora tenho de ir, as reuniões me esperam. Hoje é o dia mais importante, vamos apresentar oficialmente os projetos aos chineses.

– Boa sorte, Otelo, meu amor. – Ela se ergueu com a intenção de beijá-lo, mas Otelo se esquivou rapidamente.

– Aqui não, Diana. Até mais tarde. – Afastou-se dela rapidamente, sem olhar para trás.

*

Era algo que brilhava no chão, mas Eliane quase não se deu conta. Estava muito magoada com Tiago, que não a procurara um minuto sequer desde que haviam chegado a Águas de São Pedro. A cidade era uma beleza, e ela contara com passeios noturnos, com algumas compras na hora do almoço, com fotos românticas tiradas a dois, mas nada daquilo acontecera. Tiago estava unicamente ocupado com o maldito congresso e parecia nem se lembrar de sua existência!

Estava tão entretida com os próprios pensamentos e as próprias mágoas que não percebeu quando alguém a abraçou por trás e deu um gritinho nervoso.

— Calma, doçura. Está com medo de quê? Do Bicho Papão? Sou eu.

Ela reconheceu a voz dele e se acalmou. Sentiu-se feliz por um instante, mas achou por bem não demonstrar isso claramente. Afinal de contas, Tiago teria de aprender a valorizá-la.

— Você e suas brincadeiras sem graça! Melhor me soltar, Tiago.

— Nossa, o que é isso? Está com síndrome de ouriço-do-mar? Cheia de espinhos?

Ele ria, o que a irritou bastante.

— Muito engraçado, não? Estava perdido aqui neste andar?

— Não, eu vim procurar você, minha nervosinha. — Abraçou-a com força.

— Por que veio atrás de mim agora, se já estamos aqui desde...

— Eu não pude vir antes, Eliane. Você sabe das minhas responsabilidades.

— O que você quer a esta hora da manhã?

Tiago sorriu e começou a lhe beijar o pescoço.

— Você sabe o que eu quero... — Abriu a porta do quarto dela, que estava apenas entreaberta, mas Eliane o empurrou com força e fechou a porta atrás de si.

— De jeito nenhum, Tiago. Assim eu não quero. Sempre é a mesma coisa, tudo escondido. Estou cansada disso! Quando você assumir para o mundo que estamos juntos, vai ser diferente. Mas, por enquanto... — Fez uma expressão decidida, que ele compreendeu de imediato.

Tiago suspirou, impaciente e enfastiado. Será que ela não entenderia jamais que ele não assumiria nada com ela em *momento algum*? Que ele jamais assumiria para o mundo que estava namorando uma simples *secretária*? Óbvio que não! Ela não conseguia entender que o que ele queria dela era muito simples: apenas alguns momentos de prazer, nada além daquilo. Na verdade, mesmo após um ano se relacionando, se ele por vezes exercitava a paciência ao conversarem, nos momentos íntimos se encantava com a sintonia que tinham. Contudo, em todas as outras coisas, Eliane era uma chata, na verdade. Sempre cobrando, sempre se lamuriando, sempre exigindo atitudes que ele nunca teria. Porque, quando ele se dignasse a ter um namoro sério, seria com alguém como... Diana, por exemplo. Alguém que tivesse *pedigree*. Linhagem. Berço. E não seria com Eliane que ele teria acesso ao Jockey Clube, por exemplo.

Estava pensando em como convencê-la a terem um rápido encontro íntimo, já que ele estava bastante disposto, quando a viu se abaixar e pegar algo no chão, caído entre o carpete e o rodapé. Algo que brilhava à luz do corredor.

— Nossa, como esse colar veio parar aqui? — disse ela abrindo-o entre os dedos.

— Você conhece? Sabe de quem é?

Era um belíssimo colar de ouro, com um lindo camafeu dourado pendurado. Parecia uma joia valiosa, antiga, com um acabamento primoroso.

Eliane a olhava, embevecida.

— Nossa, preciso dizer a ela que achei...

— De quem é isso, Eliane?

Ela olhou para os lados, mas não havia ninguém no corredor além deles.

— Diana. O colar é dela.

— Realmente, faz jus a uma filha de senador. — Tiago riu.

— Não foi o senador que deu isso a ela, saiba você — ela disse com raiva. — Foi Otelo, meu caro. Isso, sim, é um presente de amor, digno de uma princesa! — Havia desafio em sua voz.

— Como? Você está me dizendo que Otelo deu *esse* colar a Diana? É isso mesmo?

Ela trançou o colar entre os dedos com um ar sonhador no rosto.

— Era da mãe dele, parece. Uma joia que veio da avó, que ganhou de um estrangeiro com quem trabalhou. Ele deu a Diana como *prova de amor*. — Frisou as últimas palavras olhando-o nos olhos.

Tiago fitava o colar sem acreditar em sua boa sorte. Em apenas alguns segundos viu claramente o caminho que seguiria de posse daquele colar. Seria o ato final, antes de as cortinas se fecharem.

— Claro que é um lindo presente de amor, Eliane. Você tem toda razão. Por isso mesmo vai me emprestar esse colar...

Ela se assustou e colocou as mãos para trás.

– Não! Vou devolver a ela agora, Tiago.

Ele a envolveu com os braços e beijou seu rosto com um carinho que não era habitual.

– Sua boba, eu quero apenas mandar fazer uma cópia desse colar. Uma cópia somente, porque eu ainda não posso comprar ou mandar fazer um de verdade para dar à mulher mais linda de todas. – Começou a beijá-la no pescoço repetidas vezes.

Eliane sentiu as pernas bambas, mas ao mesmo tempo ficou com raiva da própria fraqueza. Ele sempre conseguia fazer dela o que queria... Ela permitia isso e sabia, infelizmente. Porém, Tiago acariciava suas costas de tal maneira que ela não conseguia afastá-lo. Na verdade, desejava-o tanto quanto ele parecia desejá-la naquele momento.

– Para quem... você quer... dar o colar? – Sua voz se perdia em meio aos beijos dele, cada vez mais sôfregos.

– À mulher que me faz perder a... razão... – Ele também estava ofegante.

Ela, então, deu-se conta de que ele queria dar a ela aquele presente, e foi quando o abraçou com toda a força, apertando-se junto dele com paixão.

– Ah, Tiago, meu amor... Eu te adoro, te adoro...

E foi ela mesma quem abriu de novo a porta do quarto, deixando-se levar mais uma vez em seus braços.

Eram 8h30 da manhã quando Ronaldo decidiu descer. Não queria mais ficar preso naquele quarto de hotel enquanto esperava o veredicto de Túlio, que na verdade parecia tê-lo esquecido ali. Desde a briga com Carlos, ele fora orientado a permanecer no quarto até que o CEO o chamasse para conversar, mas nada acontecera no dia anterior, e Ronaldo se sentia um prisioneiro.

Estava com muita raiva, de si mesmo e de todos. Como fora idiota, idiota, idiota! Até aquele momento não tinha compreendido nada das atitudes loucas de Carlos, muito menos as acusações estranhas e mal explicadas que ele havia feito a seu respeito. Ora, ele nunca fora contra a promoção dele, inferno! Se Carlos não estivesse bêbado com um gambá, eles certamente teriam conversado e se entendido sobre tudo aquilo, mas agora pouco importava. Carlos fora despedido, convidado a se retirar do hotel e da cidade, e ele próprio não sabia qual seria o seu destino na GB. Ótimo! Mais um pouco e poderia cantar!

Quando saiu do quarto, viu que alguém se dirigia às escadas. Olhou por instinto e viu ninguém menos que Tiago. De onde ele tinha saído? O quarto dele não era naquele andar, portanto... Portanto, ele saíra do quarto de *alguém*. Claro. Mas de quem? Seria alguém dali o tal *contato secreto* de Tiago? Ao pensar nisso, ele se lembrou de outro assunto muito importante, que ficara esquecido após a briga com Carlos, e se dirigiu rapidamente para as escadas.

– Tiago! – gritou, ouvindo os passos rápidos do outro pelas escadas abaixo. – Tiago, eu preciso falar com você! – alterou a voz. Em seguida, ouviu os passos desacelerarem e continuou descendo rápido.

Na terceira curva, ou seja, próximo do andar térreo, onde havia mais movimento, Tiago estava parado, esperando por ele.

– Nossa – disse ele –, você está péssimo, cara. Será que eu posso te ajudar em alguma coisa? – Tiago exibiu sua melhor expressão preocupada, mas Ronaldo não se deixou convencer.

Arfando um pouco, ele cruzou os braços e olhou diretamente nos olhos de Tiago.

– Ah, sim, você pode me ajudar, e muito.

Tiago subiu dois degraus e disse, abrindo as mãos:

– O que você quiser, Ronaldo. Basta dizer.

– Quero o meu dinheiro, os dez mil reais. Ou quero Diana, como você prometeu e não cumpriu.

Tiago sentiu um frio no estômago, mas disfarçou. Tudo estava indo tão bem...

– Mas o que houve? Ela não...

Ronaldo desceu dois degraus e ficou na mesma altura de Tiago. Eles tinham a mesma estatura.

– Ela não sabe de nada! Eu conversei com ela no dia da confusão, e, se não me falha a memória, em momento algum ela deu a entender que estava agradecida por alguma coisa! Como é que você explica isso, hein? – Ele cuspiu as últimas palavras, deixando escapar um pouco de saliva. Tiago recuou discretamente.

– Calma, cara, você está nervoso por causa do que aconteceu, está confundindo...

– Não estou confundindo nada! Ela não sabe de nada! O que você fez com o meu dinheiro?

Rapidamente, Tiago percebeu que não poderia ficar ali por mais tempo. Alguém certamente apareceria e os veria discutindo, o que poderia ter péssimas consequências para todos os seus planos. Maldito Ronaldo!

– Eu não fiquei com o seu dinheiro, Ronaldo. Ouvir isso até me ofende. Se você quer explicações, eu vou dar, mas não aqui. Hoje à noite, depois do jantar.

– Quero saber agora! – ele gritou.

– Calma, calma. Se eu não aparecer no congresso, como vai ser? E se nos virem aqui, assim, vão achar que você, alterado como está, é que atacou o Carlos. Já pensou nisso?

Ronaldo pensou por um instante. Ele estava certo.

– Muito bem. Hoje à noite, mas onde?

– Vou enviar uma mensagem mais tarde. Por enquanto, se quer um conselho, volte para o quarto. Túlio deve mandar te chamar ainda hoje, cara. Vá por mim, tudo isso tem conserto. E sobre Diana, mais ainda. Só não posso falar agora, não dá tempo, mas posso adiantar que o romance deles está acabando. Ou melhor, já acabou.

Ronaldo queria acreditar nele, mas algo lhe dizia para duvidar. Porém, já que estava ali, ainda naquele hotel, à mercê dos acontecimentos, não tinha outra opção a não ser confiar em Tiago mais uma vez.

– Tudo bem, mas se você não me explicar tudo isso muito bem, amanhã mesmo vou ter de falar com ela e saber onde foi parar o meu dinheiro. Entendeu?

Tiago sorriu, calmamente.

– Claro que entendi. Mas nada disso vai acontecer, não será preciso. Confie em mim.

Ronaldo não respondeu, mas começou a subir as escadas, e Tiago entendeu que havia vencido mais uma vez. Agora precisaria colocar em prática seu plano de emergência e, por mais preocupado que estivesse, no fundo estava adorando tudo aquilo e se sentindo superior a todos eles.

Quando chegou ao andar térreo, dirigiu-se ao jardim e pegou o celular no bolso. Discou o número e esperou, ansioso. Quando finalmente a pessoa atendeu, Tiago sorriu.

– Sou eu. Você está preparado? Como? Eu disse que ia precisar de você, cara. Sim, em Águas de São Pedro. Espero que você não esteja no Japão, né? Ah, bom. Em São Paulo? Ótimo! Tenho um serviço para você e, como combinamos, vou pagar muito bem. Claro, somos irmãos, certo?

*

Quando ouviu baterem na porta, Carlos se assustou. Ao mesmo tempo, sentiu-se ridículo. Afinal de contas, não era nenhum criminoso, e mesmo que descobrissem que ele estava ali, ele pagaria as despesas e sairia de cabeça erguida.

Por isso, levantou-se decidido, respirou fundo e abriu a porta com força. Era Tiago.

– Cara, você está verde! O que foi?

Carlos disfarçou e sorriu, mas sabia que estava com uma cara péssima.

– Nada. Entra.

– Então? Conseguiu conversar com Diana?

– Consegui.

– Ah, que bom! E ela? Vai te ajudar?

– Disse que sim, que vai conversar com Otelo ainda hoje. Por isso estou meio verde, eu acho. Qual será a reação dele?

Tiago se afundou na poltrona e colocou as mãos atrás da cabeça.

– Vai ser a melhor possível, Carlos. Ainda mais depois que eu te contar a novidade.

Os olhos de Carlos se arregalaram.

– O que aconteceu? Mais algum problema? Se for mais alguma coisa ruim, eu...

– Calma, rapaz, não é nada disso. – Ele sorriu e se levantou. – Me dá um abraço, cara! Eu sou 10!

Carlos se viu subitamente preso em um abraço quase constrangedor, mas não tinha como repelir Tiago sem que parecesse grosseiro. Além do mais, ele estava sendo um grande amigo.

– Mas que notícia boa é essa? – perguntou, quase com medo de ouvir a resposta.

– Tudo está resolvido, meu amigo.

– Como assim? Otelo já...

– Ainda não, mas vai. – Tiago o soltou e sorriu mais ainda. – Eu falei com Ronaldo há pouco, meu caro. E ele próprio vai falar com Otelo.

Carlos mal podia acreditar no que estava ouvindo.

– Hein? Como é que é?

– Isso mesmo que você ouviu. Ele sabe que está errado, sabe que falou mesmo de você e sabe que é culpado pelo que aconteceu. Então, ele quer limpar tudo isso e vai contar a verdade a Otelo. Ou seja, que você teve motivos de sobra para bater nele daquele jeito. Viu como a verdade sempre vem à tona?

Carlos não sabia o que dizer, muito menos o que pensar. Ficou parado no meio do quarto, aparvalhado, sem conseguir reunir duas ideias ao mesmo tempo. Por fim, olhou de novo para Tiago, que sorria.

– Mas, por que ele... vai fazer isso? Por que ele vai atirar no próprio pé? Porque assumir isso é o mesmo que atirar no próprio pé, concorda?

– Ele não me disse, mas disse que só vai dizer a você.

– Como assim?

– Cara, você ficou mesmo abobalhado, hein? Ele quer se encontrar com você hoje à noite, perto daqui. Assim vocês vão poder conversar em paz, sem ninguém para interromper.

"Em paz mesmo, sem ninguém para chegar fora de hora."

Carlos não sabia o que dizer. Estava boquiaberto com a reviravolta da situação.

– Ele disse isso mesmo?

Tiago virou os olhos na direção do teto e respondeu com ironia:

– Não, eu estou inventando tudo isso porque não tenho mais nada para fazer. Claro que ele disse, Carlos! Ele quer te encontrar e explicar tudo pessoalmente. Você vai recusar isso?

– Ele ainda está aqui no hotel, como eu?

– Está, mas não escondido, como você. O Túlio ainda não resolveu o que fazer com ele. Mas amanhã mesmo tudo isso vai ficar para trás, meu amigo. Hoje à noite vamos pôr fim em todo esse mal-entendido. Eu confesso que estava com muita raiva do Ronaldo por causa de tudo o que ele falou sobre você, e foi por isso que resolvi te contar a verdade. Mas, já que ele quer se redimir e se explicar, por que não aceitar isso? Se todo mundo ficar feliz, é melhor.

Enquanto falava, Tiago observava Carlos com toda a atenção para ver se ele morderia a isca facilmente ou se ele teria de gastar muito mais tempo convencendo-o. Ele já estava quase atrasado para o início das apresentações e por nada no mundo pretendia perder ali mais um minuto sequer.

– Então, Carlos, o que digo a ele? – perguntou um pouco impaciente, mas Carlos não percebeu nada.

– Tudo bem – respondeu lentamente. – Pode dizer a ele que eu vou. Onde vai ser?

Tiago exultou.

79

— Assim é que se fala, cara. Isso, sim, é uma atitude louvável! Mais tarde eu te aviso, assim que ele me explicar. Esta cidade é pequena, não deve ser difícil. Aí eu mando uma mensagem para você, OK?

E o abraçou de novo, saindo em seguida, demonstrando toda a alegria que estava sentindo, mas não exatamente pelo motivo que Carlos imaginava.

ATO V

Pobre querida! Quero ser maldito se não te amo! E no dia em que eu deixar de te amar, que o universo se converta de novo ao caos!

O dia foi bastante tenso para todos. No congresso, Túlio percebeu que Otelo não estava em seu melhor dia, mas não sabia por qual motivo. Não poderia ser somente por causa do afastamento de Carlos, até porque ele fora promovido havia pouco tempo e não se tornara ainda peça-chave no setor de Marketing Internacional. Logo, o que estaria incomodando Otelo daquele modo? Diversas vezes ele havia perdido o foco das apresentações, pontuando-as com longos e desagradáveis silêncios, os quais os chineses haviam notado muito bem e com os quais não pareciam nada satisfeitos. Afinal de contas, era dos seus projetos que Otelo estava falando!

Assim, durante o *coffee break*, Túlio se aproximou discretamente de Otelo e o questionou com calma, colocando-se à disposição para ajudá-lo, se pudesse. Otelo, porém, nada disse além de se desculpar, alegando uma forte enxaqueca e prometendo que tudo correria bem ao longo do dia.

— A GB terá esses projetos, Túlio. Pode confiar em mim

— Eu confio, Otelo. Se não confiasse... — Saiu, sem completar a frase, mas Otelo entendeu perfeitamente o que não fora dito e respirou profundamente.

Sim, ele estava completamente disperso, embora fazendo um grande esforço para se concentrar no trabalho e em tudo que tinha a fazer, que não era pouco. Contudo, a todo momento o rosto de Diana surgia em sua mente, sem que ele conseguisse controlar as lembranças. E era torturante imaginar, somente *imaginar*, que ela e Carlos poderiam ter alguma aproximação maior do que a de simples colegas de trabalho que mal se conheciam. Bem, que mal se conheciam, não! Ela própria lhe dissera o contrário, uma vez que até mesmo tinham trocado números de telefone... Claro, o pai *dele* queria falar com o pai *dela*, o que era natural, sendo todos eles membros da mesma tribo, a tribos dos ricos e bem-nascidos... Enquanto ele, Otelo, fazia parte da tribo dos malnascidos. Por mais que tentasse afastar aqueles pensamentos sombrios de sua mente, não conseguia. Seus complexos ocultos estavam todos se mostrando às claras, com todas as suas formas e cores escuras, até mesmo surpreendendo-o, pois ele próprio não sabia o quanto ainda carregava daquele peso.

Por isso, foi com muita força de vontade que ele se dedicou ao trabalho com furor durante o resto do dia, recusando-se a pensar no assunto, e até conseguiu se sair bem. Túlio o cumprimentou no final da última apresentação, que foi longamente aplaudida por todos, inclusive pelos chineses, que finalmente exibiam expressões mais amigáveis, parecendo satisfeitos com tudo o que viram.

Ao sair do salão, ele sentiu uma necessidade premente de respirar e se dirigiu ao jardim. A noite estava linda e fresca, o céu se mostrava coberto de estrelas. A temperatura era bastante agradável, não fazia calor nem frio. Otelo se sentou em um dos bancos e olhou ao redor. Havia outras pessoas por ali, também aproveitando o tempo ameno, e ele cumprimentou uns e outros com a cabeça, mas não estava com vontade de falar com ninguém. Precisava conversar com Diana e esclarecer de uma vez por todas aquela história. Somente depois disso teria paz. Ou não. Mas, de qualquer forma, precisava ter certeza da sinceridade dela. Procurou nos bolsos o celular e estava prestes a completar a ligação, quando ouviu uma voz atrás de si.

– Otelo, preciso falar com você.

Era Túlio, que estava acompanhado por dois homens que ele não conhecia, embora um deles tivesse um rosto que não lhe parecia desconhecido.

Ele se levantou imediatamente.

– O que houve, Túlio?

Ele exibia uma expressão consternada, o que preocupou Otelo.

— Este é o senhor Guilherme Vilaça, irmão do senador Bernardo. E este é Luís Eduardo, seu filho.

Otelo os cumprimentou, mas ficou ainda mais preocupado.

— Muito prazer, senhores. Mas, Túlio, aconteceu alguma coisa?

— Infelizmente, sim. O senador está no hospital, teve um infarto.

— Ah, meu Deus... E como ele está?

— Nada bem – disse Guilherme com pesar –, mas sob controle. Os médicos têm esperanças, mas tudo vai depender de como ele vai reagir nas próximas horas.

— Meu pai estava a caminho de Águas de São Pedro quando eu recebi a notícia de que meu tio tinha passado mal. Por isso, vim na mesma hora avisá-lo – disse o filho, Luís Eduardo.

— Guilherme tem interesse em fazer parceria conosco em alguns dos projetos com os chineses, Otelo. Por isso, eu o convidei para vir ao congresso – esclareceu Túlio.

— Claro, isso é ótimo. Mas... Diana...

— Justamente, minha sobrinha Diana. Acho que não devemos dizer nada a ela por enquanto. O congresso termina em dois dias, até lá meu irmão certamente estará melhor, e ela poderá vê-lo com calma. Se falarmos agora, ela certamente vai querer largar tudo, e isso não vai resolver nada. Ainda mais porque ele está na UTI, não pode receber visitas ainda.

Otelo achava que Diana deveria ser imediatamente avisada, mas não se sentiu à vontade para dizer o que pensava. Mesmo sentindo raiva de si mesmo, sabia que não iria contestar o tio dela. Questão de *berço*, talvez.

— Claro. Se o senhor acha melhor assim...

— Acho melhor, meu rapaz. Não podemos nos desesperar, o pior já aconteceu. Agora temos de torcer pelo pronto restabelecimento de meu irmão. Túlio?

— Sim, Guilherme?

— Já que meu filho está aqui, acho que podemos ter uma conversa mais proveitosa, não? Ele é parte importante nesse projeto.

Visivelmente embaraçado, Túlio assentiu, mas Otelo percebeu o quanto ele estava incomodado com o rumo da conversa.

— Claro, Guilherme. Agora mesmo. Vamos?

Eles se despediram de Otelo educadamente e saíram. Ainda boquiaberto, Otelo pensou que ser bem-nascido não significava ter apego à família. De modo algum aquilo aconteceria na família dele, por exemplo. Ou na família de Tiago. E por que ele não contestara? Por que ficara calado? Por que consentira em esconder de Diana que seu pai estava no hospital? E será que eles sabiam do namoro deles dois? Em momento algum eles haviam dado qualquer sinal de que sabiam. O senador certamente ainda não havia falado nada para o irmão, na esperança de que aquele namoro tivesse curta duração. E se eles sabiam, não davam importância ao fato, isso estava claro para ele. Fosse como fosse, ele nada significava para aquelas pessoas.

Sentindo-se novamente irritado, pegou o telefone, mas foi interrompido de novo, dessa vez por Tiago.

— Meu amigo, eu estava te procurando!

— O que foi agora, Tiago? — No momento em que disse a frase, percebeu que estava irritado também com ele, que naqueles dias parecia ser o mensageiro das más notícias. Porém, no minuto seguinte se recompôs. Afinal, aquele, sim, era seu amigo de verdade. — Você está me procurando?

— Nem sei como te dizer isso, mas...

— Dizendo, eu acho. — Tentou sorrir, mas estava realmente muito cansado.

— Carlos ainda está aqui no hotel.

— O quê? — Otelo logo percebeu que a enxaqueca retornaria com força total e passou a mão na testa com pesar. — Como assim?

— Eu vi, Otelo. Eu vi Carlos saindo escondido, descendo as escadas. Então, perguntei na recepção se ele ainda estava hospedado aqui, e eles me disseram que sim!

— Mas a ordem de Túlio foi...

— Eu sei disso, você também sabe, mas Carlos não levou isso a sério, claro.

— Você tem certeza, Tiago? Certeza de que era ele e de que ainda está no hotel?

— Certeza absoluta. Vamos até lá e eu te mostro.

— Mas, se ele está aqui, não podemos entrar no quarto.

— Podemos, sim. Eu expliquei ao gerente que é uma emergência, que precisamos pegar documentos da empresa que estão com ele, mas que ele saiu. A chave está aqui. — Tirou a mão do bolso, mostrando a Otelo um cartão, que era a chave do quarto de Carlos. — Vamos?

— Acho melhor esperarmos ele voltar e esclarecer essa situação.

Tiago se aproximou de Otelo com a expressão mais séria que conseguiu compor.

— Meu amigo, esta é a chance que temos de saber quem é Carlos de verdade, não vê? – Deixou nas entrelinhas o suficiente para manipular as desconfianças que ele mesmo havia plantado na mente de Otelo.

Ele ficou em silêncio por alguns minutos, sabendo que o correto a fazer seria esperar Carlos voltar e chamá-lo para conversar. Entretanto, as sombras que pesavam em seu coração eram muito escuras, e ele se ouviu dizendo:

— Está certo, vamos lá. Agora.

*

O quarto de Carlos estava bagunçado. A mala estava aberta em cima da cama, como se ele estivesse se preparando para partir e tivesse interrompido a arrumação de repente. Por isso, havia peças de roupas espalhadas por todos os lados.

Ao contemplar aquela desordem, Otelo se perguntou o que estava fazendo ali e se sentiu ridículo. Culpa de Tiago, claro, mas ele também tentou entender a ansiedade do amigo, que sempre fora impulsivo. Por um momento, quase riu de si próprio e dele.

— Tiago, vamos embora, por favor. Não há nada aqui. Aliás, nem sei o que estamos fazendo neste quarto, pelo amor de Deus!

— Calma, Otelo. Quem sabe no *laptop* dele...

— Por favor, meu amigo. Nós não somos detetives nem podemos xeretar o computador dele, por favor.

— Tudo bem, tudo bem. Mas...

De repente, Tiago começou a levantar as peças de roupa espalhadas e, no momento em que ergueu um dos travesseiros, Otelo também olhou, quase sorrindo, mas imediatamente seu rosto se fechou e ele correu na direção da cama.

— Tiago, o que é isso?

— O quê? – perguntou ele com ar de inocência.

— Isso! – Ele estendeu a mão e puxou um colar. Um lindo colar de ouro, de onde pendia um camafeu dourado. Suas mãos tremiam.

— Isso deve ser de uma das namoradas dele, cara. O que tem de mais? Eu não te disse que ele...

— Traidora! Traidora maldita!

Tiago olhava para Otelo mostrando não ter entendido o que estava acontecendo.

— O que foi, meu amigo? Você conhece esse colar?

O rosto de Otelo estava transfigurado em uma máscara de dor e ira.

– A maldita... Maldita... Este colar, Tiago... Fui eu que dei a ela, entende?

– Ai, não pode ser... Você deu a...

– A Diana, sim! – Ele balançava o colar entre os dedos como se estivesse chacoalhando a própria Diana. – O colar que foi da minha mãe, que foi da minha avó, a única joia que eu tinha... A única... Eu dei a ela e encontro aqui, no quarto de Carlos, debaixo do travesseiro dele! Maldita! Vagabunda maldita!

Tiago atravessou o quarto e colocou as mãos nos ombros de Otelo.

– Meu amigo, calma. Não adianta ficar assim. Na verdade, isso não prova nada e...

– Como não prova nada? Como não? Então, me explique o que isso significa! – Otelo gritava, completamente fora de controle.

Tiago logo percebeu que os gritos dele poderiam atrair curiosos. Na verdade, não esperava que ele tivesse uma reação tão extremada e rapidamente tentou acalmá-lo.

– Otelo, meu grande amigo. Você precisa falar com ela. Como podemos saber, de verdade, de que forma esse colar veio parar aqui? Hein? Como? Você tem de falar com ela e olhar dentro daqueles olhos, cara! Aí, sim, você vai ter a certeza da traição. Ou não. Eu não confio nele. Sabe-se lá se ele pegou o colar e...

Otelo se soltou das mãos de Tiago com um safanão. Sua vida, em questão de dias, transformara-se em um completo pesadelo. Por um segundo, ele amaldiçoou o momento em que a viu pela primeira vez.

"Idiota que eu sou. Imbecil! Eu estava tão bem sozinho... Vivendo a minha vida, crescendo no trabalho, planejando viagens, planejando comprar meu apartamento... Por que ela tinha de aparecer andando na minha direção, naquele corredor? Por quê? Para me destruir? Para acabar com a minha paz?"

Por fim, ele se encostou na parede e fechou os olhos, exausto. Em seguida, abriu os olhos e fitou Tiago.

– Vamos sair daqui.

Tiago fez menção de ajudá-lo, mas Otelo o olhou de tal modo que ele interrompeu o gesto apenas esboçado. Na verdade, eles tinham de sair dali por vários motivos. Primeiro, porque o objetivo de Tiago já havia sido alcançado. Segundo, porque ele precisava saber como andava o plano que combinara com o irmão. Terceiro, porque alguém realmente poderia vê-los.

E foi o que quase aconteceu quando estavam prestes a sair do quarto de Carlos. Havia vozes de duas mulheres do lado de fora. Tiago colocou a mão diante da porta e fez sinal a Otelo para que permanecesse calado. Otelo assentiu, e eles puderam ouvir a surpreendente conversa que se desenrolou do outro lado. Uma das mulheres estava bastante exaltada.

— Eu preciso falar com o Carlos, Eliane. Isso não vai ficar assim, ele vai ter de me explicar isso, você não acha?

Ao ouvir o nome "Carlos", Otelo parou. Tiago o imitou, mesmo morrendo de medo de que elas percebessem que eles estavam ali dentro. Afinal, era Eliane, a *sua* Eliane, que acompanhava a outra garota. Se ela falasse alguma bobagem, ou *verdade* qualquer sobre eles dois...

— Calma, Betânia. Calma. Isso pode não ser nada. Ele nem está aqui, eu acho.

— Como, nada? Eu encontro um colar de mulher na cama dele e isso não é nada? O que você pensaria, me diga? Seja sincera.

Então, Carlos estava saindo com Betânia, a linda morena do comercial, que encantava praticamente todos os executivos da GB! Aquilo, sim, era uma grande novidade, Tiago pensou que, se fosse bem aproveitada, poderia corroborar tudo o que ele dissera a Otelo.

A voz de Eliane se fez ouvir tão perto que eles imaginaram que elas iriam abrir a porta do quarto de repente.

— Betânia, ele passou por aquela situação péssima. Você acha mesmo que ele tem cabeça para pensar em outra mulher? Se nem com você ele quer falar sobre o assunto?

— Ah, meu bem, mas eu vi. Eu vi, entendeu? — Bateu na porta com força. — Carlos, você está aí? Carlos, abre esta porta!

— Calma, por favor. Viu o quê?

— Eu vi aquela estagiária saindo deste quarto, Eliane! É o quarto dele ou não? — Ela estava com muita raiva. — E hoje, quando vim procurar por ele, para saber como ele estava depois de tudo e para perguntar qual era a dele com ela, eu vi aquele colar debaixo de um travesseiro, na cama dele! Então, me bastou somar dois mais dois. Mas eu saí sem falar com ele, nem esperei ele sair do banho e bati a porta. Estava com muito ódio. Acho que ele nem se importou, o que é pior. Nem veio atrás de mim, nem quis me escutar... — Sua voz era chorosa.

— Estagiária, você diz? Qual estagiária?

— A riquinha, a filha do senador!
— Quem? A Diana?
— Ela mesma! A lindinha, a fofinha, a protegidinha do CEO!
— Você tem certeza disso?
— Claro que tenho!
— Mas ela está namorando o Otelo, eles vão se casar!
— Ela pode até se casar com Otelo, mas que está pegando o Carlos, isso está, meu bem. Eu não sou imbecil, Eliane. E eu também acho que...

De repente, as vozes delas começaram a se distanciar, e, ao mesmo tempo, Otelo fechou os olhos, vencido. Ele também não queria ouvir mais nada. Não precisava ouvir mais nada. Tiago sorriu. A sorte estava ao seu lado, com certeza. Nem mesmo se ele tivesse combinado aquela cena com Eliane tudo sairia tão perfeito.

*

Eram quase 11 horas da noite, e Ronaldo sentiu frio. Já estava arrependido de ter ido, não devia ter dado ouvidos a Tiago. Sentia-se um idiota. Afinal de contas, por que Tiago marcara aquele encontro, à noite, no meio daquela estrada deserta? A cidade era pequena, de modo que não fora difícil chegar até ali. Mas ele ainda não conseguia compreender a necessidade daquilo. Se Tiago queria devolver o dinheiro ou explicar fosse o que fosse, poderia ter feito isso em qualquer outro lugar. Em um restaurante, por exemplo. Ou no belo parque que ele vira no caminho. Mas, não. Sua mensagem era clara, aquele era o local e ele deveria ir a pé para não chamar a atenção de ninguém.

"Por que me sinto um completo imbecil? Será que Tiago está me enganando? Será que me enganou com aquela história de Diana? Será que ficou com o meu dinheiro? Mas ele ganha bem... Não precisa disso, eu acho. Eu é que não deveria ter entrado nessa. Deveria ter me aproximado dela sozinho, por minha conta. Imbecil!"

Ele estava perdido nesses pensamentos quando ouviu passos e olhou na direção de onde vinha o som. Era Tiago, finalmente. Mas, como estava escuro, não conseguiu vislumbrar seu rosto. Viu apenas que era um homem caminhando depressa.

Porém, quando o homem parou diante dele, uma desagradável surpresa o invadiu.

— Você? O que é isso? Uma brincadeira de mau gosto?

Diante dele estava Carlos, que não parecia surpreso por vê-lo ali.
– Oi, Ronaldo. Desculpe a demora, mas eu quase me perdi e...
– Que se dane, você! O que você está fazendo aqui? Veio me afrontar ou me bater de novo? – Ronaldo saiu pisando forte, mas Carlos o segurou pela manga da camisa.
– Ei, calma. Calma aí. – Ele não entendeu por que Ronaldo estava daquele jeito. Não fora ele mesmo que pedira aquele encontro?
– Calma, nada, imbecil! – rugiu o outro.
Carlos começou a andar ao lado dele enquanto falava.
– Cara, espera! Tiago me disse que você queria conversar comigo longe do hotel e... – Ronaldo caminhava tão rápido que Carlos começou a sentir um pouco de falta de ar.
– Como é que é? Tiago disse isso? Eu nem sabia que você ainda estava aqui! – Ele diminuiu o passo. – Quero saber dessa história agora.
Carlos também parou.
– Bom, ele me disse que você queria conversar comigo para consertar as coisas, para se desculpar por ter falado de mim tudo o que falou e para combinarmos um jeito de conversar com Otelo e Túlio, pelos nossos empregos. Explicar tudo.
Se não estivesse tão escuro, Carlos veria o rosto de Ronaldo se avermelhar. Ele ficou furioso.
– Canalha! Tiago é um canalha! Conseguiu me enganar, enganou você também, não percebe?
– Como assim? Não entendi. – A voz de Carlos tremeu por um segundo.
Ronaldo respirou fundo, fechou os olhos e teve um vislumbre da verdade.
– Ele foi muito esperto, com certeza... Se livrou de mim e de você de uma vez só. Canalha! Mas eu vou arrebentar a cara dele, e vou contar para todo mundo quem é realmente o *bondoso* e *amigo* Tiago! – Recomeçou a andar na direção da cidade e do hotel. Carlos o seguiu rapidamente pelo meio da estrada.
– Ronaldo, não estou entendendo nada. Você pode me explicar, por favor?
– Claro que sim, porque eu e você somos dois imbecis e...
Nesse momento, eles ouviram o ronco de um motor e olharam para trás, mas a estrada não era bem iluminada, e eles mal tiveram tempo de pensar. Era um carro escuro, certamente preto, com todas

as luzes apagadas e em alta velocidade. O rugido do motor e o som dos pneus foram os únicos sons que eles puderam detectar, mas tudo aconteceu tão rápido que não houve tempo para mais nada. O carro os atingiu em cheio, a toda velocidade.

*

– Otelo, como vai?

Ao ouvir aquela voz, Otelo estacou e olhou para trás. Por que não estava nem um pouco surpreso?

– Maurício. Como vai? – respondeu ele caminhando em sua direção.

Eles apertaram as mãos educadamente.

– Veio para o congresso? – perguntou Otelo.

– Não. Túlio me chamou por conta dos asiáticos. Talvez eu participe de alguns projetos com o Guilherme Vilaça, irmão do senador.

– Que ótimo! Boa sorte, então.

– Obrigado. Eu soube que você está se saindo muito bem.

Otelo não estava com a menor disposição para aquelas conversas mundanas, menos ainda com Maurício, que fora diretor de Marketing Internacional antes dele na GB e que saíra por ter sido convidado para trabalhar em uma multinacional famosa. Por que estaria ali novamente, rondando a GB? E por que Túlio nada lhe dissera sobre tê-lo convidado para participar dos projetos com as empresas chinesas?

"Na verdade, eu não estou bem e ele já percebeu. Por isso, não me disse nada. Eu não sou mais o mesmo nos últimos dias..."

– Obrigado. E é bom para nós, com certeza, que você participe, Maurício. Boa sorte. – Estendeu-lhe a mão, encerrando a conversa. Maurício o cumprimentou, balançou a cabeça e o olhou de modo estranho, depois saiu.

Otelo chamou o elevador e esperou com impaciência. Sentia seu sangue ferver, mas estava decidido a arrancar a verdade de Diana, custasse o custasse. Mesmo que ele sofresse todos os martírios infernais, queria a verdade. E nada mais que a verdade. Não queria mais se iludir ou se sentir traído. "E que Deus me ajude se isso for verdade..." Se fosse verdade, ele sairia da GB, iria em busca de outro trabalho, em outro lugar. Iria para são Paulo, já estava decidido. Não seria mais capaz de viver naquela cidade iluminada e quente, que somente ajudava as pessoas a criar ilusões, como ele próprio fizera.

O elevador chegou, por fim, e ele entrou. Sem perceber, cerrou os punhos.

"Ah, Diana, se você me traiu, se me enganou de modo tão infame, nunca mais quero olhar seu rosto. Nunca mais."

Quando as portas se abriram e ele percebeu que estava no andar onde ficava o quarto dela, involuntariamente começou a tremer. Sentia seu corpo todo rígido, tenso, e os tremores só pioravam o mal-estar que estava sentindo. Mas teria de enfrentar aquele momento, não havia alternativa. Na verdade, ele não queria alternativa.

Quando começou a caminhar pelo longo corredor, percebeu que alguém o olhava e se virou para ver quem era. Levou um susto ao reconhecer Bobó, que era o faxineiro mais antigo da GB e protegido de Túlio havia muito tempo. O que ele estaria fazendo ali?

– Bobó. Está perdido aqui em Águas de São Pedro? O que houve?

Bobó tinha cerca de 50 anos, mas mentalidade de 15. Não tinha problemas mentais sérios, mas também não era o que se poderia chamar de completamente normal. Porém, todos na GB gostavam muito dele, por sua doçura, sua gentileza e seu bom humor. Corria também pelos corredores da empresa o boato de que Bobó fazia predições sobre o futuro e nunca errava. Teria sido por isso que Túlio o levara para o congresso? Para ter a certeza de que tudo daria certo com os chineses? Ao pensar nisso, Otelo quase sorriu. Sim, Túlio bem seria capaz daquilo!

Bobó olhou para os lados rapidamente e depois para Otelo com firmeza.

– O patrão me trouxe, sim, mas eu nem precisava ter vindo, tudo vai dar certo para ele, já disse isso antes.

– Que ótimo, Bobó. Então, aproveite a viagem. Até logo.

Foi quando sentiu, com surpresa, que ele o segurava pela manga com força, e se voltou um pouco irritado.

– O que foi? Está precisando de alguma...

Porém, o homem o interrompeu na mesma hora, olhando-o com a expressão séria.

– O senhor tenha cuidado, muito cuidado. Cuidado com traição. Cuidado com quem quer roubar da sua vida o seu tesouro. Cuidado.

Otelo se soltou rapidamente, ajeitou a roupa e o fitou contrariado.

– Tudo bem, Bobó. Vou ter cuidado. Até logo.

Enquanto saía, ainda podia ouvir a voz dele, trêmula e triste.

— Ai, senhor, tenha cuidado. Vão lhe roubar, e tudo vai ficar escuro... Vão lhe roubar... É uma armadilha... Vão lhe roubar...

*

Onde estaria o colar? Deus, como ela poderia contar a Otelo que o colar havia desaparecido? Quanta distração! Diana estava começando a se desesperar e pensou em chamar Eliane para ajudá-la. Já tinha revirado todo o quarto e a bagunça era visível, mas não encontrara sinal dele.

Estava tão nervosa que nem havia se vestido ainda para o encontro com seu amado. E ela queria tanto usar o presente que ele lhe dera! Sim, o colar que fora de sua avó e de sua mãe, cuja história era tão bela e tão triste. Na verdade, aquele fora um presente de amor para a avó dele. Amor verdadeiro, que somente não se concretizou porque o apaixonado Alex morrera antes de levá-la embora para viver com ele na Europa. A avó de Otelo, quando jovem, apaixonou-se pelo filho do patrão, que a presenteara com aquele lindo colar. Suas passagens de navio estavam compradas, as bagagens, prontas para o embarque, quando o inimaginável aconteceu: Alex foi morto em um assalto, à beira do cais do porto, e todos os seus planos foram por terra. A avó de Otelo foi expulsa da casa onde trabalhava quando os pais do rapaz descobriram tudo e anos mais tarde se casou com um amigo de infância. Porém, durante toda a vida, nunca se esqueceu daquele que fora o seu verdadeiro amor, e o colar era a prova concreta daquela história.

Por um lado, Diana achava que, talvez, a má sorte do infeliz casal poderia estar presente na joia e tivera certo receio de usá-la. Mas, por outro lado, nunca fora supersticiosa, de modo que logo esqueceu o assunto e se sentiu muito feliz por receber aquele presente das mãos do homem que tanto amava. E justo agora, justo no momento em que pretendia exibi-lo para fazê-lo feliz, descobria que estava inexplicavelmente perdido! Que situação absurda!

Quando ouviu baterem na porta, assustou-se. Ainda era cedo, havia marcado com Otelo dali a uma hora. Quem poderia ser? Mas, quando abriu a porta, todos os seus receios se desvaneceram, pois ali estava o seu grande amor, inteiro e lindo, diante de seus olhos.

— Otelo, meu amor! Entre.

Ele tinha a fisionomia fechada, e Diana imaginou que os aborrecimentos profissionais se avolumavam mais e mais a cada dia.

"Preciso ajudá-lo. Se Carlos estivesse de volta à equipe, certamente meu Otelo não estaria tão abatido e cansado. Meu pobre querido..."

Otelo entrou e fechou a porta com um baque, mas não a abraçou, não a beijou. Apenas a olhava com intensidade, e Diana sentiu um longo arrepio percorrer todo o seu corpo. Ele não parecia a mesma pessoa de antes, a pessoa que ela conhecera e com quem vinha convivendo por todos aqueles meses de felicidade.

Aproximou-se dele e estendeu a mão, mas ele se esquivou claramente e caminhou para o meio do quarto, olhando tudo ao redor.

– Meu amor, o que houve? Você está aborrecido? Houve mais problemas com os negócios? Foi algo com Túlio? – Passou os braços ao redor da cintura dele, sedenta de carinho e vontade de consolá-lo, mas Otelo permaneceu rígido como se fosse madeira.

– Eu estou realmente muito aborrecido, mas não com os negócios – respondeu ele entredentes, o que a assustou. Jamais o vira tão enraivecido.

– Então, se não é com os negócios... seria, ainda, por causa de Carlos?

Ao pronunciar aquele nome, Diana sentiu que todos os músculos do corpo dele se contraíram, e sem saber exatamente por que o largou e se afastou um pouco.

– Meu amor, você está tão diferente... O que aconteceu? Por favor, me diga. Eu só quero poder ajudar.

Ele se virou de uma vez, olhando-a com raiva ainda contida, mas ela percebeu a ira que se escondia por trás de seus olhos.

– Diana, *querida*, me diga: onde está o colar que lhe dei de presente?

Aquela pergunta, além de pegá-la de surpresa, trouxe à tona um pavor tão grande que ela mal conseguiu se mexer. O colar! Mas como ele soubera que ela havia perdido a joia? Como?

– O... colar? Que você...

– Sim, o colar que eu te dei, o colar que foi da minha avó e da minha mãe. Onde está?

Diana entendeu que não poderia mentir, até porque odiava mentiras.

– Otelo, eu nem sei como lhe dizer isso, mas... agora há pouco descobri que perdi... o colar... Estou tão chateada, mas não faço ideia de como isso pôde... acontecer e... – À medida que ele ouvia suas palavras, seu rosto começou a ficar mais escuro, e ela entendeu que tinha um sério problema para resolver. – Mas eu sei que vou encontrar, deve ter... caído... em algum lugar do hotel e... – Ao ouvir suas próprias palavras, ela se desesperou, porque a imagem que estava passando era a de uma pessoa completamente relapsa.

Porém, antes que ela pudesse prever o gesto, ele rapidamente atravessou o espaço que os separava e a segurou pelo pescoço, olhando-a diretamente nos olhos.

– Você perdeu o colar, eu sei. Porque eu o encontrei, *querida*!

Ela arregalou os olhos de espanto e medo, mas também de alívio. Ele o encontrara! Então poderiam, sim, fazer as pazes. Ele a perdoaria.

– Ah... Que bom... Mas, Otelo, me largue, eu... Eu estou sem ar... Por favor...

Mas ele não parecia disposto a soltá-la. Com a mão esquerda, meteu a mão no bolso da calça e pegou o colar, abrindo-o entre os dedos e balançando-o diante de seus olhos.

– Encontrei, sim, vagabunda! No quarto de Carlos, seu amante!

Ao ouvir aquelas palavras absurdas, Diana enfim começou a se debater na tentativa de se ver livre das mãos dele, mas Otelo era muito forte e estava com muita raiva, o que o transformava em uma máquina terrível. Mas ele afrouxou um pouco o aperto, queria saber o que ela teria a lhe dizer naquele momento.

Diana tossiu e segurou o braço dele com as duas mãos, tentando libertar-se, mas foi em vão.

– Você está louco, Otelo? Louco? Eu não tenho... nada com... Carlos... nem com ninguém. Só você, eu amo você! Quem te disse... isso?

– Este colar estava no quarto dele, vagabunda! Debaixo do travesseiro dele, do seu amante, com quem você passou a noite depois do vexame que ele deu! Mas ele deve ter sido bem consolado, não é verdade?

Diana ouvia, mas não conseguia juntar dois pensamentos. Estava com muito medo e tudo que queria era sair dali correndo. Mas ao mesmo tempo sentia o perfume de Otelo, tão próximo a ela e tão distante. Sentiu que as lágrimas começaram a brotar, mas conseguiu conter-se. Se chorasse, seria pior.

– Pare... com isso, Otelo. Eu nunca... tive nada... com Carlos. Ele só queria... a minha ajuda... para ficar em paz... com você e... ter o emprego... de volta... Por favor... Lembra que eu... te pedi... para... falar com ele...?

Ao ouvir aquelas palavras, ele sentiu ainda mais ódio dela. Mesmo naquela situação extrema, ela ainda tentava ajudar o querido Carlos, seu amante, com toda certeza. Mas, ao olhar para seu lindo rosto, ele se viu dividido entre a vontade de matá-la e de beijá-la. E se lembrou de seus beijos, que podiam ser ora tão doces, ora tão apaixonados. Lembrou-se também de sua primeira noite juntos, quando a viu desfalecer de prazer em seus braços, jurando amá-lo para sempre... Ela nunca fora mais bela do que naquele momento, em que lhe dera o mais valioso presente de todos: sua virgindade. Sim, ela era virgem, e ele fora o primeiro homem de sua vida. Ele se lembrou de seu cheiro suave, do calor de seu corpo, aquele corpo perfeito que o aquecera com carinho, amor e desejo infinitos. Ele nunca havia sido tão feliz...

E agora, contemplando-a, por um segundo ele a imaginou mostrando o seu rosto de paixão e desejo para outro. Para Carlos. E não pôde suportar aquilo, a cena que sua mente lhe mostrou era muito sórdida. Não. Seu rosto de amante, seus sussurros de paixão e suas juras de amor eram somente para ele, jamais para outros. E ela havia traído aquele voto. Havia traído... Dando-se a Carlos... Testando seu poder de mulher recém-descoberto. E fora ele próprio, pela maior das ironias, que havia lhe ensinado a trilhar o caminho da paixão... que ela rapidamente colocou a serviço de Carlos... como fazem as cadelas no cio...

Sem pensar em mais nada e movido apenas pelo ciúme cego, apertou mais os dedos e a arrastou para a cama com força. Diana sufocava, tentava se libertar da mão em seu pescoço, mas ele era muito forte. Por fim, as lágrimas começaram a escorrer por seu rosto.

– Você... – ele lhe dizia com a voz embargada – ...você foi o amor da minha vida, maldita! Por você, eu faria tudo... Eu confiei em você, briguei por você, e é assim que você retribui o meu sentimento? Ah, eu te amo e te odeio, Diana... Você era minha... e eu era seu. Nunca traí isso, vagabunda...

Ele sentiu que as lágrimas se formavam em seus olhos, copiosas, febris, sangrentas... O rosto de Diana começou a ficar vermelho, mas nada parecia ter poder sobre sua beleza. Como ela era bela! E como ele a amava!

Otelo fechou os olhos para resistir às lágrimas e à tentação de beijá-la e possuí-la ali mesmo e colocou a mão esquerda em punho sobre o rosto. Sem lágrimas, sem lágrimas, sem lágrimas. Mas seu sofrimento era indizível. Quanto mais ele apertava o pescoço dela, mais raiva sentia, de si mesmo, dela, da vida, de tudo. Se pudesse, morreria ali mesmo, tão desgostoso e desesperançado se sentia.

Abaixo dele, Diana ainda o fitava. E sofria. Não somente pela dor e pela falta de ar, mas principalmente pela infâmia. Sim, a acusação dele era uma infâmia. E subitamente ela pensou que eles haviam sido vítimas da maldade de alguém, porque somente uma grande maldade, uma grande mentira, poderia ter um efeito tão destruidor sobre duas pessoas que se amavam tanto. Sim, que... se amavam... tanto... tanto... tanto... Lentamente, ela sentiu que estava indo para algum lugar longe dali. O rosto de Otelo foi desaparecendo de sua visão, e ela ainda tentou forçar-se a vê-lo, mas não conseguiu. Ele desapareceu por detrás de uma névoa branca, lentamente, lentamente, suavemente... Para sempre... O seu amor...

*

Tiago estava nervoso. Não conseguia falar com o irmão para saber se o plano macabro havia sido realizado. Ele andava de um lado para o outro sem parar, a ponto de chamar a atenção das poucas pessoas que ainda estavam no jardim. Era tarde, passava de meia-noite, e nada. Nenhuma notícia. O celular estava sempre na caixa postal. "Droga!"

Ao saber que seu irmão, apelidado de Zarolho, estava em São Paulo – porque ele lhe telefonara mais uma vez para pedir dinheiro –, Tiago ficara bastante aborrecido. Não queria proximidade alguma com o irmão, sempre envolvido com tráfico, sempre fugindo da polícia, sempre prestes a colocar sua reputação em risco. Porém, quando a situação com Ronaldo se deteriorou, ele percebeu que tinha a solução nas mãos e bem perto dali. Foi quando entrou em contato com Zarolho, o marginal – não seu irmão –, e lhe disse que poderia ceder o dinheiro que ele queria, desde que o ajudasse a dar cabo de duas pessoas ao mesmo tempo.

Depois de duas ou três ligações, conseguiu convencê-lo de que seria a coisa mais fácil do mundo, pois aquela era uma cidade do interior e a estrada onde tudo aconteceria era afastada, estava sempre deserta e tinha pouca iluminação. Não havia possibilidade de ele errar, disse-lhe.

– E você terá a sua grana assim que eu voltar para o Rio.

– Não, eu quero agora, estou precisando agora!

– E eu não tenho como sacar essa quantia. Preciso ir ao meu banco, falar com o gerente, e o meu banco fica no Rio, imbecil.

— Veja lá como fala comigo, Tiago! Cuidado!

— O que eu posso arrumar agora são três mil. Depois, te dou o resto. Além disso, não vou fugir, você sabe onde eu moro.

— Sei mesmo. Tudo bem, mas quero os três mil assim que acabar o serviço. Preciso me mandar na mesma noite.

— E como você vai conseguir o carro? Tem de ser preto, para não chamar atenção.

— Tu está querendo me ensinar, é mesmo? Claro que vou arrumar um carro preto, palhaço! Deixa essa parte comigo.

E assim combinaram. Tiago convenceu Carlos e Ronaldo a irem até o lugar, na certeza de que eles iriam brigar e que em seguida o irmão resolveria tudo. Ronaldo não podia ficar vivo, acabaria por desmascará-lo. Quanto a Carlos, aquele era o seu ato final de vingança contra ele, que não poderia mais se meter em seu caminho.

Quanto a Otelo... Ah, este, sim, tivera o maior dos castigos... Porque Tiago bem imaginava a dor que ele estava sentindo ao descobrir a *traição* de sua linda Diana... Claro que, se a traição fosse verdadeira, sua satisfação seria ainda maior. Mas não importava. O fato de Otelo ter acreditado naquela farsa era suficiente para que ele, em pouco tempo, não mais se mostrasse capaz de ser um dos diretores da GB. E, quando ele saísse, destroçado e liquidado, abriria caminho para Tiago, com certeza. O próprio Túlio vinha olhando-o com outros olhos, ele bem percebera.

Por isso, quando viu Túlio saindo de uma das salas reservadas para as reuniões, acompanhado de Maurício, o diretor de Marketing Internacional anterior a Otelo, sentiu seu sangue gelar. Estaria Túlio pensando em chamá-lo de volta para o cargo? Se essa hipótese fosse verdadeira, o que seria dele e de seus projetos de se tornar um diretor naquela empresa?

Estava distraído com esses pensamentos quando ouviu uma sirene ao longe, mas se aproximando rapidamente. Um longo arrepio percorreu seu corpo, e ele sentiu um gosto amargo na boca. Inferno! Polícia! Algo dera errado. E, para seu desespero, sentiu que suas pernas estavam bambas.

*

Aquela era a cena mais terrível que ela imaginou ter de contemplar um dia. Otelo estava sentado com as duas mãos sobre o rosto e a cabeça baixa. Ao lado dele jazia Diana. Imóvel. Imóvel. Imóvel.

Eliane entrou cambaleando, assustada. Mas estava preocupada com a amiga, precisava descobrir se ela estava viva.

"Claro que está, óbvio. Eles devem ter brigado, apenas..."

Mas Diana estava parada demais. Além disso, por que dormiria em meio a uma briga?

Quando a ouviu se aproximar, Otelo ergueu o rosto, que estava lavado de lágrimas. Foi quando Eliane realmente se apavorou. O grande Otelo? Chorando?

– Otelo... O que houve? Eu vim falar com Diana e... Por que ela está tão... quieta assim? Eu...

Ela esticou as mãos com a intenção de acordar a amiga, mas Otelo balançou a cabeça negativamente, e Eliane se apavorou.

– Ela está... morta?

Quando ele confirmou, Eliane sentiu como se um buraco sem fundo estivesse se abrindo sob seus pés. Ficou tonta e começou a chorar, desesperada.

– Ai, meu Deus... Minha amiga... Como isso aconteceu, Otelo? Ela passou mal? Como foi isso, Deus do céu?

Sentou-se na cama, vencida pela dor.

– Fui eu. Vá chamar a polícia, por favor.

Eliane o olhou como se não estivesse compreendendo o que ele dizia.

– O que você disse?

Ele repetiu a terrível frase.

– Fui eu. Chame a polícia. Agora. Por favor.

Ela se levantou de uma só vez, sentindo a raiva brotar dentro de si.

– Como assim? O que você fez? Você a matou? Por quê? Responde, crápula! Por quê?

Ele abaixou de novo a cabeça. Parecia ter envelhecido em questão de minutos.

– Eu não queria isso, nunca quis isso. Não planejei, mas aconteceu. Ela... Ela estava me traindo, eu descobri... e vim tirar a história a limpo, mas... perdi o controle... Eu...

– Diana estava traindo você, Otelo? Você está louco? Quem lhe disse isso?

– Ela estava me traindo. Com Carlos. E eu tenho a prova.

– Com... Carlos? Ora, por favor! E que prova é essa que você tem? Hein? Quero ver!

Ela gritava e chorava ao mesmo tempo, irada e infeliz. Não podia imaginar como seria a sua vida sem sua fiel amiga. Sua irmãzinha mais nova, tão doce, apaixonada e completamente fiel àquele *assassino*. Àquele monstro!

Ele ergueu a mão esquerda e mostrou a ela o colar.

— Dei a ela este colar, mas ela o perdeu quando estava com Carlos, no quarto dele! Dando-se a ele! E perdeu ali, mas eu e meu amigo Tiago o encontramos, por acaso. Por isso, eu sei que ela realmente estava me traindo, como Tiago me alertou. Ele estava certo, meu Deus... Estava certo...

Eliane pensou ter ouvido errado, mas sabia que não. Sabia que era verdade. Sempre soubera. Algo em seu coração sempre a alertara contra ele, mas a paixão a cegara, impedindo-a de pensar com a razão.

Olhou para Otelo e teve pena dele. Não quis olhar mais para o corpo da amiga. Não tinha coragem. Queria se lembrar dela com vida, não como se fosse uma boneca quebrada.

Ela suspirou e começou a soluçar. Chorava por aquele casal trágico, mas chorava também por si mesma, por suas ilusões destruídas, pelo amor que jamais tivera e no qual apostara todas as suas fichas. Por fim, conseguiu se acalmar um pouco. Estava certa do que deveria fazer antes de chamar a polícia. Acima de tudo, lavaria a mancha que tinham colocado sobre Diana. Jamais permitiria que ela fosse acusada de algo que não fizera. Estivesse, pois, viva ou morta, Eliane lhe devia isso.

— Otelo, olha pra mim — disse ela, levantando-se e enxugando as lágrimas que escorriam por seu rosto sem cessar.

Ele pareceu não ouvi-la, mas lentamente levantou a cabeça.

— Otelo, Diana nunca traiu você, entendeu? Nunca!

— Eu tenho a prova, eu... — disse ele com a voz engrolada, como se estivesse bêbado.

— Isso foi armação de Tiago e você acreditou! Fui eu que encontrei o colar dela no corredor, caído no canto da parede. Ela deve ter deixado cair e não viu. Ou caiu da bolsa, sei lá.

Aquelas palavras tiveram efeito sobre ele, que franziu o cenho e a fitou com olhos maus.

— O que você está dizendo?

— É isso mesmo, infeliz! Ele me pediu que emprestasse o colar porque queria fazer uma cópia para mim... E eu, idiota, acreditei! Acreditei nele mais uma vez! Se eu soubesse... Se eu desconfiasse que... — Ela jogou as mãos para o alto em desespero. — Ele sempre teve inveja de você, Otelo. Sempre! E eu sempre percebi isso, mas fazia de conta que não via.

– Vocês... Vocês estão...

– Juntos, sim, há mais de um ano. Ele nunca te contou, não é? Claro, seria uma vergonha para ele namorar uma secretária! Por isso vem me enrolando esse tempo todo. Mas eu sei quem ele é, Otelo. Se ele te disse que Diana estava traindo você, é mentira! Aposto que foi ele quem te mostrou o colar, *por acaso*, não foi?

E Otelo se lembrou, então, da insistência de Tiago para irem ao quarto de Carlos... Lembrou-se dele levantando os travesseiros... e do colar brilhando sob a luz e destruindo sua vida naquele exato momento. E se lembrou de toda a campanha que ele fizera contra Carlos, e se lembrou de tudo o que ele insinuou e disse sobre Diana... Para seu pavor, ele enfim começou a desconfiar da cilada, mas era tarde demais. Sua amada jazia sobre a cama. Morta.

Eliane gritava, cheia de ira.

– Maldito! Mil vezes maldito! Ele queria destruir você, queria destruir Carlos, estava morrendo de inveja da promoção que ele recebeu... Ele queria o seu lugar, Otelo! Nunca percebeu isso? E aposto que foi ele quem mandou aquele e-mail anônimo...

Ao ouvir isso, Otelo se levantou.

– O quê? – gritou, furioso.

Eliane começou de novo a chorar e escondeu o rosto nas mãos.

– Ai, meu Deus... E fui eu que contei a ele sobre vocês... Traí a confiança dela, que me pediu segredo. Mas eu achava que... que Tiago poderia querer imitar você... e quem sabe assumir tudo comigo... Eu o amava tanto... Mas eu sei, tenho certeza de que foi ele sim...

Ela ergueu os olhos e seu rosto estava devastado.

– Ele é um poço de inveja e rancor, Otelo. E você está pagando o preço, eu estou pagando o preço, Diana pagou o preço... Meu Deus, que tragédia! E o pai dela também morreu, você sabia?

Otelo se assustou, já tinha quase se esquecido de que o senador estava no hospital.

– Ainda bem que ela não chegou a saber, vocês fizeram questão de esconder tudo dela... Nem pôde despedir-se do pai, meu Deus... Mas agora eles estão juntos, sim, porque *ele* amava a filha de verdade...

Um silêncio tumular surgiu entre eles por alguns instantes, até que Eliane ouviu passos que se aproximavam. Era Tiago.

Atrás dele entraram dois policiais, que pareciam completamente espantados com a cena macabra que viam ali.

— Então, será que eu escutei bem, Eliane? Você estava me acusando?

Antes que ele pudesse evitar, ela caminhou em sua direção e lhe deu uma forte bofetada, que jogou sua cabeça para o lado e fez com que seu pescoço estalasse.

— Amaldiçoado! Você, seu mentiroso, fez Otelo acreditar que Diana o traía com Carlos! Maldito! Fala a verdade!

Tiago passou a mão no rosto, que ardia.

— Sua louca!

— Não sou louca nem cega. Sei muito bem quem você é e te odeio! Você é o culpado da morte da minha amiga, nunca vou te perdoar por isso, infeliz! Eu te odeio! Odeio! Odeio!

Tiago riu com ironia. Já tinha visto Otelo, completamente vencido. E ainda seria preso por assassinar a namorada! Aquilo era bom demais. Em breve, seu caminho estaria livre. Mas antes era preciso calar Eliane.

— A polícia está aqui porque Carlos e Ronaldo foram atropelados na estrada, mas, já que eles estão aqui, vão poder cuidar desse... problema. Não é, policiais?

Um deles estava no corredor, entrando em contato com a delegacia. O outro apenas assentiu. Tiago continuou:

— Quanto a você, meu bem – disse ele, voltando-se novamente para Eliane –, fique calada, não piore a situação ainda mais. Eu nunca fiz nada disso, você está maluca ou o quê? Melhor sair daqui, isto é uma cena de crime.

— Sim, de um crime seu, desgraçado! Foi você quem colocou aquele colar no quarto de Carlos para incriminar os dois, para jogar lama sobre Diana... Para se livrar de Otelo, a pedra no seu sapato!

— Guardas, levem esta louca daqui! – gritou ele.

— Não sou louca coisa nenhuma! Você fala dormindo, sabia, esperto? Pois é. Eu já ouvi muitas vezes você falar dormindo...

Tiago se assustou, mas não quis demonstrar. Otelo o fitava de onde estava, e ele pôde ler desespero e ódio em seus olhos. Teve medo.

— Maluca!

— Ah, eu bem me lembro, sim, de ouvir você dizer muitas coisas, dizer que, pelo certo, a promoção seria sua, o cargo de diretor seria seu... E eu tinha pena de você, achava que podia te ajudar a subir, a crescer... Imbecil, mil vezes imbecil que eu sou... Assassino!

E ela começou a bater nele, com uma raiva fora de controle. O policial tentou apartá-los, ao mesmo tempo que pedia ajuda ao outro, que estava no corredor, mas tudo aconteceu rápido demais. Tiago, com raiva, empurrou-a com todas as forças para se livrar de seus socos. Ele era bem mais alto do que ela, e mais forte. Assim, Eliane se viu jogada para trás e perdeu o equilíbrio, batendo com a cabeça, com toda força, na quina do criado-mudo. Ouviu-se o som de ossos se quebrando, e depois mais nada. Ela ficou caída no chão, numa posição estranha, os olhos abertos fitando o vazio. Estava morta.

Os policiais, mesmo aparvalhados, imediatamente seguraram Tiago, que tentava correr e fugir dali, mas foi inútil. Do lado de fora do quarto, várias pessoas começavam a se aglomerar, atraídas pelo som das discussões, mas ninguém tinha coragem de entrar.

— Eu sou inocente, me larguem! — gritava Tiago, enfurecido, mas os dois policiais o seguravam com mãos de ferro.

Foi quando Otelo se levantou lentamente e caminhou em sua direção. Os policiais olharam um para o outro. Como fariam para conter dois homens adultos? Foi nesse momento que Túlio, Guilherme e Luís Eduardo entraram no quarto e viram a lastimável cena. O tio de Diana e seu sobrinho gritaram, horrorizados. Túlio cobriu o rosto com as mãos.

— Minha sobrinha, meu Deus! Pobrezinha... E meu irmão, também morto. O que está acontecendo, meu Deus? O que é essa tragédia? — Guilherme cambaleou, e o filho o amparou rapidamente.

Otelo parou diante de Tiago, olhando-o ferozmente, com olhos baços, mas repletos de revolta.

— Quero a verdade, Tiago. A verdade.

Tiago conseguiu torcer a boca em um arremedo de sorriso.

— A verdade, Otelo? É isso mesmo que você quer?

— É isso mesmo que eu quero. A verdade.

Ele olhou nos olhos de Otelo e sorriu, irônico.

— A verdade é que há muito tempo você é a pedra do meu caminho, Otelo. Você sempre ficou no meu caminho. Sempre. Então, eu entendi que precisava tirar essa pedra do meu caminho para poder ir em frente. Simples, não?

— E quanto a... — Otelo não conseguiu pronunciar o nome dela.

— A sua Diana? — completou Tiago, alegremente. — Uma trouxa, claro, uma vez que se apaixonou por você. Quem diria? Apaixonou-se pelo diretor pardo da GB... — Começou a gargalhar, como se tivesse enlouquecido. — Idiota! Você me provou que não tem mesmo competência nenhuma, infeliz. Onde já se viu? Acreditar que está sendo traído com tão poucas provas... Tão poucos indícios, como diz a perícia. Se nem ao menos viu Diana deitada com Carlos... Isso, sim, seria uma prova e tanto, mas eu achei que seria difícil conseguir. Então, apelei para o colar e deu tudo certo. — Começou a rir de novo, riso que se transformou em gargalhada.

Sem que nenhum deles esperasse, já que estavam todos embasbacados com aquela situação bizarra e trágica, Otelo desferiu um soco violento no rosto de Tiago, tão violento que sua cabeça pareceu ter se soltado do pescoço. Quando ele se virou, seus lábios sangravam.

— Desgraçado! Para mim, você era meu irmão! Meu irmão! — gritou Otelo, desvairado.

Antes de responder, Tiago abriu a boca e cuspiu dois dentes, que caíram quebrados e ensanguentados sobre o carpete do quarto.

— Pois é, mas eu não sou. Nunca fui seu irmão. Imbecil...

Os dois policiais finalmente agiram, e um deles começou a puxar Tiago para levá-lo dali, enquanto o outro caminhou na direção de Otelo. Ao mesmo tempo, o mais velho dos dois pedia a todos que saíssem com eles, pois ali era uma cena de crime e a perícia deveria encontrar tudo intacto. Todos começaram a falar ao mesmo tempo, chocados e apavorados com a terrível cena. Foi quando Túlio viu um dos chineses do lado de fora, olhando para dentro com olhos esbugalhados. Ele suspirou e abaixou a cabeça.

Um dos guardas tentou algemar Tiago, o outro se preparava para algemar Otelo. Mas enquanto Tiago se debatia, fazendo com que os policiais pedissem a ajuda dos homens presentes para controlá-lo, Otelo estava imóvel, olhando o vazio. Por fim, seus olhos pousaram sobre o corpo de Diana, largado sobre a cama. Até na morte ela era bela. Bela de tirar o fôlego.

"Ah, meu amor... Será que você vai me perdoar? Será que eu vou me perdoar? Minha querida, meu tesouro, minha joia preciosa... Não posso ficar longe de você... Preciso ir aonde você está... Nunca mais, nunca mais vamos ficar separados... E eu vou compensar tudo isso, meu amor... Vou te amar até o infinito..."

E sem que os policiais pudessem impedi-lo, devido à confusão, Otelo agarrou com força o revólver de um deles, apontou a arma para a própria cabeça e puxou o gatilho. As pessoas gritaram e saíram correndo. Seu corpo caiu sobre a cama, ao lado de Diana. De sua amada Diana. E ali eles ficaram, unidos também na morte.

✼

Túlio olhava o jardim, pensando no quanto a natureza podia se mostrar tão indiferente aos dramas humanos. Chegava a ser assustador. Flores novas estavam brotando nos jardins. Lindas flores. Enquanto no andar de cima tantas tragédias inimagináveis haviam acabado de acontecer. E mesmo assim as flores se abriam, mostrando sua beleza ao mundo. Era uma grande ironia. Ou uma grande sabedoria, talvez. Ou, ainda, o ritmo da vida, que seguia sempre em frente, em seu ciclo eterno.

Ele abaixou a cabeça. Os chineses haviam se retirado, totalmente chocados e sem condições emocionais para continuar ali. Iriam direto para o aeroporto. Não quiseram nem mesmo desfrutar dos dias de férias que a GB iria lhes proporcionar. Estavam amedrontados demais para ficar ali, naquele país de selvagens. Sim, era isso o que eles certamente estavam pensando, e Túlio nem mesmo sabia se os contratos seriam assinados. Que importava, na verdade?

Quando deu por si, Maurício estava ao seu lado, também olhando as flores.

– Tudo resolvido? – Foi o que Túlio conseguiu perguntar.

– Por enquanto, sim. Tiago já foi levado, está na delegacia prestando depoimento.

– Os corpos... – Foi muito difícil pronunciar aquelas palavras.

– Tudo resolvido. Infelizmente, serão quatro enterros, mas penso que as famílias vão querer enterrá-los em suas cidades.

– Quatro enterros... Eu nunca poderia imaginar que esse congresso terminaria assim, com enterros e crimes, meu Deus... – A voz de Túlio estava embargada.

– Meu amigo, você tem de ir em frente. Não adianta lamentar. Foi horrível, claro que foi, mas a vida continua. – Maurício sempre fora realista e até mesmo um pouco frio. Naquele momento, Túlio o invejou. – Ronaldo também morreu. Foi assassinato, claro. Prenderam o marginal, você soube?

– Soube. Ele é irmão do Tiago. Um marginal!

— A gente nunca sabe o que os rostos escondem, Túlio. Por isso, eu não me iludo com ninguém.

— E Carlos, como está?

— Meio quebrado, mas vai se recuperar. Inclusive, eu quero sugerir que você o coloque no lugar de Otelo.

— Eu tinha pensado em lhe propor... – Túlio sabia qual seria a resposta, mas queria tentar mesmo assim. Ele confiava em Maurício.

O amigo sorriu.

— Eu imaginei que você iria me propor isso, mas não. Obrigado. Tenho outros planos. Além do mais, Carlos é a melhor pessoa para ocupar o cargo. Ele é cria de Otelo, por assim dizer, e vai seguir os mesmos caminhos de sucesso que ele seguiu. Mas eu tenho outros objetivos, Túlio.

— Quer ir para a China? – Túlio perguntou tristemente. Não queria pensar em Otelo, doía muito ter a certeza de que nunca mais o veria, de que nunca mais teria a sua presença segura ao seu lado, ambos cuidando do sucesso da GB.

— Quem sabe? E talvez até me casar com uma chinesa – respondeu Maurício sorrindo.

— Eu não duvido disso, meu amigo. Não duvido.

— Mas em uma coisa eu posso te ajudar: a consertar essa má impressão com eles, Túlio.

— Você acha que conseguiria isso? – Pela primeira vez naquele dia Túlio se sentiu animado com alguma coisa e quase sorriu.

— Eu tenho um plano. Vamos entrar e eu te conto tudo.

✳

Suas coisas já estavam arrumadas e ele sabia que na manhã seguinte, bem cedo, o patrão iria embora. Por isso, ele já estava preparado. Porém, uma vez mais ele queria ir ao jardim. Como era madrugada e não havia ninguém por lá, caminhou rapidamente até estar ao ar livre e frio da noite.

O céu estava lindo, completamente estrelado, e Bobó imaginou em qual daquelas estrelas estariam Diana e Otelo... Porque eles haviam se amado tanto, como ele bem sabia, que não poderiam ter outro destino a não ser as estrelas do céu.

As flores estavam lindas e perfumavam a noite por inteiro. Ele pegou duas delas, as mais belas de todas, levou-as aos lábios e fez uma pequena prece, pedindo a Deus que desse aos dois um bom lugar. Um lugar onde não houvesse traição, mentiras ou falsidade. Ah, se Otelo tivesse entendido sua mensagem... Se tivesse lhe dado ouvidos, nada daquilo teria acontecido, e eles ainda estariam vivos. Mas ele sabia também que nem sempre é possível impedir as tragédias, pois o homem é senhor de seus atos. Por fim, suspirando, colocou as duas flores aos pés de uma árvore esguia, uma pequena palmeira, bela e altiva, que dominava um dos cantos do imenso jardim do hotel.

Quando estava dando a volta para entrar pelos fundos, pensou ter ouvido vozes ao longe. Olhou para trás, mas não viu nada e continuou o caminho em direção ao seu quarto. Agora poderia dormir.

Mas, se tivesse olhado para o lugar certo, teria visto o casal que flutuava, de mãos dadas, em meio a todas as flores daquele belo e florido jardim.

Sonho de uma noite de verão

William Shakespeare * Adaptação de *Laura Conrado*

A história original...

Na comédia *Sonho de uma noite de verão*, Shakespeare cria diversos conflitos que convergem para o mesmo lugar, no mesmo espaço de tempo. A fuga de Lisandro e Hérmia, um jovem casal impedido de ficar junto por oposição do pai da moça, o casamento do duque de Atenas com a rainha das Amazonas e a briga entre Oberon e Titânia, rei e rainha das fadas, respectivamente, entrelaçam-se, formando um único enredo passado em uma noite de verão. Demétrio, que gosta de Hérmia, também parte para a floresta para encontrar a amada. Ele, por sua vez, é desejado por Helena, que o segue até a mata. Nessa mesma noite, um imaturo grupo de teatro adentra a floresta para ensaiar a peça a ser apresentada no casamento do duque.

Oberon, com a ajuda de Puck, seu servidor, pinga uma poção nos olhos de Titânia a fim de que ela se apaixone pelo primeiro ser que vir. Entretanto, Oberon tem compaixão de Helena, que corre atrás de um jovem que gosta de outra. Ele, então, encarrega Puck de pingar o licor também nos olhos de Demétrio. Contudo, Puck aplica a poção no jovem errado, tornando a noite repleta de desastres entre seres encantados e humanos.

A história nos dias de hoje...

Personagens

ORIGINAL	ADAPTAÇÃO
Teseu, duque de Atenas	**Tadeu**, prefeito de Atenas
Hipólita, rainha das Amazonas, noiva de Teseu	**Isadora**, empresária, noiva de Tadeu
Lisandro, jovem namorado de Hérmia	**Sandro**, jovem namorado de Débora
Demétrio, jovem apaixonado por Hérmia	**Denis**, jovem apaixonado por Débora
Hérmia, namorada de Lisandro, filha de Egeu	**Débora**, namorada de Sandro, filha de Emílio
Helena, amiga de Hérmia, apaixonada por Demétrio	**Helen**, amiga de Débora, apaixonada por Denis
Egeu, pai de Hérmia	**Emílio**, grande agricultor, pai de Débora
Filostrato, mestre dos festejos de Teseu	**Felipe**, chefe do cerimonial
Oberon, rei das fadas	**Boto**, figura do folclore brasileiro
Titânia, rainha das fadas	**Iara**, figura do folclore brasileiro
Fadas, a serviço de Titânia	**Sereias**, a serviço de Iara
Puck, bobo e servidor de Teseu	**Saci**, figura do folclore brasileiro
Quina, carpinteiro	**Quincas**, chefe do teatro
Bobina, tecelão	**Bira**, tecelão
Justinho, marceneiro	**Dinho**, marceneiro
Sanfona, remendão de foles	**João Saracura**, restaurador de instrumentos
Fominha, alfaiate	**Fuinha**, mãe da Tisbe no teatro
Bicudo, funileiro	**Barrigudo**, pai de Píramo no teatro

ATO I
– Se ao menos meu pai visse com os meus olhos.
– Antes, os seus devem julgar com os dele.

Com a palma das mãos Emílio limpava o suor que escorria em seu rosto. Embora os termômetros marcassem 38° C em novembro, na cidade de Atenas, na região de Bonito, Mato Grosso do Sul, Emílio suava frio. Estacionou a caminhonete na porta do prédio da prefeitura. Era constrangedor expor a atual situação de sua família, mas a teimosia de sua filha Débora estava passando dos limites. Embora a pequena cidade tivesse suas próprias formas de sustento e não dependesse das cidades vizinhas, o velho hábito de as autoridades aconselharem os moradores ainda era mantido.

— Vamos descer, Débora! — Emílio ordenou.

— Prefiro secar nesse sol a consentir com essa conversa, pai. Desde quando prefeito pode colocar lei no coração dos outros?

Com a gola da blusa agora também encharcada de suor, Emílio desceu da caminhonete, deu a volta no carro e parou diante da janela do banco em que a filha estava sentada.

— Menina, você acha que já está crescida, mas ainda deve obediência ao seu pai. Sai logo do carro ou te tiro à força!

— Pode começar. Já estou farta das suas ordens. Já tenho 18 anos, pai! Dezoito! Sou maior de idade e faço faculdade!

Sem pestanejar, ele abriu a porta do veículo e carregou-a para fora do carro. Saiu com a filha nos braços e, sem fazer o menor esforço, trancou o carro. Emílio não era tão velho e tinha saúde boa. Os músculos dos braços e dos ombros eram definidos, mostrando anos de trabalho nas lavouras.

— Eu vou fazer um escândalo se não me colocar no chão — Débora gritou.

Emílio não se importava de escutar a gritaria da filha.

Entretanto, naquele exato momento passavam na rua as irmãs Barroso. Ambas eram solteiras de meia-idade e viviam fazendo fuxico da vida alheia. Temendo que a crise em sua família tomasse uma proporção maior, cedeu e colocou Débora no chão.

De tão parecidas e igualmente fofoqueiras, a cidade toda diferenciava as irmãs pelo porte. A mais velha, Zoraide, era alta e bem magra. Seu comprimento lhe rendera apelidos que ela preferia esquecer. Já a irmã caçula, Zuleica, havia descontado todas as frustrações de antigos pretendentes nos doces, tornando-se assim a mais cheinha das irmãs.

— Boa tarde, seu Emílio! Veio ter com o prefeito? — perguntou Zuleica.

— Boa tarde. Vim ter, sim, um dedo de prosa com o prefeito sobre a nossa próxima safra, que será bem gorda!

— Gorda? Onde o senhor está vendo gorda aqui, seu Emílio? — Zuleica colocou a mão na cintura, parecendo desafiar o agricultor.

— Imagina, dona Zuleica. — Emílio suava ainda mais. — Apenas falei da minha safra de cana-de-açúcar. Cana-de-açúcar — ele salientou, mostrando com as mãos o comprimento das canas.

— Não sei por que falar tanto em cana, seu Emílio! Todos nós sabemos que uma cana é alta e fina feito bambu! — Zoraide ficava nervosa pelas recordações da adolescência.

— Foi muito bom estar com as senhoritas, mas agora preciso ver o prefeito. — Ele se desviava das irmãs.

— Deve ser muito urgente o assunto, seu Emílio — disse Zuleica. — Sua cara não está nada boa.

— Sabe que se precisar de nós, estamos às ordens. Pode confiar — disse Zoraide, ele sabia, querendo alguma informação.

— Agradeço a disposição das senhoras... — Emílio interrompeu a fala e corrigiu-se: — Senhoritas.

Irritar as irmãs Barroso e ser vítima de algum comentário maldoso na cidade era a última coisa que Emílio queria. Achou melhor encerrar logo aquele encontro.

— Precisamos ir — anunciou.

Despediu-se das irmãs e olhou para Débora. As feições de Emílio, antes tensas de raiva, naquela hora estavam suavizadas. Por um segundo, arrependeu-se de lhe impor um namorado. Pensou em ir embora e deixar que o tempo resolvesse aquele impasse. Mas, quando pensou em Sandro, homem por quem nutria antipatia, namorando sua filha, sentiu os pelos se arrepiarem.

— Vamos resolver isso agora — disse, puxando a filha pela mão.

Na sala de espera do gabinete do prefeito, a sensação refrescante do ar-condicionado deixou pai e filha mais calmos. Emílio estava certo de que a conversa com o prefeito mudaria a opinião de Débora. Embora fosse jovem, Tadeu era admirado por toda a cidade. Além disso, as famílias eram amigas havia muitos anos, o que deixava Emílio à vontade para desabafar. Assim que se dirigiram ao sofá, encontraram Denis, o pretendente que Emílio escolhera para Débora.

— Assim é que eu gosto! De gente honrada que chega até antes da hora marcada — disse Emílio, cumprimentando Denis.

— Não acredito que o chamou para vir aqui. Está tudo armado? — reclamou Débora.

— Fica calma, Débora. Só viemos conversar. — Denis tentava se aproximar dela.

Felipe, chefe do cerimonial da prefeitura, aproximou-se do grupo e avisou:

— Já podem entrar.

Emílio se levantou com rapidez e seguiu até a grande sala do prefeito, que estava ao telefone. Da porta, conseguiu ouvi-lo.

— Três dias passam rápido, meu amor. Mais um pouco e estaremos casados.

Ele só poderia falar daquela forma com a noiva, Isadora. O casamento era comentado por toda a cidade e já havia sido declarado o evento do ano. Emílio, Débora e Denis esperaram em pé por alguns minutos, até Tadeu desligar o telefone. O prefeito se dirigiu até a porta e recebeu Emílio.

— Como vai o nosso maior produtor de cana? — Tadeu perguntou.
— Desculpem a demora, mas a proximidade do casamento tem deixado Isadora nervosa. E a mim também!

— Não queria importuná-lo às vésperas de uma data tão importante, mas realmente preciso de ajuda — falou Emílio.

113

O telefone tocou.

"Outra vez." Emílio ficou ainda mais nervoso.

O prefeito pediu licença e atendeu. Assim que ele colocou o telefone no gancho, falou:

– Parece que a pessoa que estavam esperando chegou. Já pedi que entrasse.

– Não estamos esperando mais ninguém – disse Emílio.

– Estamos, sim! – Débora deu de ombros. – Mandei um torpedo para o Sandro assim que soube que havia chamado esse aí.

Emílio trancou os dentes, controlando-se para não dizer poucas e boas à filha na frente do prefeito. Sandro entrou na sala com a respiração ofegante. O sangue de Emílio ferveu com o atrevimento do rapaz.

– Prefeito, esse sujeitinho veio até aqui para atrapalhar nossa conversa. Como se não bastasse ter corrompido minha filha – disse aos berros. – Volta para o buraco de onde saiu, rapaz! Para fora!

– Não aceito ordens suas, senhor Emílio! Se a conversa for tratar do futuro de Débora, eu fico!

– Pai, não cria confusão, por favor! Entenda que eu gosto dele! Por que acha que não sou capaz de escolher de quem vou gostar? – Débora choramingou.

– Ele está te enganando, Débora. – Denis entrou na conversa. – Só você não vê.

– Se essa tripa seca não sair daqui agora, eu vou perder as estribeiras, seu prefeito! Posso fazer uma loucura! – Emílio berrou.

O prefeito bateu com um livro na mesa.

– Ordem no meu gabinete! – ele disse. – Todos serão escutados. Começaremos por Emílio.

Ele se aproximou da mesa do prefeito.

– Fico agradecido. O senhor sabe como trabalhei duro para dar o melhor à minha esposa e à minha única filha. Dou emprego a muita gente em nossa região e por isso sou respeitado. Trabalhei com o pai de Denis por muitos anos. Sei que o rapaz é trabalhador e tem boas intenções. Ele será capaz de dar um bom futuro a Débora. Contudo, prefeito, esse tal de Sandro chegou de mansinho e enganou a minha filha com presentes e passeios.

– E no que posso ser útil, Emílio? – perguntou o prefeito.

– Sei que o assunto parece ser, e é, só de família. Mas diz respeito ao senhor também.

– Como assim? – indagou o prefeito.

– Vou vender as minhas terras e me mudar de cidade.

– Que é isso, seu Emílio? A cidade precisa da sua produção. Imagina quantas pessoas ficarão sem emprego? E as empresas locais precisam do seu trabalho para se manterem – disse o prefeito.

– Já tomei minha decisão. Se minha filha não me obedecer, vou embora!

– Que golpe baixo! – Débora entrou na frente do pai. – Veio aqui fazer chantagem!

– Sem gritaria, por favor! – disse o prefeito. – Isso é muito grave. Vai afetar toda a cidade. Mas penso que não tenho nada a fazer, por se tratar de um problema familiar.

※

Embora Emílio estivesse resolvido, chegou a sentir uma vertigem quando falou em se mudar da cidade. Foi em Atenas que ele nasceu, conheceu sua esposa e criou Débora. Todos na cidade o viram se transformar de um garoto simples em um agricultor de sucesso. Se fosse para outro lugar, certamente não seria tratado como em Atenas. Emílio buscou um lugar para se sentar. Pensava na vergonha de não honrar a palavra com o pai de Denis. Pensava nas irmãs Barroso e em toda a cidade comentando, à miúda, que o dono da maior plantação de cana-de-açúcar era controlado pela filha.

Interrompendo os pensamentos de Emílio, a voz do prefeito se fez ouvir. Ele se virou para Débora e disse:

– Pelo que sei, seu pai te criou muito bem, lhe dando tudo do bom e do melhor. Além disso, Denis parece ser um bom rapaz.

– Sandro também é! – ela respondeu.

– Mas se o seu pai prefere Denis, alguma boa razão deve ter.

– Ah, prefeito, se tentasse ao menos ver Sandro com meus olhos... – disse Débora.

– Antes, os seus devem ver Denis com os olhos de seu pai – disse o prefeito.

Sandro se aproximou do prefeito e falou:

– Débora me ama e deve se casar comigo. Já que Emílio prefere Denis, que se case com ele!

– Chega! – Emílio se levantou. – Está resolvido: se Débora me enfrentar, vai dar adeus a essa cidade.

O prefeito disse:

— Peço que espere o meu casamento, seu Emílio. Não tome nenhuma atitude precipitada. Tentem resolver a situação de forma amigável.

Emílio balançou a cabeça em acordo. Ele foi o primeiro a dar as costas e caminhar até a porta. Os quatro deixaram o gabinete do prefeito sem trocar uma palavra. Débora não escondeu o choro enquanto caminhavam até a caminhonete. Emílio evitava olhar a filha, a fim de manter sua posição. Estava certo de que sua decisão era a melhor para ela, que lhe devia obediência.

*

Sandro se virou de um lado para o outro na cama durante toda a noite. Como poderia assistir a sua namorada ficar com outro homem? E se Emílio levasse mesmo Débora embora e ele nunca mais conseguisse encontrá-la? Embora já fosse maior de idade, Débora ainda estudava e dependia dos pais. Não teria como enfrentar a vontade deles.

"Será que a única saída para ficarmos juntos seria ir embora de Atenas?"

Sandro se conteve para não acordar Débora durante a madrugada. Esperou o dia clarear e foi para a faculdade. De lá, enviou uma mensagem para o celular dela. Era o único lugar onde Emílio não os veria.

Enquanto Sandro esperava por Débora no pátio da faculdade, seus olhos ainda doíam. Resultado da noite sem dormir. Pensava na gravidade do que iria propor à menina por quem estava apaixonado. Será que, se ela aceitasse, ele teria condições de lhe dar um bom futuro?

— Bom dia, meu amor! — Débora surgiu.

— Querida, bom dia. Estava esperando te ver.

— Senti muito sua falta, mas a marcação dos meus pais me impede de sair da casa — disse Débora.

O coração de Sandro acelerou. Suas sobrancelhas se levantaram devido ao susto que levara.

— O Denis! — Sandro falou.

— Ah, nem me fale dele, estou com mais antipatia dele por ontem...

— Não, o Denis! Ele está aqui! — Sandro apontou para a escada que dava para a lanchonete.

— O que ele faz aqui? O prédio dele é outro!

— Vamos sair daqui. Ele não pode saber que nos encontramos.

Sandro apanhou sua mochila, puxou Débora pela mão e, juntos, deram a volta nos bancos. Seguiram em direção ao corredor das salas de vídeo, o mais deserto da faculdade. Denis só podia estar vigiando Débora a mando de Emílio. Ter de se encontrar às escondidas com a namorada era demais para um rapaz independente como Sandro. Pensou na vida que poderia ter quando terminasse a faculdade, no bom emprego que conseguiria em Atenas, perto de seus familiares e amigos. Entretanto, quando vislumbrava o futuro, não se imaginava longe de Débora. Naquela hora, Sandro tinha certeza de que não havia alternativa que não fosse viverem seu amor longe dali.

Pouco tempo depois, Sandro e Débora estavam seguros no corredor, longe da visão de Denis.

— Você está com olheiras, Sandro — disse Débora.

— Não dormi esta noite. Fiquei pensando no nosso destino.

— Como ficaremos juntos, meu amor?

— Débora — ele pegou as mãos dela —, tenho uma tia que mora na divisa do estado. Ela é viúva, não teve filhos e já tem idade avançada. Podemos ir para lá recomeçar a vida e ajudá-la em sua loja. É triste deixar nossas famílias, mas não vejo outra solução. O que me diz?

— Deixar tudo?

— É! Amanhã, quando vier para a faculdade, venha com suas coisas. Ninguém vai desconfiar.

Sandro teve medo quando percebeu o olhar desconfiado de Débora. Ela passou as mãos pelos cabelos e respondeu:

— Eu aceito. Fugiremos amanhã. — Débora selou o acordo com um beijo em Sandro, que não poderia estar mais feliz.

*

Helen caminhava pelo corredor da faculdade quando encontrou Sandro e Débora. Helen sabia que o namoro dos dois era proibido, mas os achou tão felizes que resolveu descobrir a razão de tanta alegria. Na verdade, ela era apaixonada por Denis. Seria até bom que Sandro e Débora pudessem ficar juntos. Helen, porém, estava com o coração tão amargurado pelas recusas de Denis que não suportava ver casais felizes. Pensou em tirar uma foto do casal com seu celular e enviá-la para Denis. Mas talvez isso só o fizesse correr ainda mais atrás de Débora. Resolveu, então, aproximar-se deles.

— Oi, gente! Que bom vê-los felizes! — disse Helen. — Pudera eu estar contente também.

— Algum problema? – perguntou Débora.

— O de sempre. Quanto mais corro atrás de Denis, mais ele fica interessado em você!

— Nem me fale. Quanto mais o odeio, mais ele me rodeia!

— E quanto mais o rodeio, mais ele me odeia – lamentou-se Helen.

O sinal do intervalo tocou. Sandro e Débora precisavam entrar para a próxima aula, já que haviam perdido a primeira. Era bom se manterem discretos e não levantarem suspeitas.

— Sinto muito. Bem, precisamos ir andando, não é, Sandro? – Débora pegou o namorado pela mão. – A gente se vê depois.

Helen mordeu os lábios. Com certeza havia algo diferente no casal. Por que estavam se esquivando?

— Ah, mas você não sabe o quanto eu torço por vocês. Minha vida não anda muito boa. Deixem-me, pelo menos, ficar feliz por vocês. – Helen entrou na frente de Débora e Sandro. – Contem-me a razão de tanta alegria.

— Nada de mais está acontecendo – Débora respondeu rápido.

— Tudo bem, Débora. – Helen resolveu jogar pesado. – Mas saiba que te tenho como uma amiga, sem segredos. Mesmo que seja por você que Denis esteja apaixonado.

— Fica tranquila. Denis nunca mais me verá – Débora respondeu. Helen sentiu que ela havia mordido a isca.

— Prometa guardar segredo – disse Sandro. – Vamos sair da cidade amanhã. Passaremos pela floresta, perto de Bonito, para evitar que sejamos pegos na estrada.

— Pois eu desejo que sejam muito felizes! Estou radiante por vocês – disse Helen.

Débora e Sandro se despediram e voltaram para a aula. Helen aproveitou o horário vago para pensar no que havia acabado de descobrir. Querendo ganhar pontos com Denis, pensou em contar a ele sobre a fuga dos dois. Mas talvez não fosse a melhor das ideias, afinal, ele iria atrás de Débora, o que aumentaria ainda mais a sua dor. Contudo, ter a atenção de Denis, ainda que por um minuto, bastaria para seu coração. Helen tirou o celular da bolsa e ligou para o número que ela sabia de cor.

— Denis, precisamos conversar. É urgente – ela disse ao telefone.

*

Num galpão do outro lado da cidade, em cima de um palco improvisado, Quincas tentava ganhar a atenção dos rapazes. Bateu palmas, assobiou e gritou. Entretanto, nada parecia atraí-los mais do que as histórias contadas por Bira, o rapaz que trabalhava na tecelagem.

Quincas era um famoso artesão da cidade. Naquele momento, ele se perguntava por qual razão havia dito "sim" ao pedido do prefeito. "Onde já se viu encenar uma peça no dia do casamento mais comentado do ano?" E por que o prefeito tinha de deixar essa responsabilidade com ele?

Mas não adiantava chorar pelo leite derramado. Ele teria mesmo de dar um jeito de aquela peça sair. Foi até o interruptor do galpão e, de uma só vez, puxou a alavanca para baixo. As luzes se apagaram e, em seguida, as vozes cessaram. Ligou a luz novamente e, percebendo que ganhava a atenção dos rapazes, chegou à frente do palco.

— Vamos começar a distribuir os papéis. Quem eu ler o nome, por favor, se apresente.

— Quincas, qual é a peça que faremos? – perguntou Bira.

— Encenaremos a peça A *muito lamentável comédia e cruelíssima morte de Píramo e Tisbe*.

— Chique! Comédia e morte têm tudo a ver com casamento mesmo. – Bira fez os colegas gargalharem.

— Sem piadinhas, pessoal. – Quincas abaixou a cabeça e leu o primeiro nome. – Bira!

— Aqui!

— Você será o Píramo.

— Isso é do bem ou do mal?

Quincas tirou os óculos, respirou fundo e passou a mão no rosto.

— É um amante que se mata por amor, Bira.

— Deixa comigo! Se o negócio é drama, a plateia vai chorar para valer comigo. Sou profissional, seu Quincas! – Estufou o peito e começou a divagar. – Se bem que minha energia e meu porte lembram mais um tirano. Sabe como é, né? Hércules e aqueles papéis de rachar o peito...

— Saracura! Por favor, João Saracura. – Quincas interrompeu o devaneio de Bira.

— Pois não, seu Quincas? – Levantou-se o jovem restaurador de instrumentos.

— Saracura, você será Tisbe.

— Sim, senhor. Mas o que esse homem faz?

— Homem, não. Mulher. E Píramo se apaixona por ela.

O som das gargalhadas que tomaram conta do galpão abafou a voz de Quincas. Ele se deu conta do grande problema que tinha nas mãos com aquela turma imatura e despreparada para a arte. Decerto, eles nunca haviam lido um texto teatral e subido num palco.

– Quietos, moleques, quietos! Devo lembrá-los de que a peça será apresentada para toda a cidade? E mais, nas bodas do prefeito?

– Mas papel de mulher, ah, isso eu não faço! – disse Saracura. – O que irão pensar de mim?

– Você vai usar máscara, não irão te reconhecer. E dê um jeito de usar a voz mais fininha que tem! – retrucou Quincas.

– Ah, seu Quincas, se for para esconder a cara, eu posso fazer a Tisbe. E olha como sei fazer uma voz magrinha: "Píramo, meu amor, vem aqui. Sou sua Tisbe, sua gatinha".

– Senta lá, Bira. Você será o Píramo e Saracura fará a Tisbe. Ponto final! Próximo da lista: Fuinha

– Aqui! – respondeu o alfaiate.

– Você será a mãe da Tisbe. E o Barrigudo, está aqui?

– Estou sim – respondeu o homem cujos ossos do rosto saltavam, de tão magro.

– O senhor será o pai de Píramo, e eu, o pai de Tisbe. Dinho, o marceneiro, será o leão.

– Seu Quincas, o senhor já tem as falas do leão? Sou lento para ler e decorar – pediu Dinho.

– Você será um leão! É só ficar rugindo.

– Quincas, me deixa fazer o leão também – pediu Bira. – Vou rugir tanto que o prefeito e a mulher dele irão gritar: "Ruge de novo, de novo".

– Imagine as senhoras olhando para um homem desse tamanho rugindo e andando de quatro! Você será o Píramo, está resolvido! – Quincas respondeu.

– Já entendi, seu Quincas, não precisa se estressar. Mas me conta uma coisa: qual dessas barbas vai ficar mais irada em mim? – Bira mexia nas caixas de papelão. – Pode ser esta vermelha. Ou então uma barba de cabelo de milho. Vai ficar *show*!

– Cabelo de milho cai. Corre o risco de ficar careca de barba em cena. Vemos isso depois.

Quincas, já com dor nas costas pelo tempo que ficara de pé, puxou uma cadeira e se sentou. Será que perderia seu emprego depois da apresentação? A cidade poderia debochar de seu trabalho. Era muito para um homem da idade dele aguentar a maledicência de Atenas.

— Peço que decorem os textos até amanhã. Aliás, eu suplico. Imploro. Memorizem as falas. Vamos nos encontrar na floresta.

— Na floresta, seu Quincas? Não quero trombar com aquelas criaturas de outro mundo — disse Saracura.

Quincas morava na cidade tempo o suficiente para saber das histórias que rondavam a floresta. Embora acreditasse que fossem somente lendas com personagens do imaginário popular, Quincas estremeceu. Era a primeira vez que pressentia algo. E não era coisa boa. Levar um bando de rapazes sem um pingo de juízo a uma floresta que todos diziam ser morada de seres fantásticos parecia arriscado. Entretanto, Quincas acreditava que intuição era coisa para mulheres; ele preferia seguir a razão.

— Atenas é repleta de curiosos. Podem bisbilhotar o ensaio. É melhor fazermos o ensaio num lugar mais reservado. Está marcado nosso ensaio na floresta. Apareçam, faça sol ou faça chuva — falou Quincas.

ATO II
Por que ficar? O amor apressa a gente.

A floresta que ficava entre Atenas e Bonito era extensa e repleta de segredos. Os mais jovens da cidade cresceram ouvindo as advertências dos mais velhos sobre evitar entrar na floresta. Aqueles que se atreveram a desbravá-la afirmaram ter dado de cara com seres bem diferentes, que pareciam ter saído de livros.

A lua já estava no meio do céu quando Saci começou a saltar pela mata. Sempre xereteava a vida dos outros, e naquela noite saiu apressado para se encontrar com Boto. Entretanto, antes de chegar ao lugar marcado, encontrou uma sereia do grupo de Iara, Iasmim.

— Está bonita de pernas, hein, Iasmim?

— Muita gente gosta da nossa forma terrestre. Eu prefiro a aquática — respondeu ela.

Assim que as sereias saíam da água, suas caudas se transformavam em pernas. Isso permitia que elas andassem pela mata em busca de frutas. Contudo, as sereias precisavam ter cuidado: bastava um pingo d'água para que elas voltassem à forma natural.

— Deixa eu te contar a última: Iara e Boto estão em guerra! — disse o Saci.

— Sua fama de fofoqueiro viaja sempre na sua frente — respondeu a sereia.

— Vai dizer que não quer saber o motivo da confusão, Iasmim?

— Iara nos disse que o Boto está se contorcendo de ciúmes...

— Por causa do curumim! O menino é filho do cacique que faleceu há algumas semanas — falou o Saci.

— E Iara, sempre solidária, ofereceu-se para cuidar dele, já que o menino também perdeu a mãe quando bebê.

— Vai achando que Iara é boazinha! Ela quer alguém para ser seu mensageiro. Dizem que o curumim atravessa selvas feito um leopardo. E a tribo dele é conhecida por limpar as águas. Imagina se um boto e uma sereia não iam querer alguém para fazer esses serviços...

— O que te falta em perna te sobra em língua, hein? — retrucou Iasmim.

— Sereia, eu só transmito informações...

— Para o Boto, né?

— Trabalho para ele, Iasmim querida!

— Aquele encantador de mulheres... — disse Iasmim.

— Olha quem fala! As sereias vivem afogando pescadores — Saci falou.

Os ouvidos do Saci reconheceram os passos do Boto. As pisadas fortes e pesadas marcavam o capim por onde ele passava. Embora as pessoas da cidade não acreditassem, assim como as sereias, o Boto também podia andar na terra, assumindo o formato de um homem alto, bonito e charmoso.

— Que barulho é esse, Saci?

— Lá vem o Boto! — ele anunciou.

Iasmim levantou o pescoço para averiguar de onde vinham os passos. Percebeu que outro barulho vinha das árvores.

— Minha rainha também se aproxima! Não posso ser vista conversando com você. Adeus!

O Saci não ia perder aquela discussão. De um lado, vinha Iara, com grandes colares de pérolas e conchas enfeitando os cabelos. A enorme cauda do vestido verde-água, da cor do rio, se arrastava pela floresta. Do outro, surgiu o Boto, com calças e blusa brancas, esta com os primeiros botões abertos, e o costumeiro chapéu. Corria a lenda que quando ele se transformava em homem, aparecia um orifício em sua cabeça. O Saci não tinha por que acreditar que não era verdade, pois nunca o vira fora da água sem aquele chapéu branco.

— Vejam que ingrata surpresa! – disse Boto. – Iara e suas sereias tolas. Este vestido lhe caiu muito bem! Realçou suas formas de javali.

— Parece que o Boto esbarrou o cotovelo em algum lugar... Está mal-humorado, é?

— Encontrar com você me deixa assim!

— Desde quando me odeia, Boto?

— Desde que se apoderou daquele maldito curumim! Você tem suas sereias para cumprirem suas ordens! Sabia que eu precisava dele para limpar as minhas águas!

— Seu desejo não é uma ordem. O curumim está comigo e pronto!

— Não me faça seu inimigo, Iara!

— Sereias, vamos embora. Uma dama como eu não perde tempo com ameaças de um idiota com um furo na cabeça!

As sereias riram do Boto e seguiram Iara, que ia na direção da cachoeira. Saci, vendo que o momento seria oportuno para agradar o Boto, se aproximou.

— Salve, Boto!

— Saci, meu caro! Você, que percorre essas matas, sabe dizer por que as sereias estão fora da água?

— Elas estão em festa até a lua nova.

— Festa?

O Saci chegou a tremer quando reparou na feição endurecida do Boto. A forma terrestre dele chegava a dar medo, afinal, era um homem de quase dois metros de altura.

— Ela não vai passar todos esses dias festejando sem um castigo!

— Então, você vai jogar água nos planos dela? Aliás, jogar água é uma boa. Só vai dar sereia se debatendo no chão com a cauda! – disse o Saci.

— Já ouviu falar da simpatia do amor-perfeito?

— Ando por essa mata há anos. Conheço muita coisa. Basta juntar o suco da pitanga do cerrado, muito comum na região, com o suco da flor roxa do amor-perfeito. Não tem erro: basta passar a mistura nos olhos da pessoa enquanto dorme. Assim que ela acordar, se apaixonará pela primeira coisa em que pousar os olhos.

– Traga-me as plantas. Vamos fazer a simpatia ainda nesta madrugada.

– Quer que Iara se apaixone por você?

– Ficou louco? Quero que ela mantenha a cabeça ocupada com algum homem! Com a Iara distraída, poderei tomar o limpador de águas.

Saci sabia que ele próprio já tinha aprontado muito na mata, mas eram pequenas travessuras, como assustar os humanos e coalhar o leite nas fazendas. Fazer uma simpatia era sempre arriscado. As consequências poderiam ser danosas até para quem não tinha nada a ver com ela. Além do mais, Iara nunca havia lhe feito mal. Seria mesmo preciso enfrentar um caminho escarpado e revirar a mata de madrugada? Será que o Boto não poderia arrumar outro curumim para limpar as águas? Chegou a pensar em dissuadi-lo da ideia, mas o Boto costumava ser vingativo com quem lhe confrontava.

– Se não vê outra maneira, irei agora mesmo buscar as plantas – consentiu Saci.

– Vá depressa! Vem vindo alguém! – disse Boto. – Procure-me nas margens do rio assim que tiver as plantas.

✳

Saci saiu em saltos rápidos pelo bosque assim que o Boto mandou. Encontrar aquelas plantas em tão pouco tempo não seria fácil. Ainda mais à noite, quando todas parecem iguais. Teria de prestar muita atenção para não levar as plantas erradas. Naquela noite, a floresta parecia ainda mais encantada do que era.

Saci deu um pulo para a frente e seguiu até a saída do bosque. O Boto sempre pedia coisas complicadas. "Imagina, pedir uma flor roxa do amor-perfeito!" Parecia até que ele esquecia que, além de rara, a flor nasce em locais onde menos se espera. Por quanto tempo, naquela noite escura, no alto verão, seria necessário percorrer cada canto da floresta?

– Vou começar pelas savanas – resolveu Saci.

A savana dava no bosque e possuía arbustos isolados. Saci passou por todos eles, averiguando de cima a baixo cada planta. Não conseguindo o que queria, foi até o bosque. As altas e esparsas árvores mal permitiam que a luz da lua entrasse entre as folhas. Foi lá que encontrou um pequeno pé de pitanga do cerrado.

"Que sorte! Uma planta da simpatia nesta época do ano". Saci colocou os frutos em sua bolsa.

Pois bem, a pitanga do cerrado não exigira tanta sorte para ser encontrada. A parte mais difícil viria agora: achar a flor roxa de amor-perfeito. Pior ainda, a droga da cor tinha de ser roxa, não servia outra. Mais uma dessas lendas da floresta, que diziam que as flores roxas eram aquelas marcadas pela paixão. Saci levantou os ombros e continuou saltitando.

À sua frente abriu-se um campo descoberto, numa região rochosa. Revirou pedra por pedra ali e nada encontrou. Como Iara estaria nas margens do rio, Saci teve de dar voltas para evitar que ela e as sereias o vissem. Tudo para não levantar suspeitas.

"Mais um pouco e a sola do meu único pé se vai."

Depois das rochas, Saci passou por diversas trilhas nas matas fechadas. Quase não passavam pessoas por aqueles caminhos, por serem de difícil acesso. Além do mais, a fama da floresta não atraía exploradores. A folhagem era sempre cheia e o mato estava sempre alto, o que dificultava a visão. Saci perdeu as contas de quantas vezes precisou tirar teia de aranha do rosto, visto que o espaço entre um tronco e outro era perfeito para insetos e aracnídeos fazerem morada.

Finalmente, ele chegou ao vale dos troncos, que terminava na beira do rio.

"Florzinha difícil." Saci procurou uma pedra mais alta para se sentar e recuperar a respiração. Saltar naquele calor não era tarefa das mais fáceis.

Ele repassou os lugares onde procurar a flor roxa do amor-perfeito. "Onde estaria essa maldita flor? Onde estaria, onde estaria?"

De repente, sua barriga gelou. Só restava um lugar para ir: o coração da floresta. Saci não gostava muito de ir lá.

Mas respirou fundo e levantou-se da pedra, dizendo a si mesmo que aquela região só era assustadora porque ficava bem no centro da mata e recebia pouca claridade, pois as copas das árvores formavam um teto contínuo. Ele não confessava, mas sempre evitava lugares lúgubres. Ou ele encarava seu medo do escuro ou encarava o medo do Boto. Preferiu, então, ficar com a primeira opção. Deu o primeiro salto e acelerou na direção do local.

Nem bem chegara ao coração da mata e, como por mágica, a pouca luz que atravessava as folhagens caía num estreito facho do luar em cima de um pé de flor roxa de amor-perfeito.

✱

Boto se escondeu atrás de um esparso arbusto para observar quem adentrava a floresta. Eram dois jovens, possivelmente de Atenas, a cidade mais próxima. Um rapaz, que vestia uma blusa azul-marinho, abria caminho na mata, enquanto uma moça usando calças pretas e blusa branca vinha atrás. Boto os seguiu, ainda por trás dos arbustos. Queria ouvir o que diziam.

– Não amo você, Helen! Volte para Atenas! – falou o rapaz.

– Denis, você sabe que eu não consigo ficar longe de você.

– Entrei nessa selva só para encontrar Débora. Não a convidei para vir junto.

Boto sempre gostava de ouvir discussões entre casais. Diziam que era por isso, aliás, que ele conquistava tantas moças: ele as escutava com atenção. Estava tão afoito para descobrir o motivo da briga que arriscou dar uns passos à frente. Só que ele passava muito tempo na água e, às vezes, se atrapalhava com as pernas. Acabou, então, perdendo o equilíbrio e caindo sobre os arbustos.

– Ouviu isso? – Helen agarrou o braço de Denis. – Deve ser uma onça!

– Tira a mão de mim! – exclamou Denis.

Boto se abaixou mais ainda, no meio das folhas, e continuou acompanhando os dois. Denis pegou uma pedra do chão e a lançou na direção das folhas em que Boto se escondia, acertando-o em cheio, bem no peito.

– Para com isso, Denis! E se deixar o bicho irritado? Seremos mortos no meio da floresta – disse Helen.

– *Você* será morta, não eu. Você nem está comigo. E, de uma vez por todas: volte para sua casa!

– Não me trate assim, querido! Sabe que você é o centro da minha vida...

– Ah, passa daqui, Helen!

No meio das folhas, Boto mordia os lábios para não gritar de dor. Aquele maldito ateniense, além de ser forte e ter boa pontaria, era grosseiro. Não era sempre que Boto sentia compaixão, mas daquela vez se compadeceu da moça, que insistia em seguir o estúpido jovem. Pensou em levantar e ir atrás dele. Com certeza, seus fortes braços deixariam o rapaz suando de medo, e aproveitaria também para revidar a pedrada. Contudo, Boto sabia que não podia expor a vida dos seres da mata. Colocaria muita coisa em risco. Até que se lembrou de que Saci logo chegaria com as plantas para a simpatia.

– Eu juro que ainda nesta noite esse maldito vai morrer de amores por ela!

*

Depois de os jovens terem seguido para dentro do bosque, Boto seguiu para as margens do rio, conforme tinha combinado com Saci. Ele comprimia o peito, ainda dolorido, quando ouviu um barulho entre os arbustos. Era Saci, com a flor e a planta nas mãos.
– Obrigado, meu amigo Saci! Ainda hoje irei fazer a simpatia.
– Sempre pode contar comigo!
Valendo-se da amizade do Saci, Boto pediu a ele mais um favor naquela noite. Depois que fez a simpatia, entregou-a num frasco a fim de que ele passasse um pouco nos olhos do jovem ateniense.
– Você logo vai reconhecer o rapaz. Está com roupa de gente da cidade. E tem uma moça atrás dele.
– Se assim quer, assim será.
Saci saiu pela mata atrás dos jovens, enquanto Boto procurou por Iara pela floresta. Soube onde ela estava quando escutou o canto das sereias. Por sorte, os seres mágicos não eram enfeitiçados pelo canto delas. A fama das sereias de atrair homens com suas vozes ia além-mar.
– Até quando essas lerdas vão ficar cantando? – reclamou Boto, que esperava em cima da árvore. Ele não queria levantar nenhuma suspeita sobre a simpatia. Portanto, resolveu esperar pelo momento em que Iara estivesse sozinha.
Boto esperou tanto que estava quase caindo no sono quando ouviu Iara dar ordem para todas as sereias irem dormir. Com o fim da cantoria, Boto desceu da árvore e se aproximou de seu leito pé ante pé, mas ela parecia mesmo esperta. Um guarda estava a postos na frente de sua cama. Percebendo que ele vigiaria a noite inteira, Boto pensou em desistir. Entretanto, ele não contava com ajuda para limpar as águas onde habitava. Os botos e as sereias, bem como quaisquer seres aquáticos, precisam que as águas estejam puras para que possam respirar. E por mais que ele tivesse o Saci como aliado, seria bom contar com alguém mais jovem e rápido para levar suas mensagens.
Boto olhou melhor o lugar onde Iara dormia e viu que, atrás do leito, havia uma grande árvore. Se chegar a Iara por terra sem ser visto era impossível, talvez usando os galhos fosse possível. Boto levantou a cabeça e estudou a posição das árvores.

"Que explicação eu darei se perder o equilíbrio e cair no chão?", pensou Boto. Imaginou o deboche das sereias se descobrissem que ele tentara se aproximar de Iara. Era muito arriscado. Mas Iara iria ficar com o mensageiro e limpador de águas sem nenhum esforço? Era demais para ele ver a rainha das sereias suplantá-lo.

Correu para a árvore mais próxima e a escalou, apoiando-se nos galhos. Pulou de uma árvore para a outra até chegar ao grande pé de jacarandá do cerrado.

Desceu agarrado ao tronco até colocar os pés no chão. O guarda estava de costas, olhando a mata. Jamais poderia imaginar que alguém se aproximaria de Iara pela copa das árvores.

Achegou-se a ela, que dormia profundamente. Tirou do bolso das calças o vidro com o sumo da simpatia e pingou três gotas em cada olho, enquanto dizia:

– O que vir ao acordar por amor tem de tomar e por ele suspirar. Seja onça, urso ou gado, tenha pelo arrepiado, aos seus olhos há de ser, quando acordar, seu prazer.

O Boto, então, guardou o vidro em seu bolso e subiu na árvore novamente. Bastava agora esperar o dia amanhecer.

*

Perto dali, Sandro e Débora andavam pela floresta. A savana era enorme, e atravessá-la poderia durar mais que um dia. Sandro queria poupar a namorada e sugeriu que dormissem um pouco.

– Amanhã, bem cedo, recomeçaremos nossa caminhada – Sandro disse.

– É perigoso dormir no meio da mata? – perguntou Débora.

– Teremos de correr o risco. Vamos deitar debaixo desta árvore – respondeu ele.

Sandro abraçou Débora. Mesmo exausto, não conseguiu deixar de reparar em como ela era bonita. Era a primeira vez que dormiam juntos, e ele mal podia ficar indiferente à amada.

Sandro sentiu a mão de Débora sobre a sua. Com calma, ela tirou a mão dele de sua cintura e em seguida afastou seu corpo do dele.

– Sandro, não acho prudente dormirmos juntos antes de nos casarmos.

– Querida, quem vai saber? Estamos na mata.

– Eu.

Sandro coçou a cabeça.

Débora virou o rosto, ficando frente a frente com o amado.

– A essa altura – continuou Débora –, a cidade já sabe que fugi com você. Não me importo com o que vão falar de mim, mas eu não ficarei feliz comigo mesma, acho que tudo tem hora certa para acontecer.

Ele queria aproveitar cada segundo perto de Débora. Contudo, entendeu e respeitou a vontade da namorada.

– Vou dormir, então, debaixo daquela palmeira.

Débora riu. Sandro apontou para a frondosa árvore.

– Se não é uma palmeira, que árvore é essa?

– Um buriti, muito parecido com uma palmeira, e bem comum aqui na região.

Sandro beijou a testa de Débora e se levantou. Dizia a si mesmo que teria a vida inteira pela frente para estar com sua amada.

*

Saci saltava pela mata procurando o casal ateniense. Por mais que Boto sempre lhe confiasse missões difíceis, ele gostava de cumpri-las. Em qual floresta ele veria um boto aplicar uma simpatia numa sereia e ainda brincar com humanos?

Entretanto, as ordens de Boto davam trabalho. Saci pulou pela floresta por horas até encontrar vestígios de humanos.

"Ter duas pernas realmente deve ser bom", pensou Saci sobre a vantagem do casal. Contudo, ninguém conhecia mais aquela floresta do que ele próprio. Tratou logo de saltar mais rápido para encontrar os jovens antes que o sol raiasse. Finalmente, avistou os dois nas savanas, quase na entrada do bosque. Aproximou-se, dando pulos leves para não fazer barulho.

– Dormindo a metros de distância da pobre da garota! Só pode ser esse o cara de quem Boto falava!

Saci chegou perto do jovem.

"Está até roncando." Tirou o líquido que guardava no bolso e o pingou nos olhos do rapaz de blusa marrom e calças jeans.

– Em seu olho indiferente, jogo esse suco potente; que o amor em seu olhar não o deixe descansar.

Saci sorriu. Virou o corpo e voltou para perto do Boto.

*

Helen continuava seguindo Denis. Partia-lhe o coração imaginar que ele desbravava a mata para encontrar Débora. Contudo, ela sofria ainda mais com sua ausência. Preferia receber os maus tratos a ficar longe dele.

– Estou exausta. Vamos descansar um pouco – Helen falou.

– Não mandei você vir atrás de mim.

Ela abaixou a cabeça. Já estava acostumada com as grosserias de Denis. Continuou andando atrás dele, até que viu Sandro deitado debaixo de uma árvore. O corpo estava jogado, como de quem estivesse desacordado.

– Sandro! – ela gritou e apontou o dedo na direção da árvore. – Meu Deus, parece estar morto!

– Espero que esteja mesmo. Vou procurar por Débora – falou Denis.

Helen não acreditava que Denis podia ter o coração tão duro a ponto de não se importar em ver Sandro caído. Doía-lhe mais ainda saber que ele só pensava em Débora. Ela queria ir atrás de Denis, mas como seguiria em frente sabendo que seu amigo poderia estar morto?

Deu as costas para Denis e desceu o gramado até a árvore em que Sandro estava.

*

Helen se ajoelhou em frente ao corpo de Sandro e sacudiu sua cabeça, tentando acordá-lo.

– Sandro, Sandro! Fala comigo!

Para alívio de Helen, Sandro mexeu o corpo. Aos poucos, seus olhos se abriram, até que ele despertou por completo.

– Nada como começar o dia olhando para quem se ama! – falou Sandro. – Como você é linda, Helen!

– Quê? Bateu a cabeça? Parece estar desidratado.

– Nunca estive tão bem, meu amor!

– Que isso, Sandro? Sempre fui sua amiga. Agora está de ironia comigo?

– Nunca falei tão sério. Estou apaixonado por você, Helen!

Sandro se levantou e tentou abraçar Helen, que se esquivou. Helen pensou estar num pesadelo. O que teria acontecido naquela noite para Sandro deixar de amar Débora? Seria muita maldade dele fazer aquela brincadeira com ela. Será que aquela floresta era realmente mágica e deixava as pessoas em delírio?

Seria melhor fugir dali ou tentar entender o que havia acontecido com o amigo?

Ela deu um passo para trás e olhou a mata ao redor, buscando um lugar para fugir. Sandro tentou mais uma vez se aproximar de Helen. Em um brusco movimento, ela disparou a correr.

ATO III
Não desejes partir deste meu bosque:
Aqui hás de ficar, queiras ou não.

Os barulhos da mata acordaram Débora. Embora ela quisesse continuar dormindo, o medo dos sons desconhecidos a despertaram de vez. Tentou se levantar, mas as pernas doeram. O cansaço pesava sobre seu corpo. O dia anterior fora muito exaustivo.

– Sandro! – ela gritou.

Nenhuma resposta. Débora imaginou que, assim como ela, ele também estivesse exaurido.

– Tudo bem com você? – ela insistiu.

Achando que se tratava de uma brincadeira de Sandro, Débora se levantou e foi até a árvore onde ele dormia.

Sentiu uma fisgada no coração. Débora levou a mão ao peito. Não havia nenhum sinal de Sandro. Olhou em volta, andou perto das árvores e nada. Chamou o nome dele dezenas de vezes. As lágrimas começaram a descer.

Ela pensava no pior. O que teria acontecido? Ele não a largaria no meio de uma mata depois de lhe propor fuga.

"Estou certa de que ele me ama", Débora acalmava a si mesma.

Talvez o mais prudente fosse esperar Sandro voltar. Mas, e se seu pai o tivesse pegado? Ou se tivesse sido ferido por algum bicho e precisasse de ajuda em algum lugar da mata?

Nada a angustiava mais do que esperar por ele sem fazer nada. Levantou-se e se pôs a caminhar sozinha.

*

Depois de ter cumprido as missões de Boto, Saci achou que poderia descansar. Deitou-se na relva, ao lado de uma grande rocha. Fechou os olhos e começou a relaxar. Quando estava quase pegando no sono, ouviu um som que vinha do outro lado da pedra.

– Gargalhada humana? No meio da floresta, a essa hora?

Saci, que não perderia mais aquela, levantou-se e foi averiguar o som. Para sua surpresa, não estava ali só um humano, mas vários deles. Chegou mais perto para ouvir o que era. Escondeu-se atrás das caixas do grupo. Uns sujeitos com nomes estranhos diziam coisas ensaiadas e andavam de um lado para o outro.

"Deve ser aquilo que os humanos chamam de teatro." Ele pulou para mais perto para assistir melhor.

Saci nunca se divertira tanto! Aqueles atores estavam mais para trapalhões. Quando a cena era de drama, eles eram engraçados. Quando era para rir, tudo ficava triste e sem graça. E, ainda por cima, havia um leão que não sabia rugir direito.

– Um homem fazendo papel de mulher? – disse o Saci. – Essa peça vai entrar para a história de Atenas.

Curioso que só, Saci cada vez mais se aproximava do grupo de atores. Ele só não esperava que um dos rapazes, a quem chamavam de Bira, caminhasse em sua direção.

– Um minuto que trago as cortinas – disse o rapaz.

Saci se arrependeu por ter se aproximado tanto. Não bastavam todas as confusões em que havia entrado por ser curioso? Ele sempre corria riscos por se intrometer onde não era chamado.

Se saísse dali correndo, poderia fazer barulho e chamar a atenção de Bira. Mas o que faria? Ficar ali parado poderia colocar em risco o segredo da floresta.

Bira se aproximou e se abaixou para mexer nas caixas. Ao lado de Saci, havia uma cabeça de burro. Estava ali a solução. Assim que Bira virou seu corpo na direção da caixa onde o moleque se escondia, Saci, de uma vez, colocou a cabeça de burro em Bira. Encobrindo a cabeça de Bira, Saci ganhou tempo para fugir.

✳

Ainda na floresta, Quincas andava de um lado para o outro. O ensaio precisava continuar. Embora o grupo estivesse empenhado, o tempo que restava era pouco para tanto ajuste.

— Bira, não faz hora! — berrou o diretor.

Quincas se sentou, esperando Bira aparecer. Ele achou estranho Bira não fazer nenhuma piada. O sujeito não perdia oportunidade de fazer gracinhas. Por que estaria calado?

— Bira, você está aí? — Quincas perguntou.

— Não podemos continuar sem ele? — quis saber Saracura, que estava sentado no chão, ao lado de Dinho e Barrigudo.

— Boa ideia! Assim adianta o ensaio — disse Barrigudo.

— O problema é que Bira está no papel principal — respondeu Quincas. — Precisamos dele em quase todas as cenas.

Então, ouviram o ruído de caixas caindo. O barulho vinha das pedras onde as tinham deixado.

— Eu sabia! Essa floresta é cheia de coisa esquisita — disse Saracura.

— Fica calmo, homem! Não deve ser nada — retrucou Quincas.

Ele arregalou os olhos, querendo se certificar do que via. Todo o grupo virou a cabeça para observar o bicho, nunca antes descrito, que se aproximava deles.

A lua estava cheia e já passava da meia-noite. Um burro com pernas de humano entrou correndo no espaço onde ensaiavam.

— É um monstro! — anunciou Saracura

— Essa coisa pegou o Bira — gritou Dinho.

Barrigudo se levantou rapidamente.

— E vai pegar a gente também — disse. — Corram!

Sem reação, Quincas viu aquele bando de homens se levantarem e baterem em retirada sem nem se preocuparem em carregar suas coisas. Aquilo seria uma ilusão de ótica, algum efeito da noite em claro? Ou ele estava mesmo diante de uma aberração?

Preferiu ficar na dúvida a esperar para ver o que era aquilo. Quincas deu as costas e correu o mais rápido que pôde.

*

Perto das pedras, Bira ouviu, ao longe, os gritos dos amigos e o som de passos rápidos. "Eles devem estar querendo me assustar", pensou.

Para provar que não tinha medo de ficar sozinho na floresta, tratou de andar na direção oposta à de seus amigos.

— Eles é que virão atrás de mim — disse.

Na altura dos olhos, a cabeça de burro tinha dois furos, mas os buracos eram pequenos e saíam da posição certa quando ele se movimentava. As copas das grandes árvores faziam sombra à luz da lua, o que atrapalhava ainda mais a percepção de Bira.

– Como eu consegui entrar nisso? – Bira fazia força contra a cabeça que estava entalada em seu corpo.

Sem conseguir se livrar do adereço, ele caminhou pelo bosque querendo encontrar algo que o ajudasse a retirar aquilo. Sem prestar atenção em onde pisava, esbarrou em algo estranho.

– Fofinho... E quente. O que será isso?

Bira se inclinou e colocou as mãos nos joelhos. Esforçou-se para ver no que teria pisado. No chão, uma linda mulher de cabelos longos e com conchas na cabeça começava a se contorcer.

"Só espero que essa dona não me xingue por ter pisado nela", suplicou Bira em pensamento.

Às margens do rio, Iara sentiu uma fisgada nas costas. Algo tinha encostado nela com força suficiente para interromper seu sono. Justo na noite em que ela planejara dormir bem... "O que o guarda está fazendo que não zelou pelo meu sono?", pensou ela ainda de olhos fechados.

A sereia tentou dormir de novo, mas a dor nas costas a impediu. E, de súbito, sentiu como se alguém a estivesse vigiando.

Iara passou a mão nos olhos, despertando. Assim que os abriu, encontrou um burro cinza e de orelhas murchas. Abaixo da cabeça tinha uma camisa vermelha, que deixava uma enorme barriga aparecendo.

– Por onde andei que não encontrei uma coisa tão linda assim antes? – disse Iara.

*

Pelo susto ao esbarrar em Iara, Bira quase caiu no rio. Será que a pancada havia sido tão forte a ponto de fazer a mulher delirar? Iria dar um jeito de se desculpar e sair logo dali.

– Não queria ter pisado com força. Por favor, senhora, não fica louca... – disse ele.

– Estou é enlouquecendo de amor. Vem, meu lindo! Senta aqui e conversa comigo.

Bira poderia até jogar conversa fora com a desconhecida, mas não queria deixar seus amigos na mão. O casamento do prefeito seria no dia seguinte. Além do mais, ele sentia que sua veia artística estava aflorando. Queria investir na carreira de ator.

– Podemos marcar de nos vermos depois. Tomar um sorvete na pracinha. Mas agora eu preciso ir...

– Não! Não vá.

– Eu juro que te ligo. Não sou como os outros que somem. Pode acreditar – Bira disse.

– Irei aonde fores, meu querido. Nunca mais vou me separar de você.

– Nunca é muito tempo! – Bira ergueu o corpo, pronto para partir. – Que bom que não se machucou, mas agora preciso encontrar meus amigos.

Iara agarrou seus pés. Nenhuma mulher havia se jogado aos pés de Bira antes. Muito pelo contrário. Ele sempre tentava, mas não conseguia muita atenção delas.

– Tenho uma ideia – disse Iara. – Peço a minhas assistentes para lhe servirem uma ceia. Depois você vai embora.

Aquela mulher parecia esperta. Comida era mesmo o ponto fraco de Bira. Ele pensou em quanto tempo havia que não comia bem. Estava sempre sem dinheiro para comer com fartura. Além do mais, o ensaio havia durado muito tempo, e Quincas não oferecera nenhum lanche.

Bira titubeou. Aquela poderia ser a chance de a mulher prendê-lo naquela mata para sempre. Vai que ela era louca mesmo? Mas se lembrou de que seus amigos queriam pregar uma peça nele. Seria bom deixá-los aflitos com seu sumiço e ainda comer bem.

– O que a senhora tem de bom aí? – perguntou Bira.

✳

Na outra margem do rio, Boto coçava as mãos, ansioso, querendo saber o resultado de seu plano. Pensou em ir ao covil de Iara, mas tinha medo de ser visto. Em momentos como aquele, seus dois metros de altura atrapalhavam.

Sua única opção era esperar pelo Saci. O danado tinha uma só perna, mas dava conta de saltar por todo lugar. Boto se perguntava como aquele moleque conseguia sumir daquele jeito.

Até que, minutos mais tarde, Saci apareceu.

– Até que enfim! – disse Boto. – Preciso que dê um giro pela floresta e descubra se Iara já acordou.

– Foi mal, Boto. Estava azarando uns humanos – disse Saci.

– Mas essa noite é importante! Agora vá, traga-me notícias!

Pouco tempo depois, Saci chegou com um sorriso nos lábios.

— O senhor não vai acreditar! Acabo de ver Iara jurando amor a um burro! Ou melhor, a um humano idiota que ensaia uma peça no meio do bosque. Coloquei nele uma cabeça de burro, sem nem fazer ideia de que ele acabaria a noite na frente de Iara.

— Mas isso saiu melhor do que imaginei! — Boto gargalhou. — Foi perfeito, Saci! Perfeito!

— Pensa naquela sereia cheia de pérolas gostando de um jumento!

Os dois ficaram debochando de Iara e de sua nova paixão. Chegaram a rolar no chão de tanto rir. Até que Boto escutou o som de passos na relva.

— Quieto, Saci! Parece que vem vindo alguém — sussurrou.

Eles se esconderam atrás de uma árvore para ver quem era. De longe, viram um casal.

— É o ateniense em quem mandei pingar a simpatia — disse Boto.

Saci engoliu seco. Ficou com medo da reação de Boto, mas mentir seria pior. Uma hora todos descobrem a verdade.

— Não é esse o rapaz em quem passei a simpatia nos olhos. Era um de blusa marrom que dormia longe de uma garota — contou.

Boto fechou os olhos e suspirou. Até aquele momento, tudo estava bom demais para ser verdade.

✻

Denis encontrou Débora aos prantos no meio do bosque. E, melhor, sem a companhia de Sandro. Ele pensou que a situação seria perfeita para estar junto dela.

— Querida, você está bem? Percorri a floresta inteira só para te encontrar. — Ele a abraçou.

— Sandro sumiu! — Débora gritava. — Por tudo que é sagrado, me ajude a encontrá-lo.

— Por que quer ir atrás de um cara que te abandonou no meio dessa floresta?

— Ele não me deixou! — Débora se levantou, enxugou uma lágrima e disse com voz firme: — Sandro não me deixaria. Ele desapareceu! Acho que algum bicho o pegou.

— Ah, deixa disso — Denis deu de ombros. — Ele estava ali agora mesmo dormindo como um urso.

Denis viu os olhos de Débora se abrirem de felicidade. Entretanto, arrependeu-se de ter dito aquilo. Com certeza, Débora insistiria para levá-la até Sandro.

— Ele estava bem? Consegue me levar até ele?

— Acorda, Débora! Quem te merece sou eu! Entrei nesta droga de floresta à noite só para te encontrar. Agora quer que eu te leve a ele? Nunca.

Débora deu um passo para trás. Denis percebeu que ela estava com medo. Tentou se aproximar dela novamente, que se esquivou por completo.

— O que você fez ao Sandro? — Débora perguntou.

— Não acredito que pensa que fiz alguma coisa.

— Por que não me leva até ele?

— Não vou deixar você com aquele marginal. Vou levá-la ao seu pai.

Denis deu passos fortes até Débora, que correu. Quando ele se aproximava dela, Débora se abaixou e apanhou algo no chão. Ela se virou contra Denis e lhe deu uma pancada na cabeça. Ele, que jamais esperaria uma reação como aquela da amada, caiu no chão de uma só vez.

*

Atrás das árvores, Boto se controlava para não berrar com Saci e com isso chamar a atenção dos humanos. Ele imaginou que a simpatia fosse ajudar a pobre moça que vivia sendo esnobada. Agora ele teria de dar um jeito na situação.

— Olha o que você fez, Saci! Desfez um casal — falou Boto.

— Vai que foi o destino, chefe... — Saci tentava amenizar a situação.

— Destino? Quase dá morte, essa confusão!

— Como eu ia saber que havia jovens na floresta? — falou Saci. — Aliás, como tem humanos aqui esta noite...

— Agora temos de desfazer a simpatia. Se pingarmos mais um pouco do suco nos olhos de quem a recebeu, o efeito será anulado.

— Mas não temos mais a flor do amor-perfeito.

— Acha que consegue achar alguma ainda esta noite?

— Farei meu melhor. Logo estarei aqui — prometeu Saci.

O moleque partiu saltando pela mata.

Se não fosse pelo erro de Saci, a noite de Boto estaria perfeita. Iara estava ocupada bajulando um burro, e o caminho estava livre para capturar o mensageiro. Aproveitou que Denis havia desmaiado e Débora, fugido para ir até as margens do rio onde Iara e as sereias estavam.

Assim que começou a sair de trás da árvore, Boto escutou gritos. Sem saber de onde vinham, abaixou-se e se escondeu novamente atrás do tronco.

– Mais humanos – reclamou Boto.

*

Sandro mal conseguia firmar seus passos enquanto corria atrás de Helen na escuridão do coração da floresta. Os espinhos das plantas rasgaram sua roupa, e por algumas vezes chegou a cair e se machucar. Contudo, não sentia dor nem cansaço. Sandro desejava apenas estar perto de Helen, como se o ar na ausência dela lhe faltasse.

– Não adianta correr. Vou atrás de você!

– Some da minha vida! – Helen respondeu.

Sandro acelerou o passo e a alcançou.

– Fica comigo, querida.

Sandro passou a mão na cintura de Helen e aproximou seu rosto do dela, ensaiando um beijo.

– Não sou sua querida! – Helen colocou suas duas mãos no peito de Sandro, mantendo-o afastado. – Você sempre amou Débora, que é minha amiga!

– Não sei explicar, Helen, mas parece que gostei de Débora há muito tempo. O que sentia simplesmente sumiu. Agora eu amo você.

– Por favor, me diga que isso não é verdade! – A voz de Débora, de repente, surgiu em meio à escuridão das árvores.

*

Débora rezava para que alguém a acordasse daquele maldito pesadelo. Suas pernas bambearam. Apoiou-se no galho de uma árvore da floresta para não cair. Ela sabia que Sandro a amava e que aquilo só poderia ser um mal-entendido que precisava ser tirado a limpo.

– Por onde esteve, Sandro? Fiquei apavorada quando acordei e não te vi ao meu lado. O que faz aqui... Com a Helen?

– Débora, precisamos conversar – disse Sandro, afastando-se de Helen. – Fique calma.

– Estou calma. Afinal, estamos fugindo para ficar juntos, não é mesmo?

Helen deu alguns passos para trás, deixando os dois mais à vontade para conversarem. Débora não pôde deixar de perceber as lágrimas que desciam pelo rosto da amiga.

— Débora, o que vivemos foi muito bom. Mas... — Ele suspirou. — Sinto muito. Não a amo mais.

Débora cambaleou mais uma vez.

— Como assim, Sandro? Você me tirou da minha casa e prometeu se casar comigo... Quando deixou de me amar?

Sandro abaixou a cabeça. Tomou fôlego e disse:

— Estou apaixonado pela Helen.

O coração de Débora acelerou. O suor escorreu em seu rosto gelado. Ela custava a acreditar no que ouvia. Antes de dormir estava tudo bem. Como aquilo havia acontecido? Levantou o olhar e viu Helen ao fundo. Não era possível que ela tivesse algo a ver com aquilo. Era louca por Denis. Sem falar que elas eram amigas desde pequenas. Mas será que ela seduzira Sandro enquanto ele dormia? Ou que fingira amizade todo aquele tempo só para se aproximar dele? Aliás, o que ela estava fazendo na floresta?

Débora cruzou os braços, encarou Helen e disse:

— Vai me dizer que não tem nada a ver com isso, sua ladra?

*

Só se ouviam os pios das corujas no coração da floresta quando Débora desafiou Helen. Ela estava certa de que a falsa amiga havia tramado alguma coisa.

— Qual explicação a senhora me dá para o meu noivo mudar assim de ideia?

— Também gostaria de saber. Ele acordou assim — Helen respondeu.

— Du-vi-do! Ele era louco por mim há algumas horas. Você só pode ter virado a cabeça dele. Parece até que fez bruxaria! — Débora berrou.

— E acha que eu preciso disso para fazer alguém se apaixonar por mim?

— É mesmo. Se soubesse fazer essas coisas teria feito Denis se apaixonar por você e me esquecer.

Débora sentiu que havia mesmo agredido a amiga, quando ela praticamente voou em seu pescoço. Sandro tentou apartá-las, segurando Débora com as duas mãos.

— Fiquem calmas! Onde já se viu duas moças brigarem? — disse Sandro.

— Tira essa varapau de perto de mim! — gritou Débora.

— Você é que é um toco de amarrar jegue! — retrucou Helen.

– Está me chamando de baixinha, é? – Débora colocou a mão na cintura. – Continua para ver se não tenho altura de unhar a sua cara!

Débora batia as pernas e os braços, tentando se livrar de Sandro. Ela não sabia dizer o que a machucava mais: se a rejeição de Sandro ou a briga com a amiga.

– Não aguento mais isso – Helen deu os primeiros passos para trás. – Quero sumir daqui!

Ela virou as costas e começou a correr pela mata. Para total decepção de Débora, Sandro a largou e foi atrás de Helen. Seu coração teria de se acostumar à dor de ter sido trocada pela amiga.

Cansada e sem condições de caminhar, Débora se deitou no chão. Entregou-se ao sono na tentativa de amenizar o amargor que sentia.

*

Uma força descomunal tomou conta de Sandro assim que viu Helen correr pela floresta. Mesmo sabendo que horas antes planejava ficar o resto da vida com Débora, algo havia mudado. Ele simplesmente não suportava ficar longe da loira que adentrara nos seus sonhos.

– Que mulher rápida – reclamou enquanto a perseguia.

Sandro corria o máximo que podia. Helen ganhava vantagem na fuga, e, aos poucos, Sandro a perdia de vista. Sem fôlego, ele se sentou na relva, agora dentro do bosque.

No meio da folhagem, Sandro ouviu um barulho. Acreditou ser algum bicho e se preparou para levantar e correr novamente, até que, para sua surpresa, escutou uma voz já conhecida:

– Então está vivo? – Denis estava sentado perto da raiz de uma árvore.

– O que faz aqui? – perguntou Sandro.

– Passei a noite atrás de você e de Débora. Agora que desisti de procurá-los, você aparece.

– Passa daqui, otário – disse Sandro.

– O seu Emílio está dando uma grana boa para quem os levar de volta à cidade.

Ele poderia ignorar a ameaça de Denis e ir atrás de Helen, como seu coração mandava. Mas Denis era do tipo que fazia qualquer coisa para ficar bem com os poderosos da cidade.

"Se conseguir me pegar." Sandro decidiu disparar entre as árvores, disposto a fazer Denis se perder na floresta.

ATO IV

*Mas mesmo assim não quero mais demora;
Quero acabar com tudo antes da aurora.*

Boto acompanhava os passos dos humanos na floresta, escondendo-se atrás de árvores e moitas. Ia sempre deixando seus passos marcados na relva a fim de que Saci o encontrasse. Não via a hora de desfazer a confusão, fazendo Sandro amar Débora de novo.

Logo o moleque chegou com as flores.

– Desculpe a demora, mas desta vez foi difícil encontrar as plantas. – Ele limpava o suor da testa.

– Sou eu quem precisa se desculpar, Saci.

– Que isso, chefe?

– Veja a confusão que criei. Só se ouvem brigas na floresta!

– Boto, aquilo que sai ao contrário é o que fica mais engraçado!

– Há quatro jovens brigando por aí! Isso é engraçado, moleque? Posso até colocar nosso mundo em risco.

– Vamos desfazer a simpatia, se assim deseja – falou Saci.

Em poucos minutos, Boto e Saci fizeram mais suco da potente simpatia do amor-perfeito e colocaram o líquido no vidro. O moleque manuseava o vidro com jeito quando falou:

– Deu tão certo da primeira vez que tenho até medo de encostar nisso e cair de amores por alguém.

Saci colocou o vidro sobre uma pedra e se abaixou para pegar a tampa para fechá-lo. Um forte vento cortou a mata, agitando as folhas e os galhos das árvores. Uma forte rajada derrubou a poção na grama.

– Não! – berrou Boto.

Sem força para dizer uma só palavra, Boto se agachou para conferir o que restava do líquido. "O que farei com apenas duas gotas?" Sentia-se na obrigação de reverter a simpatia em Iara, depois que conseguisse o mensageiro, e no jovem ateniense, além de fazer a pobre Helen ter o amor de Denis.

O dia já estava raiando. Pedir Saci para buscar mais plantas seria arriscado, uma vez que a floresta estava repleta de humanos. Além disso, com a luz do sol, como as pessoas dormiriam? Pensou em deixar tudo como estava, pegar o curumim para ser seu mensageiro e pronto. As sereias e o os humanos que se virassem. Só que, no fundo, Boto sabia que não conseguiria se esquecer do que fizera. Os seres folclóricos também têm coração.

Boto coçou a testa, fechou os olhos e disse:

– Saci, meu caro, você vai fazer o que mais gosta: brincar. Aproveite que um jovem foi atrás do outro e os despiste. Faça vozes e os confunda até que adormeçam. Dê-me um sinal quando o primeiro deles dormir.

*

Saci abaixou a cabeça em concordância com a ordem e se retirou do corredor de árvores onde estavam escondidos. Não sabia qual era o plano de Boto, mas sabia que gostava de confundir as pessoas. Seguiu pela floresta atrás dos passos de Denis e Sandro.

Achou que não iria demorar a encontrar o rastro dos dois, já que haviam passado a noite em claro. Contudo, os jovens se mostravam dispostos, e Saci só os encontrou quilômetros adiante.

"Imagine se eu tivesse duas pernas!"

Do alto de uma pedra, Saci avistou Sandro indo no sentido do rio, à esquerda de onde estavam. Saci desceu da pedra, cortou a trilha que os jovens percorriam, indo para o lado direito. Escondeu-se num arbusto e imitou a voz de um jovem humano.

– Venha logo saber quem é mais homem! – falou o Saci.

– Espera eu colocar a mão em você, idiota! – respondeu Denis, indo para o lado direito, acreditando que Sandro fizera a provocação.

Com Denis fora do caminho, Saci tinha de tratar de fazer Sandro adormecer. Como conhecia bem a floresta, deduziu que ele iria passar pelo vale antes de chegar ao rio. Ali seria a região ideal para fazê-lo se cansar e dormir. O vale era cheio de grandes raízes que cortavam a terra, atrapalhando a caminhada.

Assim que Sandro chegou ao lugar esperado, Saci começou a gritar:

– Como é, covarde? Vai continuar fugindo?

Sandro mordeu os lábios e foi na direção do som da voz.

– Apareça e vou te mostrar quem é covarde!

– Espere se for macho mesmo – disse Saci.

Sandro virava a cabeça com rapidez para tentar identificar de onde vinha a voz. Saci tapava a boca com a mão para abafar o som de sua gargalhada. Divertia-se tanto que se esqueceu de correr para o outro canto do vale. Não percebeu a aproximação do jovem.

— Por tudo o que é mais sagrado nessa vida! — Sandro deu um passo para trás. — Mas isso é um... Saci!

Ele e suas trapalhadas. Como Saci se arrependeu de não ter focado na missão dada por Boto... Se ele corresse, Sandro certamente iria atrás dele ou voltaria para a cidade contando o que havia visto na floresta. Ele também poderia usar algum de seus poderes. Mas como fazer isso sem arrumar mais confusão? Se o Boto ou outro ser da floresta descobrisse que ele havia usado mágica na frente de um humano, seria banido da região.

Saci respirou fundo, posicionou as mãos na frente do rosto de Sandro e as agitou.

— Cubra a luz das estrelas com fumaça, e que escura sua mente se faça.

Feito jaca mole, o moço caiu no chão.

*

Assim que recebeu o sinal de Saci, Boto se pôs a correr pelo bosque. Segurava na mão, contra o peito, o vidro com as duas últimas gotas da simpatia. Boto estava certo de que gastaria uma das gotas com Sandro.

Como Boto ficava mais na água do que na terra, não conhecia a floresta tão bem como Saci e outros seres terrestres. Ao chegar ao vale dos troncos, levou o primeiro tropeço numa raiz que estava para fora da terra. Por sorte, o vidro não se quebrou, mas Boto saiu mancando.

— Raios! Não vejo a hora de essa confusão acabar e eu voltar para o meu rio!

Boto pensou em como seria realmente bom ter um mensageiro em terra. Pelo menos assim evitaria tropeços. Lembrou-se de que várias sereias serviam Iara na água, e ela ainda estava com o curumim como mensageiro na terra. Sentir raiva de Iara o deixava ainda mais certo de usar a última gota da simpatia com o outro jovem ateniense. Mancou até encontrar Saci, que vigiava o sono do rapaz.

— Temos de ser rápidos. Escutei som de mais humanos na região — avisou Saci.

Boto pegou o vidro e, com cuidado, o inclinou para que caísse uma gota da poção. A concentração de Boto foi interrompida pelo latido de um cachorro. O cão correu por entre as árvores, pulando todas as raízes, e se aproximou de Sandro, que estava deitado no chão.

– Não se mova. Já ouvi humanos dizerem que se não nos mexermos eles não avançam sobre nós – sussurrou Saci, que nem piscava os olhos.

– O que essa coisa faz aqui? – Boto disse em voz baixa.

– Dizem que eles são os melhores amigos dos humanos. E que farejam as pessoas.

O cão levantou a cabeça e soltou um rosnado para Boto e Saci. Logo depois voltou na mesma rapidez com a qual entrara no vale.

– Está explicado, ele deve estar procurando esses jovens! Eles estão atraindo mais humanos para cá – deduziu Boto.

Boto não fazia ideia de quem eram aqueles rapazes, mas deviam ser importantes em Atenas. Afinal, por que tanta gente estaria na floresta na mesma noite?

O barulho de apitos e de gritos humanos rompeu o silêncio do bosque. Boto e Saci estavam certos de que em breve mais pessoas estariam ali.

Boto pensou em fugir para resguardar os segredos da floresta. Se o pegassem, como explicaria aqueles furos na cabeça? E como explicaria um adulto com tamanho de criança que pula com tamanha habilidade numa só perna? Contudo, humano nenhum daria conta de desfazer a simpatia e o mal que ele havia feito àqueles jovens.

Boto decidiu se ajoelhar ao lado do corpo do rapaz e pediu que Saci segurasse a cabeça de Sandro. Mesmo correndo o risco de ser pego, pingou uma gota da simpatia no olho direito do moço, enquanto dizia:

– No chão duro dorme puro. No olhar vou pingar, amante, sua cura agora. Hoje recorda o prazer de rever a sua amada de outrora.

Boto ordenou que Saci saísse o mais rápido possível do vale dos troncos. Fugiram pela trilha mais próxima, que dava nas margens do rio onde Iara estava.

– Já que estamos aqui, podemos pegar o curumim – opinou Saci.

Boto ficou em silêncio. Ele ainda não sabia o que fazer com a última gota da simpatia. Até o momento, ele acreditava que sua amiga Iara não merecia nenhum favor seu pelas grosserias dos últimos dias.

Não demorou e Boto e Saci chegaram ao reduto de Iara.

– Esse guarda continua plantado no mesmo lugar – falou Boto. – Vamos nos aproximar pelas árvores.

– Ficou louco?

– Dá certo, eu fiz isso da outra vez – disse Boto confiante.

– Deu certo para você que é grande e tem duas pernas!

Boto soltou uma gargalhada. O pobre Saci não daria conta de escalar uma árvore, saltar entre galhos e descer por um tronco. Eles discutiram várias formas de chegar ao leito de Iara, mas nenhuma delas seria com discrição.

– Talvez haja um jeito... – disse Saci.

– Qual?

– Tenho mãos fortes. Seguro firme e o querido chefe me carrega nas costas.

Boto cerrou as mãos, contendo-se de raiva. Como ele se atrevia a dizer aquilo? Só que o dia estava quase raiando, havia humanos e cães entrando na floresta e uma última gota da simpatia do amor-perfeito. Não restava tempo algum para brigar. Poderia deixar o Saci esperando por ele, mas o moleque sempre demonstrava fidelidade. Olhou para cima e viu que não eram tantas árvores assim. Era provável que ninguém os visse.

Boto alongou as costas e os braços.

– Vamos ser rápidos. E ai de você se o meu chapéu cair! – disse Boto.

*

Boto torcia para aquilo acabar logo. Aguentar as gargalhadas de Saci não estava fácil. Bastou escalar a primeira árvore para perceber por que o chamavam de moleque. Mas ver Iara se declarando para um burro valia o esforço.

– Mais rápido, Boto, mais rápido – divertia-se o moleque.

– Acha que é fácil pular de uma árvore para outra e ainda te aguentar? – Boto falou com o menino. – Aliás, você precisa comer menos, está bem pesadinho.

Não demorou até que Boto chegasse à palmeira que abrigava Iara. Desceu da árvore devagar para não fazer barulho e logo estava diante dela e de seu amor. Chegou mais perto para assistir à cena.

– A comida estava boa, meu bem? – perguntou Iara.

– Muito. Depois dessa ceia, acho que posso até tirar um cochilo – respondeu Bira, ainda com a cabeça de burro. – Mas ainda pode ficar mais perfeito.

– Peça o que quiser, coração.

– Adoro pegar no sono com cosquinha no pé.

Boto tapou o nariz quando sentiu o chulé de Bira invadindo a mata. Como a rainha das sereias, figura respeitada em toda a floresta, chegara àquele ponto? Coçar o pé sujo e fedido de um homem com cabeça de burro?

Tudo bem que ela o irritara e fora egoísta em pegar o mensageiro para si, tendo um monte de sereias à sua disposição, mas aquilo não aconteceria se ele não tivesse se intrometido. Boto teve compaixão de Iara, mas também da moça que atravessou a floresta atrás de um amor. O que faria com a última gota de amor-perfeito?

Bira, que recebeu as cócegas nos pés, adormeceu. Iara bocejou, ajeitou os cabelos e se deitou ao lado do metade homem e metade burro. Era o momento de que Boto precisava. Levantou e falou ao Saci:

— Acompanhe-me sem fazer barulho.

✳

Boto se aproximou de Iara com o vidro nas mãos e fez sinal para Saci não fazer barulho. Ele iria desfazer a simpatia em Iara e depois daria um jeito de despachar o burro. Abriu o vidro e disse:

— Sejas como costumas ser, vê como costumas ver; o amor-perfeito aqui prensado é com essa força anulado.

Ele sorriu. Sabia que estava fazendo a coisa certa. Passou a mão no rosto da amiga, tentando despertá-la.

— Acorde, rainha das águas.

Iara movimentou a cabeça de um lado para o outro. Levou a mão ao rosto e esfregou os olhos.

— Boto! Você por aqui?

— Que bom que você está bem – disse Boto.

— Tive um sonho horrível! Coçava o pé de uma criatura metade burro, metade homem.

Não sabendo o que dizer, Boto ficou calado. Como diria à amiga o que fizera?

— Mas agora tudo passou – disse Iara, preparando-se para se levantar. – O que o traz aqui?

— Já está acordando, minha rainha? – disse Bira com voz de sono.

✳

Iara não se sabia se odiava a si mesma ou àquele burro com pés de gente. Se aquela coisa estava dormindo ao seu lado, aquilo não era mais só um pesadelo. Iara estava cheia de dúvidas e iria esclarecê-las uma a uma.

— Quem é você e o que faz aqui? – perguntou.

— Ah, minha rainha... Já se esqueceu? Sou seu bem – respondeu Bira. – Vamos dormir mais um pouquinho, o dia ainda não raiou.

Ele passou o braço atrás de Iara, abraçando-a.

— Solte-a – disse Boto.

— Quem é você, grandão? Sai fora – respondeu Bira.

— Você não sabe com quem está falando! – Boto se ajoelhou à frente de Bira e o encarou.

— Esta é a noite mais fantástica de toda a minha vida – falou o Saci. Só depois se deu conta de que havia falado em voz alta e levou a mão à boca.

Iara se levantou, andou de um lado para o outro e arrumou as conchas dos longos cabelos.

— Estou certa de que não sonhei, pois essa coisa está na minha frente – ela passava o dedo nas pérolas do colar. – Acho que esse burro me acordou. Sim, foi isso!

— Isso mesmo, minha linda! E logo me chamou para ficar aqui – respondeu Bira.

— Como eu chamaria essa coisa para ficar aqui e ainda coçaria seu pé? – Iara se perguntava. Até que ela olhou para Boto e tudo fez sentido. – Parece que algum ser mágico da floresta me aplicou o suco de amor-perfeito.

*

Boto sentiu suas bochechas corarem. Não havia um buraco nas margens do rio para que se escondesse. Achou melhor dizer logo a verdade a Iara, esperando que ela o perdoasse. Abaixou a cabeça e disse:

— Sinto muito. Errei com você. E com outras pessoas.

— Por que fez isso, Boto? Que ideia de criança!

— Sim, foi uma atitude infantil. Fiquei com raiva por você mandar num monte de sereia e ainda ter pegado o curumim. Sou sozinho para limpar as águas que habito e nem sempre posso contar com Saci.

— Não acredito que me fez coçar o pé de um burro por isso! – Iara se irritou.

— É, mas na hora em que estava de cafuné no meu pé você não me chamava de burro. Era só benzinho para lá e para cá – Bira entrava na conversa.

— Faz o favor de não se intrometer – sentenciou Iara.

— Estou arrependido, Iara. Além de te colocar em má situação, eu brinquei com o amor. Quis controlar aquilo que não se controla – disse Boto, com a voz embargada.

— E tudo por causa de uma briga boba.

— Vamos deixar isso para trás e voltar para a água. Esta noite vai ficar no passado. Como um sonho numa noite de verão.

Iara pegou o amigo pela mão, levantou-o e o abraçou. Boto se sentiu recompensado por ter dito a verdade. De súbito, sentiu uma mão em seus ombros. Virou-se para trás para ver o que era.

— Ô, grandão! É melhor soltar a minha namorada – disse Bira.

*

Dos buracos da cabeça de burro que estava entalada em Bira, dava para ver a margem do rio. Bira, que suava em bicas com o calor da região, só pensava em dar um mergulho naquela água quando o sol saísse. E, claro, com a companhia de Iara. Depois de tanto mimo, o rapaz já nem queria saber de reencontrar seus amigos. Queria mesmo era namorar a misteriosa moça.

— Acha que pode chegar aqui, ficar de conversinha mole e agarrar minha amada assim?

— Não atiça a raiva do Boto, seu idiota – disse Saci.

— Mas alguém tem de me explicar o que está acontecendo!

Iara entrou na frente de Boto, que avançava em Bira.

— Realmente te devo uma explicação. Eu não estava bem quando nos encontramos e acabei cometendo um erro ao te convidar para ficar.

— Um erro? Você disse que queria ficar a vida inteira comigo! Depois que esse cara chegou você ficou diferente.

— Não queria te magoar. Desculpe.

— Quer me mandar embora depois daquele peixe assado com purê de abóbora? – O estômago de Bira se contorcia ao se lembrar da deliciosa iguaria.

O silêncio de Iara já dizia tudo. Não era a primeira vez que Bira era dispensado por uma mulher. Entretanto, daquela vez era pior. Aquela moça de cabelos negros e longos era diferente das outras. E como ela o fizera se sentir amado! Bira pensou em insistir, mas seu coração já estava machucado demais para outra rejeição.

Tirou o celular do bolso enquanto se preparava para ir embora.

— Será que a gente pode pelo menos tirar uma foto para eu colocar no Facebook?

ATO V
Então estamos despertos, vamos logo,
E a caminho contemos nossos sonhos

No vale dos troncos, Isadora se perguntava por que não comprara um só modelo de bota sem salto. Também pudera. A noiva do prefeito Tadeu nunca imaginou que entraria numa floresta, ainda mais para garantir seu casamento.

— Como eu queria colocar minhas mãos nesses adolescentes antes dos guardas – reclamou.

Conhecendo seu noivo como ninguém, Isadora sabia que ele jamais realizaria a cerimônia com quatro jovens de Atenas desaparecidos. "Ainda mais nesta floresta."

Isadora nasceu em Atenas e logo deixou a cidade para estudar. Passou por diversos países e abriu uma conhecida grife de roupas. Certo dia, quando retornou à cidade para rever a família, conheceu Tadeu, por quem se apaixonou. Desde então, dividia seu tempo entre as viagens de trabalho e seu amor em Atenas.

Mesmo sendo uma mulher cosmopolita, Isadora guardava crenças da infância vivida em Atenas. Sua tia-avó lhe dissera, quando mais nova, que havia perdido o noivo para uma sereia. A cidade inteira comentava que ela inventara a história para justificar o sumiço do moço e o fato de nunca ter se casado. Isadora não sabia o porquê, mas acreditava nela e em todas as outras lendas acerca da floresta.

— Sereia nenhuma vai cantar para homem meu – ela disse, enquanto desviava de uma enorme raiz no chão.

Uma equipe de resgate foi montada às pressas quando deduziram que os jovens haviam adentrado a floresta. Guardas, cães farejadores e o próprio prefeito estavam empenhados na busca. Para completar, Emílio veio junto, amolando a todos com as justificativas de que Débora jamais faria uma coisa daquela se não fosse a manipulação de Sandro.

Cansada de tanto falatório, Isadora seguiu um caminho que guarda nenhum fizera. De alguma forma, seu instinto dizia que no caminho até o grande rio aquela história se resolveria. Só não esperava ter de atravessar um vale como aquele para chegar ao local.

De repente, Isadora tropeçou em uma das várias raízes espalhadas pelo chão do vale. Ela colocou as mãos à frente do corpo para tentar amortecer a queda. Seu corpo bateu no chão e ela logo sentiu as primeiras dores do tombo. Assim que levantou a cabeça para avaliar a melhor possibilidade para se levantar, um homem se aproximou. Ele usava um par de tênis furado e uma calça jeans desbotada. Continuou levantando o olhar até um umbigo estufado aparecer debaixo da barra de uma camisa vermelha. Logo em seguida veio uma cabeça de burro. Seu corpo paralisou de medo diante da constatação de que existiam mesmo seres mágicos na floresta. Sem ter como fugir, Isadora encheu os pulmões e soltou o grito mais alto que pôde dar:

– Socorro!

Ela teve a sensação de que o mundo estava girando ao seu redor. As copas das árvores ficaram embaralhadas e sua visão escureceu.

Saindo das margens do rio, querendo buscar uma trilha para sair da floresta, Bira viu uma jovem mulher cair no vale dos troncos. Aproximou-se dela para ajudá-la a se levantar, mas a moça de súbito desmaiou.

– Por que gritou "socorro" se eu estava na sua frente para te ajudar? – ele disse para a moça, que permanecia desmaiada.

Além de ter o coração partido, Bira estava cansado e sentindo muito calor com aquela cabeça de burro. Aproveitou que o vale era repleto de troncos e raízes para tentar se livrar daquilo. Encaixou a cabeça entre dois troncos e forçou seu corpo no sentido contrário, até se soltar dali. Ficou aliviado por sentir a brisa em seu rosto.

– Vocês, mulheres, são confusas demais. Uma me faz juras de amor e depois me enxota. A outra me vê, pede socorro e fica aí jogada no chão.

A fabulação de Bira foi interrompida pelos gritos que se aproximavam.

– Isadora! Onde você está?

Bira reconheceu a voz do prefeito Tadeu e deduziu que aquela era a noiva dele. Lembrou-se de que deveria voltar ao seu grupo. Seria complicado demais explicar ao prefeito o que estava fazendo ali. Além do mais, o teatro era uma surpresa, não convinha que os noivos tivessem informações sobre a peça. Bira colocou a cabeça de burro debaixo do braço e pegou a trilha contrária ao som das vozes.

– Até o seu casamento, futura primeira-dama – disse Bira.

Tadeu adentrou no vale dos troncos e logo viu Isadora desmaiada. Seu coração disparou com a possibilidade de algo grave ter ocorrido à mulher que tanto amava. Correu o mais rápido que pôde e se ajoelhou ao lado dela.

– Querida, fale comigo – ele disse.

Isadora balançou a cabeça, dando os primeiros sinais de que estava consciente. Tadeu respirou, aliviado.

– É você mesmo? – Isadora tateava o rosto de Tadeu.

– Sim, sou. O que aconteceu?

– Eu caí...

– Está tudo bem? Sente dor em algum lugar? – ele interrompeu a noiva.

– Estou bem. Foi só um tombo – ela começava a se movimentar. – Desmaiei de pavor. Nem acredito que ainda estou aqui.

– Como assim?

– Tadeu, por favor, acredite no que eu vou dizer.

O noivo se sentou para ouvir o que ela tinha a contar.

– Uma criatura terrível, com corpo de homem e cabeça de burro, apareceu na minha frente.

Tadeu se arrependeu de ter deixado a noiva participar da busca. Além de ser perigoso, o calor estava absurdo. Era comum algumas pessoas sentirem vertigem e até enxergar coisas naquela época do ano.

– Querida, precisa descansar. Vou mandar os guardas levarem você de volta.

– Não acredita em mim, não é? – Isadora começou a chorar.

Estava criado o impasse. Como iria contrariar a noiva no dia de seu casamento? Já bastava tudo que ela aguentava por namorar o prefeito da cidade. Buscou um jeito de ser delicado com Isadora, mas lhe faltaram ideias. Quando já estava sem saída, escutou o grito efusivo de Emílio:

– Maldito moleque! É hoje que eu o mato!

∗

Tadeu levantou a cabeça para entender do que se tratava. Logo percebeu que Emílio encontrara Sandro no vale dos troncos. Teria de dar um jeito na situação.

— Isadora, preciso conter essa confusão – disse Tadeu.

— Tudo bem, eu entendo – a moça respondeu, cabisbaixa.

Ele sabia que deveria intervir, dar ordem aos guardas, ver como estava Sandro e procurar os outros jovens, mas aquele dia que raiava também era o do seu casamento. Não queria deixar sua noiva justo naquele momento. Ele levantou o rosto de Isadora e disse, olhando bem no fundo de seus olhos:

— Eu acredito em tudo o que diz.

Ela sorriu.

— Agora – continuou Tadeu –, preciso que fique aqui, em segurança. Prometo resolver isso para logo estar em nosso casamento.

A noiva respondeu com um beijo. Tadeu se levantou e se dirigiu aos guardas que seguravam Emílio.

Ao se aproximar do local, encontrou Sandro com os olhos esbugalhados, a roupa rasgada e a voz pesada, como quem acordou de um longo sono.

— O que você fez com a minha filha, seu cachorro? – Emílio gritava.

— Quieto! – Tadeu entrou na frente de Emílio. – Se o senhor quiser continuar aqui, vai manter a calma.

Emílio aquiesceu. Tadeu se voltou para o rapaz e perguntou:

— O que aconteceu com você e onde estão os outros?

— Senhor prefeito, eu juro, não faço ideia de como cheguei aqui.

— Não partiram para uma fuga, como Helen contou a Denis? – disse Tadeu.

— Sim, mas paramos para descansar num lugar que não era este. De repente, acordei aqui com a roupa rasgada e com dores no corpo, como se tivesse corrido a noite inteira. – O jovem passou a mão nos cabelos. – Meu Deus, o que pode ter acontecido à Débora?

Tadeu pediu que um dos guardas interrogasse o rapaz e buscasse o máximo de informações.

O prefeito se afastou da confusão para pensar. Buscava uma conexão entre os fatos, que pareciam, no mínimo, estranhos. Primeiro, sua noiva, sempre tão sensata, afirmava ter visto uma criatura híbrida. Depois, o lapso de memória do rapaz, que, a julgar pelo desespero, parecia estar dizendo a verdade. Três jovens continuavam sumidos. Tudo isso a poucas horas de seu casamento.

— Isso só pode ser um sonho... – Tadeu falou sozinho. – Um delírio de uma noite de verão.

Tadeu voltou ao grupo e ordenou a um dos guardas que levasse Sandro de novo à cidade.

— Esse rapaz deve ir para a cadeia, prefeito!

— Pare com isso, seu Emílio. Não há razão para eu prender o rapaz.

— Então eu vou resolver do meu jeito – anunciou o pai de Débora, pegando uma pedra que estava no chão.

*

Sandro ficou completamente sem reação quando viu Emílio levantar a pedra em sua direção. Um dos guardas gritou para que ele largasse a pedra, mas foi em vão. Emílio dava passos firmes em sua direção. Àquela altura, Sandro, que só queria encontrar Débora, já estava preparado para correr.

Mas não era à toa que a floresta tinha fama de mágica. Quando Sandro já se preparava para o golpe, Denis apareceu no vale e entrou na frente do agricultor.

— Não faça isso, seu Emílio.

— O que está fazendo? Era para você estar do meu lado – reclamou Emílio.

— Nunca estive contra. – Denis colocou a mão no braço de Emílio. – Mas acho que não precisamos de violência.

Tadeu se aproximou dos três. Mandou os guardas tomarem a pedra de Emílio e algemarem suas mãos até ele se acalmar. Sandro, desconfiado da atitude do rapaz, deu dois passos para trás.

— Denis, o que aconteceu? – perguntou Tadeu.

— Entrei nesta floresta querendo impedir a fuga de Débora e Sandro. Helen veio atrás e... – O rapaz não sabia o que dizer. Chegou perto de Tadeu e continuou: – Já ouviu alguma coisa sobre o lugar? Dizem que é mágico, e, de verdade, não duvido.

— O que quer dizer? – perguntou o prefeito em voz baixa.

— Alguma coisa aqui me fez perceber o quanto eu era idiota. – Ele se virou para Emílio. – Sei que gostaria que eu ficasse com Débora. Eu também queria isso. Mas percebi que não a amo. Estava mais interessado em possuir algo que não tinha do que estar com alguém de quem realmente gosto.

— Então, abre mão de Débora? – Sandro perguntou.

— Sim, Sandro. – Denis lhe estendeu a mão. – Sinto muito por tudo. Espero que me desculpe.

Sandro titubeou. Denis sempre tivera atitudes grosseiras e até desonestas com relação a ele. Como em uma única noite alguém poderia mudar? Mas ele não entraria na frente de Emílio para defendê-lo se não estivesse realmente arrependido. Além do mais, ele dissera na frente do pai de Débora e do prefeito que não mais a queria.

Sandro levantou o braço e apertou a mão de Denis.

✻

Tadeu sorriu. Parte da confusão dos últimos dias havia sido solucionada. Não via a hora de estar logo na cidade e se preparar para o seu casamento.

— Acredito que a situação esteja resolvida, seu Emílio — disse o prefeito.

— Não posso mandar nesse moleque sem palavra, mas minha filha continua proibida de namorar o outro aí — disse Emílio em relação a Sandro.

— Esse problema não exige minha interferência. E nada mais vai atrapalhar a cerimônia de hoje.

Vendo que Emílio havia se acalmado, Tadeu pediu ao vigia que retirasse as algemas dele. Um dos guardas que participava da busca pela floresta se aproximou. Tadeu percebeu que ele deveria ter alguma notícia.

— Encontramos uma das moças. Os outros oficiais estão carregando a menina até aqui.

— Carregando? — perguntou Tadeu.

— Senhor — o guarda abaixou a voz e continuou —, a moça quase não tem pulsação.

✻

Tadeu sentiu um frio na espinha. Uma moça em estado grave acabaria com seu dia. Não saberia medir qual seria o impacto daquilo na cidade. Aguardou os guardas chegarem com a moça para saber de quem se tratava.

Emílio, Sandro e Denis começaram a fazer perguntas a Tadeu, que também não tinha informação. Os quatro correram na direção dos guardas assim que eles chegaram com uma moça no colo.

— É Débora — gritou Sandro.

— Não pode ser! — Emílio caiu de joelhos no chão. — Não vou aguentar se algo acontecer à minha pequena filha!

Tadeu se emocionou com a reação do agricultor. Quem poderia julgar um pai? Por mais que as atitudes dele fossem autoritárias e ultrapassadas, decerto era ele quem mais queria o bem da filha.

Débora estava pálida, com os lábios roxos e uma aparência visivelmente abatida. Sandro chorava ao lado da moça.

– Chamem uma ambulância e peçam para nos esperar na boca da floresta. Vamos carregá-la até lá – disse Tadeu.

O rádio dos guardas apitou. A segunda moça também havia sido encontrada e estava bem.

– Graças a Deus ela está viva – disse Denis.

Tadeu andava de um lado para o outro esperando os guardas chegarem com a maca para tirar Débora da floresta. Isadora, que esperava pelo noivo a alguns metros de distância, se aproximou.

– Será que uma tragédia vai acontecer bem no nosso dia? – perguntou ela, enquanto enxugava as lágrimas.

– Não sei o que pensar, querida. Torço para que tudo acabe bem. – Ele abraçou a noiva. – Eu aguentaria o pior dos dias com você ao meu lado.

O prefeito se sentia completo com Isadora por perto. Cortava-lhe o coração pensar na possibilidade de adiar o casamento.

Helen chegou na companhia de dois oficiais. Tadeu estranhou a reação de Denis, que deu um forte abraço na moça. "Deve ser essa a razão para desistir de Débora." Aproximou-se da moça, que, aos prantos, dizia que todos deveriam sair dali.

– Coisas estranhas realmente acontecem aqui, acreditem em mim – ela dizia para os que ali estavam.

O prefeito se preocupou. O que fazia uma moça berrar com tanta força e sem nenhuma vergonha que a floresta tinha segredos? Pensou em evacuar a área, tirando todos dali, mas não podia simplesmente obedecer a uma garota. E ele não sabia quão grave era o estado de Débora. Transportá-la sem uma maca poderia prejudicá-la.

Ele se colocou na frente da menina e disse:

– Helen, antes de sairmos daqui, preciso que nos diga se sabe o que aconteceu a Débora. Precisamos ajudá-la.

✳

Helen sentiu ainda mais medo da floresta quando viu a amiga desacordada no chão. Ela só se lembrava da briga e das palavras duras que Débora lhe dissera anteriormente. Por mais que sua paixão por Denis a fizesse parecer louca, Helen sempre considerara Débora uma grande amiga. Mesmo que tivesse algum interesse em Sandro, jamais a magoaria. Valeria a pena ajudar a amiga que desconfiara dela?

– Não sei de nada, senhor prefeito – ela respondeu.

Helen sentiu o olhar de Tadeu analisando cada detalhe de sua postura.

– Sua roupa está suja. Seu cabelo mostra que correu a noite toda. E seus olhos... – Ele fez uma pausa. – Parece que andou chorando.

O prefeito parecia entender mesmo as pessoas. Helen sentia a cabeça latejar de tanto derramar lágrimas. Até que uma mão pousou em seu ombro.

– Que bom que está bem, Helen – disse Sandro com os olhos inchados de tanto chorar.

Helen recuou. Será que aquele louco iria continuar com a brincadeira naquele momento? Ela logo pensou em lhe dizer um monte de desaforos pela confusão que ele havia causado na madrugada. Helen elevou o dedo indicador em riste e tomou fôlego para lhe dizer poucas e boas. Contudo, algo mudou em seu coração quando ela encarou os olhos de Sandro. Havia ali um pedido de ajuda.

Ela abaixou o dedo e disse:

– O que você quer, Sandro?

Ela não sabia o que esperar dele. Algumas horas antes ele estava correndo atrás dela jurando amor. Será que iria se declarar de novo? Se ele viesse com aquela conversa mole mais uma vez, Helen iria começar um escândalo.

– Sei que quer sair daqui, como todos nós. Mas você sempre foi a melhor amiga de Débora. – Sandro limpou as lágrimas com as costas da mão. – Eu não sei o que aconteceu esta noite. Simplesmente acordei aqui. Se souber de algo...

Será que ter corrido de Sandro a noite inteira era um daqueles sonhos que parecem reais? O namorado da amiga parecia realmente não se lembrar de nada, mas o sangue de Helen ainda fervia quando lembrava que Sandro tentara agarrá-la no meio da floresta.

A moça levantou os olhos como quem busca intervenção divina. Ela simplesmente não sabia o que pensar. Abaixou a cabeça e viu sua amiga no chão. E não era qualquer amiga. Débora fora a primeira a se sentar perto de Helen na escola. Era aquela amiga que estava em todos os aniversários, que mandava cartão no Natal e se fazia presente nos bons e maus momentos. "Paixão nenhuma vai atrapalhar minha amizade."

Helen colocou a mão no ombro de Sandro e disse:

– Débora está assim porque acha que você não a ama.

– Que isso, Helen?

– Não tente achar lógica no que vou dizer – ela disse, pensando que nada havia de lógico naquele lugar. – Apenas diga a ela que a ama. Sei que, de alguma forma, ela vai entender.

*

Sandro pensou que Helen estava desidratada ou demasiadamente cansada para responder aquilo. Era impossível Débora duvidar do amor dele, visto que estavam encarando o mundo para ficarem juntos. Além disso, ela estava estranha, evitando contato, e um pouco hostil, sem nenhuma explicação. Mas Débora sempre dizia que Helen era a única amiga que conseguia entendê-la, por isso resolveu insistir pela ajuda. A resposta dela parecia meio sem pé nem cabeça, mas àquela altura Sandro já nem estranhava coisas sem nexo.

Ele balançou cabeça, agradecendo, e caminhou na direção de Débora. Ao lado dela estava um guarda e o pai, cujas lágrimas chegavam a cair no chão. Sandro pediu que o guarda os deixasse por alguns minutos. Ele se ajoelhou e pegou a mão de Débora. Sentiu um calafrio. Será que até naquele momento Emílio iria ser grosseiro?

– Tudo foi minha culpa – disse Emílio ao jovem. – Eu não devia ter forçado minha menina a fazer o que não queria.

– Seu Emílio, se alguém deve se desculpar, sou eu. Como fui capaz de propor uma fuga à mulher que será mãe dos meus filhos? – Sandro soluçava. – Nunca mais vou tirá-la da família dessa forma, seu Emílio. Eu prometo.

– Sabe, filho? – disse Emílio. – Você é um bom rapaz. Mas quando somos jovens parece que queremos viver todos os sonhos numa única noite. Foi só isso.

Sandro se emocionou ao ouvir aquilo do pai de Débora e continuou:

– O que faremos sem a nossa Débora? Ela é como o ar que eu respiro. – Ele levou a mão de Débora ao seu coração. – Eu a amo de toda minha alma.

Sandro foi interrompido por uma tosse. Era ela! Débora contorcia o corpo e aos poucos abria os olhos. Estava, enfim, recobrando a lucidez.

– Minha querida, que bom que voltou para mim!

O coração de Sandro se corroeu quando recebeu o olhar frio de Débora.

– Eu não voltei para você – ela disse.

*

Ele apoiou a mão no chão para não cair. A princípio, acreditou não ter ouvido direito. O momento era de muita emoção, e, certamente, ele poderia ter se confundido. Tudo o que mais queria era sair dali de mãos dadas com sua Débora, mas sua esperança caiu por terra quando reparou a expressão de Emílio. Os olhos bem abertos demonstravam o mesmo susto que Sandro tomara.

– O que disse, meu bem? – Sandro insistiu.

– Disse que não voltei para você. – Ela soltou a mão dele.

– Ela acabou de acordar, deve estar com a cabeça fora de órbita... – ajudava Emílio.

Tadeu se aproximou e mostrou um grande sorriso pela melhora de Débora.

– Que coisa boa te ver acordada, mocinha – disse o prefeito. – Acha que consegue caminhar? Tem uma ambulância nos esperando lá fora.

Sandro assistiu ao prefeito dar as mãos a Débora e ajudá-la a se levantar. Não conseguiu esboçar nenhuma reação depois da fala dela.

– Consigo andar, sim. Só estou com muita sede – respondeu Débora.

Um guarda ofereceu uma garrafa de água à moça, que bebeu tudo de uma só vez. Sandro assistia ao desprezo da namorada sem entender por quê. Lembrou-se de Helen ter dito que Débora acreditava que ele não a amava. Qual seria a razão desse comentário? E por que Débora agia como se estivesse magoada? Sandro se virou para Denis e Helen, que conversam perto de uma árvore. Acenou para os dois, convidando-os a se aproximarem.

– Nós quatro passamos a noite nesta floresta e eu não me lembro de nada. Por favor, digam-me o que aconteceu – questionou Sandro.

– Cara, eu só sei que te achamos no meio da mata, desacordado. Mas eu segui atrás de Débora, e Helen ficou para tentar ajudar. Foi mal. Como sempre, Helen demonstrou ter um bom coração.

Sandro se espantou com o comentário de Denis, que sempre era grosseiro com ela. Helen exibia risinhos no canto da boca. Mas Sandro logo voltou ao assunto.

— Eu estava desacordado? Como vim parar aqui?

— Mais tarde eu o encontrei. Você estava sozinho. Brigamos e eu saí atrás de você. Até que te perdi.

— Céus, não me lembro de nada. — Sandro passou a mão no cabelo.

Tadeu, que ouvia a conversa dos jovens, aproximou-se e perguntou:

— Helen, você se lembra de ter socorrido o Sandro?

— Sim, eu me lembro.

Sandro se colocou na frente da amiga.

— E então, o que aconteceu?

As bochechas de Helen coraram e ela se calou. O que teria acontecido para Helen se calar daquele jeito? Débora, de braços cruzados, deu um passo à frente e disse:

— Deixa que eu conto. Você, Sandro, me tirou de casa prometendo casamento. Viemos para essa porcaria de floresta, onde acordei sozinha no meio da noite. Saí como louca te procurando na madrugada. Por fim, quando te encontrei, você se declarava para a Helen.

A comoção foi geral. Alguns levaram a mão à boca. Outros não se contiveram, e Sandro chegou a ouvir algo como "homens realmente não prestam". O rosto de Denis, antes sereno, agora mostrava uma expressão sisuda. O prefeito, com a mão no queixo, mantinha o rosto impassível.

— Isso não pode ser verdade! Sabe que eu sempre te amei e ainda quero me casar com você. Helen sempre foi uma amiga.

Débora gritou:

— Está dizendo isso porque está na frente de um monte de gente. Só eu sei o quanto foi duro ver você com a minha melhor amiga. — Débora se sentou no chão para chorar.

Helen se abaixou e abraçou a amiga, que estava aos prantos.

— Não aconteceu nada, Débora, eu juro. Sabe que eu a tenho como irmã e que sempre amei Denis.

Sandro também se agachou e perguntou a Helen:

— Isso é verdade?

A amiga acenou que sim com a cabeça. Sandro não podia acreditar no que ouvia. Estava certo de que nunca deixara de amar Débora e de que nunca lhe faltaria com respeito. Emílio pegou a filha e avisou que a levaria embora. Tadeu o ajudou e anunciou o término das buscas.

Sandro recebeu da amada um olhar de ódio e uma sentença que lhe cortou o coração:

— Nunca mais quero vê-lo.

Como assim, nunca? E os meses de namoro, os momentos que viveram juntos, os abraços, as mensagens trocadas, os planos? Sandro pensou em se levantar e tentar convencer Débora de que nada daquilo tinha realmente acontecido. Mas e se realmente acontecera? Como iria se explicar? A floresta era realmente merecedora da fama de misteriosa. Seria melhor conversar com Débora longe dali. Resolveu procurá-la depois. Sandro permaneceu sentado no chão enquanto Débora saía acompanhada de seu pai.

*

Helen assistiu à rejeição de Sandro com um aperto no coração. Ela estava certa do amor que ele tinha pela amiga. O Sandro que a perseguira parecia ser outra pessoa. Ou melhor, a mesma pessoa, mas sob o efeito de alguma coisa.

Orientada pelos guardas, Helen se pôs a caminhar para fora dali. Estava aliviada por todos saírem vivos daquela noite surreal.

— Posso te acompanhar? – perguntou Denis.

Helen abriu um sorriso e disse:

— Há algumas horas você me queria longe.

Denis entrou na frente de Helen e segurou seu rosto. Ela mal podia acreditar que ele a estava tratando daquele jeito.

— Não conheço palavras para dizer o quanto me arrependo de não ter aceitado seu amor – ele disse. – Mas eu juro que, se me deixar tentar, vou compensar todo o tempo que perdemos sendo o melhor namorado do mundo.

— Namorado?

— É. – Denis ficou desconcertado. – Mas, se preferir, podemos ser amigos, começar a sair juntos...

Helen soltou uma gargalhada.

— Este lugar deve mesmo mexer com o coração das pessoas – ela disse.

— Mexeu com o seu? – Denis perguntou. – Ainda sente algo por mim?

— Só você consegue mexer com o meu coração, seu bobo! Acha que eu entrei neste lugar para ser sua amiga? Sei o que quero. Sempre soube.

Os pés de Helen pareciam nem mais tocar o chão. Ela foi finalmente recompensada com um beijo apaixonado de Denis. Ela abriu os olhos com medo de que aquilo fosse um sonho. E se fosse? E se depois que saíssem da floresta tudo voltasse a ser como antes?

– Alguma mágica aconteceu para gostar de mim de uma hora para outra? – perguntou Helen.

– Não posso negar que algo aconteceu nesta floresta.

– O que aconteceu? Encontrou alguma coisa aqui?

– Encontrei, sim. – Denis sorriu. – Encontrei a mim mesmo. Perdi meu tempo agradando ao meu pai, ao pai de Débora e a outras pessoas. Não estava feliz. Percebi que um namoro forçado jamais daria certo. E, cá para nós, que menina geniosa e brava é essa Débora! – Ele passou mais uma vez a mão no galo que ela deixara em sua cabeça.

– E como começou a pensar em mim?

– Lembrei que os momentos mais felizes do meu dia eram quando eu recebia suas mensagens. Aí fiquei perdido e me desesperei com a possibilidade de nunca mais te ver.

– Isso é melhor do que mágica. – Helen se jogou nos braços de Denis.

Ela percebeu que a cena era assistida por duas mulheres da guarda. Uma tinha as duas mãos juntas sobre o peito e suspirava. A outra olhava fixamente para o relógio quando falou:

– Ô, casal! A gente ainda vai trabalhar à noite, no casamento do prefeito.

ATO VI

Mas toda a história dessa longa noite
E das mudanças conjuntas de suas mentes
Testemunha algo mais que fantasia
E transformou-se em algo mais constante.

Saci não parava de saltar com as novidades. Danado que só, deu um jeito de ficar atrás de uma árvore para saber o que aconteceria com os humanos que haviam entrado na floresta. Imagina a alegria de Boto ao saber que o rapaz, sem simpatia nenhuma, acabara se apaixonando pela moça? Pulou o mais rápido que pôde até o rio, onde Boto e Iara se escondiam.

– Barra limpa, pessoal – anunciou Saci.

– Os jovens estão bem? – perguntou Boto.

– Você nem imagina. A moça que vivia sendo esnobada saiu daqui de mãozinha dada com o ateniense – debochou o Saci.

– O que foi que fizeram? – perguntou Iara.

– Um sujeito maltratou a moça que gostava dele. Achei que deveria colocar a simpatia nele também. – Boto disse, envergonhado. – Mas o Saci pingou no rapaz errado.

– E você não faz ideia do quanto foi engraçado ver aquilo... – Saci logo cortou sua fala quando percebeu o olhar de repressão de ambos.

Boto saiu da água e assumiu sua forma terrestre. Ficou em silêncio por alguns minutos e falou:

– Podemos cegar alguém com a mágica da paixão, mas o amor verdadeiro é construído nas dificuldades. Fico feliz em saber que, sozinho, aquele jovem descobriu o amor verdadeiro.

– É, mas já o outro casal... – disse Saci.

✻

Boto não podia acreditar que o outro casal estava separado. Como seus atos ainda podiam ter tanta repercussão? Quase perdera a amizade de Iara e, naquele momento, era responsável por um término. Boto não sabia o que fazer.

– Preciso ir à cidade. Tenho de resolver isso.

– Mas aquele jumento nos viu. Não podemos nos arriscar – disse Iara.

– O burro, sem a cabeça de burro, fará uma peça hoje, durante o casamento do prefeito – comentou Saci.

– Corremos risco com algum dos jovens?

– Eles não nos viram.– Saci colocou a mão na boca, silenciando a informação de que fizera uma mágica para confundir a mente de um dos jovens. Boto sabia que a noite tinha sido de muita exposição, mas precisava consertar o que havia feito. Separar duas pessoas que se amam pesava muito em sua consciência, mas talvez houvesse uma pequena chance, quando o rapaz com a cabeça de burro estivesse no palco.

Ele se levantou e disse:

– Hoje à noite vamos retribuir a visita. Saci e Iara, arrumem-se, temos um casamento!

*

Bira se manteve calado durante toda a caminhada até a cidade. Mesmo exausto, resolveu encontrar os amigos da peça. Seus amigos reagiram eufóricos com sua chegada ao pequeno galpão onde o grupo se reunia, mas Bira ficou em silêncio. Não queria dividir com ninguém a dor de um coração partido.

– Ainda bem que está vivo! Quase morremos de preocupação – disse Quincas.

– ...E de medo! – falou Saracura. – Aquela coisa te pegou?

"Só se essa coisa for o amor." Bira apenas disse que estava bem e que não sabia do que ele estava falando.

– Bem, vou descansar um pouco antes da peça – disse.

– Bira, você tem certeza de que está bem? Você sumiu, voltou estranho... – disse Quincas.

– Pelo menos conta uma piada para termos certeza de que você é o mesmo – pediu Saracura.

– Já disse que estou bem. Pronto para ser o melhor Píramo que esta cidade já viu.

Quincas se sentou ao seu lado e falou:

– Tem certeza? Podemos colocar o Barrigudo no seu lugar. Ele andou ensaiando suas falas.

Com que ousadia escolheram outro para seu lugar? Em vez de irem procurá-lo na mata, trataram logo de lhe arrumar um substituto. Bira queria voar no pescoço de Quincas, mas ele estava tão entregue ao personagem apaixonado que morria por amor que achou melhor não estragar o clima. Lembrou-se da misteriosa moça de cabelos longos da mata, levantou-se e falou em tom firme:

– Ele pode ter decorado as falas, mas quem está preparado para interpretar Píramo sou eu.

*

Débora despertou com os dedos de sua mãe lhe acarinhando o rosto. Esfregou os olhos e ficou agradecida por ser acordada e não mais ver Sandro em seus sonhos. Ela sentia raiva de si mesma quando lembrava de que chegara a abrir mão de seus pais e do conforto de seu lar para estar com Sandro. "Aquele mentiroso duma figa!"

— Desculpa, mãe. Nunca mais farei isso de novo.

— Assim espero. Sofremos muito.

— Aprendi a lição. E como. — Ela suspirou.

— Seu pai e eu também aprendemos uma. Víamos você como uma garota em quem podíamos dar ordens e que podia realizar nossos sonhos. Aí você nos mostrou que cresceu e que quer lutar por sua felicidade.

— Lutei do jeito errado. O que fiz não foi certo.

— Não foi mesmo. Mas você só chegou a essa conclusão depois que passou por tudo isso. A gente só amadurece vivendo.

Débora aproveitou o carinho de sua mãe e o seu quarto, que sempre fora tão caprichado. Para quem passara a noite na floresta, deitada na relva, uma cama e um travesseiro eram o céu.

De repente, alguém bateu na porta. Era Emílio, que avisou:

— A Helen está aqui, filha. Pode recebê-la?

Débora fechou a cara. Só desfez o bico depois que a mãe lhe lançou um olhar de reprovação. Ela acenou com a cabeça, deixando a amiga entrar.

— Vou deixar vocês duas a sós. E não demorem. Temos de ir ao casamento.

*

Débora não queria mais falar sobre o que acontecera na noite anterior. Encontrar a amiga seria reviver cada minuto daquela trágica noite. Mas Helen sempre fora tão presente que ela ficou sem graça de recusar a visita.

Helen entrou e se sentou na cama de Débora, que continuou calada. Não sabiam nem por onde começar. Débora se lembrou das ofensas que dissera à amiga e se envergonhou.

— Ainda bem que aquela noite acabou, né? — Helen iniciou a conversa.

— Ah, se eu pudesse voltar no tempo... — Débora lamentou.

— Tudo o que eu não quero é voltar no tempo! Nunca estive tão feliz.

— Sério? — perguntou a amiga.

— Denis e eu estamos namorando. — Helen respondeu com um sorriso nos lábios. — Amiga, aquela floresta deve ser mágica mesmo.

— Então por que atrapalhou meu namoro? – Débora perguntou. – Por que Sandro fez aquilo comigo?

— Amiga, não sei o que aconteceu, mas tenho certeza de que Sandro te ama. Sempre amou. Precisava ver como ele chorava quando você estava desmaiada.

As lágrimas caíam do rosto de Débora. Realmente não tinha explicação para o comportamento de Sandro. Ele sempre fora um ótimo namorado.

— Acha que ele ficou mesmo interessado em você? – Débora sentiu um frio na espinha ao perguntar.

— Aquele que correu atrás de mim não era o Sandro. Parecia ser outra pessoa. Era como se ele estivesse... enfeitiçado.

— Não sei se acredito nessas coisas.

Helen, ainda sentada na cama da amiga, aproximou-se de Débora e disse calmamente:

— Mas precisa acreditar no que você vê! Sandro nem dormiu direito, passa na porta da sua casa a cada cinco minutos.

Uma palpitação agitou Débora, que não sabia se estava preparada para revê-lo. Ao mesmo tempo que a vontade de estar com ele era muito forte, Débora sentiu medo de se decepcionar novamente. Era muita dor para um só coração.

Sua mãe abriu a porta e lhes lembrou do horário do casamento. Helen avisou que iria terminar de se arrumar. Débora se levantou e abraçou a amiga.

— Se importa se eu não te acompanhar até a porta? – perguntou Débora.

*

A todo instante Isadora retocava a maquiagem. Estava tão à flor da pele que sempre que se olhava vestida de noiva no espelho as lágrimas brotavam. Seus lábios não paravam de bendizer aquele momento. "Vou me casar com o homem da minha vida." Não via a hora de subir ao altar.

Contrariando a regra que determinava que toda noiva deveria se atrasar, Isadora estava pronta duas horas antes da cerimônia. Depois das fotos e de cuidar dos últimos detalhes da lua de mel, a noiva desceu as escadas de sua casa. Percebeu a emoção nos olhos lacrimejados do pai. Sua mãe jurou nunca ter visto noiva tão linda antes.

— É melhor esperar um pouco na porta do que ficar aqui ansiosa. Mais um pouco e eu devoro os bombons da festa – ela brincou.

Um carro conversível estava parado na porta de sua casa. Acompanhada por seu pai, Isadora entrou no carro e posou para as últimas fotos antes de chegar ao local da cerimônia.

A ágora de Atenas estava tomada de convidados. Todos muito bem vestidos. As senhoras levavam um leque na mão, para amenizar o calor. Isadora voltou para a realidade quando seu celular tocou. Era Tadeu.

— Oi, amor!

— Está tudo bem com você, querida?

Ela percebeu a voz tensa do noivo. O que mais poderia ter acontecido minutos antes de seu casamento?

— Estou ótima. Já estou na praça, e você?

— Estou nos fundos dela. Surgiu um problema na lista de convidados e estou resolvendo.

— Mas refizemos a lista umas trinta vezes, juntos!

— É, mas são convidados que vieram de longe. É um sujeito enorme acompanhado da esposa e de um filho. Fiquei sem jeito. O menino tem uma perna só.

— Devem ter se esforçado para vir. Por mim, pode deixar entrar. Devem ser admiradores seus.

— Ou seus. A mulher foi muito simpática e pediu que eu entregasse a você um colar de pérolas... legítimo!

Sandro mal podia se manter de pé. Não havia pregado o olho desde que chegara em casa. Uma dor no peito não lhe deixava dormir ou fazer outra coisa que não fosse tentar resolver a situação com Débora. Ficou na porta da casa dela, esperando uma oportunidade de conversarem. Como a família de Débora era uma das convidadas para a cerimônia, era certo que ela iria ao casamento.

Ele assistiu às pessoas passarem na rua comentando sobre o casamento, Emílio sair e voltar, Helen entrar e sair e o sol se pôr. Mas nada de Débora.

Quando pensava em ir para casa, achando que a família dela tinha desistido de ir ao casamento, a porta se abriu. Saíram por ela Emílio, muito bem vestido num terno preto, e a mãe de Débora, de vestido amarelo. Logo atrás vinha ela. "Minha pequena." Ela estava linda como sempre, num vestido lilás e usando saltos altos. Sandro lamentou não ver um sorriso em seus lábios.

Atravessou a rua correndo e foi na direção da amada:

– Débora! Por favor, vamos conversar.

A menina deu o braço à mãe e passou a andar mais rápido.

– É só um minuto! Eu imploro!

A moça se virou, de súbito, e colocou a mão na cintura.

– Sessenta segundos, pode começar – ela disse.

– Eu realmente não sei o que aconteceu e imagino o quanto você deve estar magoada comigo.

– Não estou magoada. Estou com ódio, é diferente.

Sandro ficou desconcertado com a resposta ríspida de Débora. Perdeu o rumo e ficou sem palavras.

– Trinta segundos... – disse Débora.

Ele via seu tempo escorrendo numa ampulheta imaginária. Sentia-se um completo idiota diante dela. Que mulher gostaria de ficar com um cara sem atitude como ele? Talvez fosse mesmo o momento de deixá-la ir. Débora não o perdoaria.

Ele passou a mão nos cabelos e disse, andando para trás:

– Só quero que saiba que nunca amei ninguém como amo você. Nunca houve outra. E nem sei se vai haver algum dia. Acho impossível eu te esquecer.

*

Boto já estava se arrependendo da ideia de invadir o casamento do prefeito. Não esperava que houvesse tantos seguranças perguntando os nomes das pessoas e conferindo-os num pedaço de papel. Mortais eram complicados demais. Para casar precisava daquilo tudo? Aguentar o desembaraço de Saci era difícil, mas aguentar o Saci e a Iara deslumbrada era demais. Se não fosse pela consciência pesada, certamente estaria longe dali. Ele logo daria um jeito de resolver a situação de Débora e Sandro.

– Precisava pedir para ir falar com o prefeito? Não bastava dobrar os seguranças? – perguntou Boto.

– Quis entregar um presente, ora! É gentil. Aposto que ele nos deixou entrar por causa das pérolas... – respondeu Iara.

– Ah, vem falar que ele não gostou de ver uma criança tão desenvolta como eu?

– Criança? Faça-me o favor! Quantos anos já têm? Uns 400? – Boto respondeu com raiva.

– Terei 400 quando o senhor completar 500 – Saci alfinetou.

Boto respirou tão fundo que seu chapéu até levantou. Segurou-o com a mão enquanto tentava se acalmar. Saci e Iara riam sem parar. E não perdiam oportunidade de conhecer os hábitos dos humanos.

– Vejam as roupas dessas mulheres. Estou ultrapassada lá no rio... Quanta cor bonita – disse Iara.

– E aquele retângulo brilhante que carregam no bolso e colocam na orelha? Vou dar um jeito de descobrir o que é aquilo – disse Saci.

Boto o puxou pela gola da blusa.

– Não vai, não! Temos um plano! Esqueceram-se de que podemos ser descobertos? Deixa o burro nos ver...

Saci e Iara se conformaram em ficar sentados esperando a cerimônia. Tinham de reparar bem nos convidados, que eram muitos, até encontrar rostos familiares.

– Chefe, ali está o casal que saiu feliz. Agora só falta o infeliz – falou Saci.

– Você é mesmo um moleque. Não se brinca com dor de amor – disse Iara.

– Não perde tempo com isso, Iara – disse Boto com a feição menos tensa.

– Nosso Saci não perde uma. O que seria da nossa floresta sem ele? – disse Iara.

Boto tinha de dar o braço a torcer. Saci era divertido. E era bom amigo. Talvez nem precisasse brigar com Iara por um mensageiro.

O casamento começou. Tadeu esperava a noiva no altar. Uma música invadiu o ambiente, e a noiva entrou num lindo vestido de renda branca.

– Quero um igual a esse! – dizia Iara aos prantos.

– Nossa, mas quer tanto assim que está até chorando? – perguntou Boto.

– Seu bobo! – Iara deu um leve tapa no braço dele. – Mesmo sendo um ser mágico, eu sou mulher. Também sonho em encontrar um companheiro.

Boto gostou do que ouviu. Iara era sua amiga havia anos. Séculos, para ser mais exato. Sempre se dedicara ao rio, à proteção das águas, ao folclore da região e a cuidar de suas sereias. Nunca falou sobre se casar. Mas ele a entendia. Nunca havia dito a ninguém que estava farto da sua fama de conquistador. Ele queria ter alguém especial. E Saci estava certo. Ele já estava com quase 500 anos. "É uma boa idade para casar."

Levou a mão ao peito e tentou prestar atenção na cerimônia. Sentiu o braço de Iara entrelaçar o seu. Ele olhou para ela e teve certeza: estava apaixonado por Iara.

*

Boto sabia que não podia tomar nenhuma decisão precipitada. Não poderia colocar uma amizade de anos em risco. Além disso, como saberia que era correspondido? Iria dar tempo ao tempo. Naquele momento, tinha de encontrar Sandro e tentar ajudá-lo.

Assim que a cerimônia acabou, os noivos seguiram para um salão ao lado da praça. Uma enorme fila se formou para cumprimentar o casal.

— O burro deve estar se preparando para a peça. Vai ser a melhor hora para procurar o rapaz — falou Boto.

— Vamos só experimentar um pouco dessa comida antes. Os humanos são bons nisso! — disse Saci.

Boto se sentou e perdeu a noção de quanto tempo esperou por Saci e Iara, que não saíam de perto da mesa de entradas. Prestava atenção em cada jovem que passava, na esperança de encontrar Sandro. "Talvez ele esteja tão triste que não venha."

Até que, para a sua surpresa, um jovem se aproximou dele e perguntou:

— Com licença. Tem alguém sentando nesta cadeira?

Talvez a floresta não fosse o único local mágico. A cidade também mostrava seu encanto. Boto reconheceu aquele rosto em menos de um segundo. Era o rapaz cuja tristeza era culpa dele.

— Pode se sentar — disse Boto. — Está sozinho?

— Muito — respondeu Sandro. — Mas o senhor não quer ouvir uma história triste numa festa, né? Desculpe. — Ele se levantou.

Boto se levantou, desesperado com a ideia de perder o rapaz de vista.

— Fique, faço questão! Minha mulher e meu filho estão aproveitando a festa. — Ele apontou para Iara e Saci, que estavam de boca cheia. — Preciso mesmo de companhia.

— Não estou num bom dia, sinto muito.

– Acontece. Todos os humanos têm dias ruins – ironizou Boto.

– Minha namorada me deixou. E nem quer me ouvir. Disse estar com ódio de mim.

Boto sentiu o peso de uma árvore centenária em suas costas. Como uma brincadeira acabara daquele jeito? Não sabia o que dizer a Sandro. Pensou até em dizer a verdade, mas aquilo poderia causar um rebuliço na cidade. Imagine dizer ao jovem que ele era um boto, sua esposa, na verdade, era uma sereia, e o filho, um saci! E pensar que aquilo tudo começou porque ele estava com raiva de Iara, que naquele momento era por quem Boto tinha mais amor.

Ele abriu um sorriso no rosto e disse ao jovem:

– É engraçado, mas a gente só sente raiva de quem ama. Se essa moça estivesse indiferente, talvez você não tivesse mais chances. Diga, como é sua namorada?

*

Boto quase caiu da cadeira para ouvir Sandro com mais atenção. Havia música na festa, e estava difícil ouvi-lo. Para ele, era interessante escutar um rapaz falar sobre amor. Ele era acostumado a ouvir as mulheres falarem. Os anos passam e a queixa das mulheres continua a mesma: querem ser ouvidas e ter mais demonstração de afeto.

– Falei tanto de mim que nem perguntei seu nome... – disse Sandro.

– Não se preocupe. Quero te ajudar – disse Boto.

– Eu insisto! É amigo da noiva? Nunca te vi por aqui – perguntou Sandro.

– Sim. Sou mesmo de fora. – Boto queria se livrar daquela conversa. – Está quente aqui, vamos conversar lá fora.

Os dois se levantaram e foram até a área descoberta do salão. Boto se encostou em uma grande sacada que dava para um jardim. No centro dele, estava montado um palco. "O teatro!" Boto ficou aflito com a possibilidade de o rapaz com a cabeça de burro vê-lo. E, para piorar, perdeu Iara e Saci de vista. Enquanto isso, Sandro não parava de falar.

– Você pode não acreditar, mas parece que algo sobrenatural aconteceu, sabe?

– Sei... – Boto tinha de concordar.

– Quero ter Débora de volta, mas preciso de algo... mágico! Consegue me entender?

A palavra "mágico" fez Boto tremer. Ele mesmo queria pingar a simpatia nos olhos de Iara novamente para que ela se apaixonasse por ele, mas sabia que mágica alguma sacia o coração de quem ama. Só o amor verdadeiro, que resiste aos problemas do dia a dia, alegra os enamorados. Boto queria que Iara o amasse pelo que ele era, e não por causa de uma simpatia. Colocou-se no lugar de Sandro. Tão jovem! Mas era amor o que ele sentia por Débora. Valendo-se dos anos convivendo com as moças da região, colocou a mão no ombro de Sandro e disse:

— Não pode haver mágica maior do que o próprio amor. Se você a ama, lute por ela. Aposto que sabe o jeito de reconquistá-la!

*

As irmãs Barroso assistiram ao casamento na primeira fila, dispostas a não perder nada. Enquanto os noivos se dirigiam ao local da festa, as duas correram para também ser as primeiras a cumprimentar Tadeu e Isadora. Durante a festa, escolheram uma mesa bem próxima à cozinha. Sem constrangimento, abordavam todos os garçons que passavam com as bandejas cheias.

Assim que foi anunciada a peça no palco do jardim da festa, Zoraide cutucou a irmã e disse:

— Pega o que dá conta e vamos depressa conseguir um assento na primeira fila!

Zuleica encheu a bolsa de canapés. A outra irmã tratou logo de pegar as bebidas. As duas saíram correndo pelo salão até o jardim. Zoraide fez questão de se sentar no banco da frente.

— Com licença, senhora. Este lugar está reservado aos noivos — disse Felipe, chefe do cerimonial.

— Mas eu sou como se fosse da família — respondeu Zoraide.

— Entendo. Mas peço que se sente na fileira de trás — insistiu ele.

Zoraide se levantou e deu de ombros para o funcionário. Puxou sua irmã pela mão e mudou de lugar.

— Sabia que esse casamento não ia ser grande coisa — ela reclamou.

— Mas está tudo tão gostoso — disse Zuleica enquanto mastigava.

— Mas imagine o vexame que será essa peça — ela dizia bem alto.
— Um monte de ator falso. Não tem nenhum profissional nisso. Imagine, no casamento do prefeito...

Zoraide ficou feliz ao perceber que Felipe escutara o que ela havia dito. No fundo, ela não suportava casamentos por ainda estar solteira. Mas entre demonstrar tristeza e ser amarga e falar mal da festa dos outros, Zoraide ficava com a segunda opção.

Aos poucos, todas as cadeiras foram ocupadas. Os noivos surgiram e foram aplaudidos pelos convidados. Tadeu pediu a palavra:

– Minha esposa e eu estamos felizes com a presença de tantos amigos neste dia tão especial. Todos sabem que, desde que assumi a prefeitura, sempre sonhei em reativar o grupo de teatro. Aproveitando a presença do Secretário de Cultura do Estado, apresento nosso pequeno grupo de teatro. Todos são cidadãos honrados de Atenas...

– Cof, cof! – soltou Zoraide. Ela olhou para o prefeito e continuou: – Desculpe os pigarros, estou com a garganta ruim.

O prefeito respirou fundo, abriu novamente o sorriso e continuou:

– Trabalhadores da nossa cidade se dedicaram à criação dessa peça. Espero que aproveitem!

Mais aplausos. Zoraide esfregava as mãos uma na outra, tamanha era a sua ansiedade. A peça começou, e o primeiro a entrar no palco foi Bira. Zoraide deu outra cotovelada na irmã e disse baixinho:

– Não é aquele bobão da tecelagem?

– É, sim – respondeu a irmã.

– Isso vai ser demais...

Zoraide esperou o primeiro erro dele. Mas na primeira fala ele não errou nada. Logo entraram os demais personagens, e ela achou que naquele momento iria dar confusão. "Um bando de lerdos em cima do palco. Claro que não vai dar certo." As falas pareciam tão conectadas umas às outras e os atores eram tão convincentes que Zoraide só se deu conta de que o primeiro ato havia acabado quando ouviu o público aplaudir.

As pessoas ao seu redor limpavam o rosto molhado por lágrimas. E ainda gritavam "Bravo!".

– Sei que é gente daqui mesmo que está palco, mas parecia até ator de televisão – disse Zuleica.

*

O prefeito se levantou assim que a peça acabou e aplaudiu de pé. Os atores eram ovacionados pela plateia, que chorou e deu gargalhadas durante a peça. Tadeu não poderia estar mais feliz. Estava casado com a mulher que amava e sentia que fazia um bom trabalho à frente da prefeitura de Atenas. Subiu ao palco para agradecer a Quincas e a todo o elenco.

— Quincas, parabéns pelo trabalho. Foi uma peça da qual não iremos nos esquecer.

— Eu que agradeço a oportunidade, prefeito. — Quincas parecia aliviado. — Essa apresentação não seria possível sem o empenho dos nossos atores.

— Bira! Bira! Bira! — O público gritava o nome do ator principal. Tadeu via, de cima do palco, as pessoas comentarem sobre o talento do rapaz da tecelagem. O jovem, que sempre fora dado a brincadeiras, estava concentrado, cumprimentando o público. Bira se aproximou do prefeito e disse:

— Parabéns pelo casamento, senhor prefeito. Agradeço a oportunidade que me foi dada de conhecer essa arte que é o teatro.

Tadeu se emocionou. Antes que pudesse dizer qualquer coisa ao público, ele sentiu uma mão em seu ombro. Era Sandro.

— Prefeito, preciso muito usar o microfone — ele disse.

Tadeu percebeu que as mãos do rapaz tremiam. Decerto ele estava com vergonha de encarar aquela multidão. "Ele deve estar bem motivado para vir aqui." O prefeito imaginou que a peça pudesse deixar a cidade à flor da pele, ainda mais depois de um casamento, mas a noite anterior fora tão confusa para aqueles jovens que ele precisou se certificar de que Sandro não faria nenhuma bobagem.

— Você bebeu? — perguntou, tapando o microfone com a mão.

— Não! Mas é que Débora não fala mais comigo desde que saímos da floresta. Por favor, me ajude!

Tadeu estava na frente de todos os convidados. No lado esquerdo do palco, os seguranças estavam a postos para retirar o rapaz. Tadeu se lembrou de quando começara a namorar Isadora, anos antes. Assim que acabaram as férias e ela precisou ir embora, Tadeu imaginou que seu romance havia terminado, mas com a coragem típica dos jovens e dos apaixonados, seguiu-a até o aeroporto de Campo Grande. Fez uma declaração de amor para Isadora no *check-in* da companhia aérea, o que garantiu que o namoro durasse. Naquele momento, já homem feito e casado, sentiu um pouco de vergonha ao se lembrar do que fizera. Mas se ele não tivesse feito aquilo, provavelmente teria deixado passar o amor de sua vida. E talvez aquela fosse a chance de Sandro de não deixar seu amor escapar.

— Boa sorte — disse Tadeu, passando o microfone ao rapaz.

*

O coração de Sandro estava acelerado. Mal podia pensar que havia subido ao palco da festa de casamento do prefeito. Ele não sabia se fora a conversa com o gentil e anônimo homem, se fora a peça tão bem encenada ou se era sua alma que não aguentava mais a falta de Débora. Ele aproveitou que toda a cidade estava ali, inclusive Débora, para tentar reconquistá-la. Pegou o microfone e foi até o centro do palco.

— Boa noite — disse ele.

— Boa noite — respondeu a plateia.

— Deixo meus cumprimentos aos noivos e ao elenco da peça. — Ele engoliu seco. Por um segundo pensou em desistir, até que viu Denis e Helen de mãos dadas na plateia. Se o amor havia dado certo até para eles, por que não daria para ele próprio? E continuou: — Sei que muitos ficam emotivos em casamentos, ainda mais depois de um espetáculo como esse. Não pude deixar de pensar por um só minuto na minha Débora.

Toda a plateia procurou a moça, que estava sentada na sétima fileira. Sandro continuou.

— Sempre acreditei que o amor fosse bom como um sonho, mas agora percebo que o amor tem a capacidade de tornar boa a realidade, mesmo com todos os nossos erros. Você sempre fez minha vida melhor, Débora.

Sandro interrompeu a fala quando percebeu que a amada havia se levantado. Seus olhos foram acompanhando Débora pedir licença e sair entre as cadeiras. Não podia acreditar que ela o deixaria falando sozinho na frente de toda a cidade.

O prefeito se aproximou dele e, discretamente, pegou o microfone de suas mãos.

— Que bonita declaração, vamos aplaudir — disse o prefeito. E agora, vamos à música. Aproveitem a festa!

*

Sandro desceu do palco sem esconder as lágrimas. Era a primeira vez que sentia que seu término com Débora era definitivo. Não sabia o que faria dali em diante, mas tinha certeza de que recomeçaria a vida em outra cidade. Como conviver com Débora depois de tudo o que haviam passado?

Cruzou o salão em direção à saída. A festa, para ele, estava encerrada. De repente, Débora surgiu à sua frente, e daquela vez sua expressão não estava sisuda.

– Eu adoro essa música, vamos dançar? – Ela o puxou pela mão.

Ele mal podia acreditar no que estava acontecendo. Era como se o seu coração voltasse a bater.

– Achei que não iria falar comigo nunca mais – ele disse.

– Eu também achei que nunca mais falaria – ela riu.

– Ah, minha baixinha... – Sandro passou a mão nos cabelos dela.

– Nosso namoro realmente parecia um sonho de tão bom. Mas era como aquela floresta: encantado.

– Como assim? – perguntou Sandro.

– Será que resistiríamos longe de tudo, sem nossos amigos, familiares e carreiras? Era muita responsabilidade para pessoas de 18 anos que acabaram de entrar na faculdade.

– Ufa!

– Ufa?

– Ainda bem que diz isso – disse Sandro. – Eu também pensei nisso. Eu adoro estar com você, mas sustentar uma família agora não está nos meus planos. Acho meio cruel, sabe?

– Vamos recomeçar daqui, então. Como um casal de namorados normal.

– Com direito a festas, meu futebol, suas idas ao shopping... Sem tanta exigência. Vamos nos conhecendo, aprendendo a lidar com nossos defeitos e as dificuldades da vida!

– Isso! Será um sonho bem real – Débora disse. – E agora sem a interferência do meu pai.

– Está perfeito. Agora, tem só mais uma coisa...

– O que quiser... – Débora respondeu com um sorriso nos lábios.

– Que tal um beijo? Não sei se reparou, mas todos estão nos olhando.

*

A frequência dos pulos de Saci estava de acordo com a empolgação que sentia. Ele ficou escondido no meio das pessoas na pista de dança observando Sandro e Débora. Saltou pelo salão atrás de Boto para dar a ele a boa notícia. Avistou-o na sacada que dava para o jardim, colocando uma flor nos cabelos de Iara.

Saci abriu um sorriso. Não quis atrapalhar a cena. Aquele olhar de Boto era bem conhecido. Era o olhar daqueles que estavam apaixonados. E o sorriso que Iara abria só podia ser de amor. "Não vai demorar a ter casamento na floresta." Seus pensamentos foram interrompidos pelo grito de Boto.

– Aqui em cima, Saci – ele acenava.

O moleque fez de conta que ainda não havia visto os dois. Subiu os degraus em saltos rápidos e logo anunciou ao Boto que Sandro e Débora voltaram às boas.

– E digo mais! – Saci estufou o peito. – Descobri que aquele retângulo se chama iPhone. Serve para tirar fotos das pessoas. E ainda dá para falarem uma com a outra. Se vocês tivessem um, nem iriam precisar de mensageiro.

– Cumprimos nossa missão – disse Boto. – Um casal feito, um refeito e outro casado.

– E ainda pode ser que surja um novo – soltou Saci.

– Quem? – perguntou Boto.

– Já vamos embora? – Saci desconversou. – Queria comer mais um pouquinho.

– Vamos ficar mais um pouco. Aquele moço da peça nem vai nos notar, veja. – Iara apontou para Bira, que estava cercado de pessoas. – Acho que menosprezamos o burro. Ele parece ser famoso por aqui.

– Quer voltar a conversar com ele? – perguntou Boto, colocando a mão no bolso.

Iara sorriu e respondeu:

– Se eu quisesse isso, não estaria com você.

Saci viu um sorriso tomar conta do rosto de Boto. Querendo deixar o casal sozinho, ele avisou que iria dar uma volta e que os encontraria mais tarde. Ele já tinha ouvido falar das festas dos humanos, mas nunca participara de uma como aquela. Os danados sabiam mesmo animar. Saci foi logo se enturmando, aparecendo em dezenas de fotos e participando das coreografias.

– Vou publicar a foto no meu Instagram. Depois pega lá – avisou uma menina com quem tirou uma foto.

Um novo mundo se abria para Saci. Já planejava pedir a Boto um retângulo daqueles para tirar mil fotos e depois exibi-las. "Imagina a inveja que os sacis de outras florestas vão sentir quando virem as minhas fotos!"

Saci acreditava que a noite anterior havia sido a melhor de toda a sua longa vida, mas aquela superou todas as outras. Entrar de penetra numa festa boa como aquela, comer todas aquelas coisas gostosas, assistir a declarações, fazer novos amigos, aparecer em mil fotos e ainda ver seu chefe caindo de amores... Era sem igual. Quem dera todas as noites fossem assim, como um sonho de uma noite de verão.

Saci acreditava que havia outra coisa em que seres humanos e seres mágicos eram iguais, além do amor. E foi a ela que se dedicou pelo resto da noite: à dança!

Romeu e Julieta

William Shakespeare ✳ Adaptação de *Lycia Barros*

A história original...

Em *Romeu e Julieta*, talvez sua obra mais famosa, ambientada em Verona, Shakespeare conta a história de duas famílias inimigas, os Montecchio e os Capuleto. Seus herdeiros, Romeu e Julieta, se conhecem e se apaixonam durante um baile de máscaras oferecido pelos Capuleto, no qual Romeu, junto com seus parentes, consegue entrar disfarçado, apenas para se divertir. Mesmo percebendo sua presença, o Sr. Capuleto não se incomoda e, sendo o anfitrião, impede que seus familiares expulsem Romeu, pois não quer estragar a noite por causa de antigas brigas e rixas. Com esse gesto, sem saber, ele favorece o encontro dos dois jovens.

Desde o primeiro momento impulsionados por uma avassaladora paixão, os dois decidem se casar às escondidas, para que Julieta escape do matrimônio com Páris, união arranjada por seu pai. Em seguida, porém, após, acidentalmente, matar Mercúcio, da família Capuleto, em uma briga de rua, Romeu se vê obrigado a fugir de Verona a fim de escapar da vingança dos Capuleto. Julieta se desespera ao saber que seu amado está sendo perseguido e, com a ajuda de sua ama e do padre que os uniu secretamente, planeja sair da cidade às escondidas e ir embora com seu amado, para que possam viver sua felicidade por inteiro. No entanto, vários acontecimentos nefastos se interpõem inesperadamente em seu caminho.

A história nos dias de hoje...

Personagens

ORIGINAL	ADAPTAÇÃO
• Os Capuleto	**• Os Queiroz**
Capuleto, o patriarca da casa dos Capuleto	**Firmino Queiroz**, patriarca da família
Senhora Capuleto, a matriarca da casa dos Capuleto	**Laura**, esposa de Firmino
Julieta, a filha dos Capuleto	**Juliana**, filha de Firmino e Laura
Teodoro, primo de Julieta e sobrinho da senhora Capuleto	**Benedito**, conhecido como Bentinho, irmão de Juliana
A Ama, confidente e ama de Julieta	**Amabily**, ama de leite de Juliana
Pedro e **Gregório**, criados dos Capuleto	**Pedro** e **Gregório**, seguranças da família Queiroz
• Os Montecchio	**• Os Carvalho Rodrigues**
Montecchio, o patriarca da casa dos Montecchio	**Adebaldo Carvalho Rodrigues**, patriarca da família
Senhora Montecchio, a matriarca da casa dos Montecchio	**Celeste**, esposa de Adebaldo
Romeu, filho único dos Montecchio	**Renan**, sobrinho de Adebaldo
Benvólio, sobrinho de Montecchio e primo de Romeu	**Teodoro**, filho de Adebaldo e primo de Renan
Abraão e **Baltasar**, criados dos Montecchio	
• Outros personagens	**• Outros personagens**
Rosalina, paixão de Romeu antes de ele conhecer Julieta	**Daniele**, paixão de Renan antes de ele conhecer Juliana
Príncipe Escalo, príncipe de Verona	**Delegado Macedo**
Páris, jovem nobre, parente do príncipe e pretendente de Julieta	**Patrick**, afilhado de Firmino e pretendente de Juliana

ATO I
*Encostar-me-ei na parede contra qualquer
homem ou rapariga da casa dos Montecchio.*

– Um, dois, três e... já! – todos os garotos gritaram em uníssono. Teodoro virou a garrafa de cachaça toda na boca. A princípio, o grupo tinha decidido comprá-la para preparar o famoso "camel", mas, em seguida, eles decidiram que tirariam melhor proveito da garrafa se tomassem a bebida destilada pura mesmo. O líquido arranhou a garganta de Teodoro, fez uma trilha queimando tudo pelo caminho e explodiu quando bateu em seu estômago. Depois de cinco goladas ininterruptas, orgulhoso de si mesmo por ter bebido mais do que os outros garotos, ele deu um brado de vitória e espatifou a garrafa de vidro com toda força do outro lado da rua. Os amigos imediatamente o cercaram, dando vários tapinhas de congratulação em suas costas. Teodoro estava fazendo 18 anos naquele dia e era a primeira vez que bebia com a permissão das autoridades, embora já viesse "entornando todas" regularmente desde os 14 anos.

Os frentistas do posto de gasolina onde eles estavam balançaram a cabeça negativamente, em censura àquela balbúrdia. Os meninos haviam estacionado seus carros ali às 6 horas da tarde e não pararam de fazer algazarra. Mas nem o gerente do posto, um senhor beirando os 60 anos a caminho da calvície, arriscou-se a adverti-los. Sabia que a maior parte deles fazia parte da família Carvalho Rodrigues, uma das

183

mais renomadas do distrito de Itanhandu, pertencente ao município de Pouso Alto. Os Carvalho Rodrigues eram orgulhosamente responsáveis por boa parte da extração e da comercialização de bauxita, atividade que ocupava o quarto lugar entre tudo o que era produzido pelo estado de Minas Gerais. Porém, nos últimos meses, seu patriarca e presidente da empresa Carvalho Rodrigues estava bem irritado com as mudanças previstas para a legislação da cidade no próximo ano. Era ano de eleição. E era quase certo que seu maior oponente chegaria à prefeitura. Era um "ecochato", sempre envolvido em movimentos para a preservação da natureza, apoiando ONGs, mas somente em benefício de sua própria campanha política. Firmino Queiroz não dava ponto sem nó. Na verdade, pouco se importava se o lixo que produziam era sustentável ou não, mas se isso fazia bem à vista dos moradores, que mal fazia levantar a bandeira verde?

Adebaldo o odiava por ser um hipócrita. Além disso, se Firmino fosse reeleito, a fiscalização sobre sua atividade – nem sempre regular – aumentaria substancialmente. E essa era uma das razões de desentendimentos constantes entre a família de Firmino Queiroz e a de Adebaldo Carvalho Rodrigues.

Algumas garrafas depois, o gerente do posto notou, alarmado, a aproximação da picape dos meninos da família Queiroz. Benedito, o filho mais velho dos Queiroz – no qual Firmino depositava todas as esperanças para o futuro político de sua família –, vinha ao volante com uma bela garota ao seu lado e carregava os primos na caçamba.

Conhecendo-os como conhecia, o gerente tratou de entrar na delicatéssen do posto para ficar a postos caso precisasse ligar para a delegacia. Era de se esperar que uma cidade com cerca de quinze mil habitantes fosse pacata, mas a rixa entre as duas principais famílias locais era como uma maldição hereditária, que vinha percorrendo-as de geração em geração, causando destruição e sofrimento por onde passavam.

Assim que a picape parou, Teodoro fechou o semblante. Sabia que a bela loira que acompanhava Benedito naquela noite era uma de suas ex-namoradas. Mais precisamente a última, com a qual ele chegara a pensar em construir um futuro. A safada o traíra com aquele canalha, transformando-o na chacota da cidade durante semanas, e ele ainda não havia engolido esse sapo. E agora, ainda por cima, a desgraçada desfilava ao lado de Benedito por ali na maior cara de pau.

"Aquela vaca dissimulada!"

Fizera-lhe juras de amor enquanto ele gastava rios de dinheiro com ela. Teodoro chegou até a presenteá-la com um cavalo manga-larga marchador. E olha só como a maldita lhe pagara...

Com um sorriso zombeteiro no rosto, Bentinho – como costumavam chamar Benedito – desceu da caminhonete e deu a volta no veículo para abrir a porta para sua acompanhante. Nem gostava da garota. Sabia que Larissa era interesseira e que só estava atrás de sua fortuna. No entanto, odiava Teodoro desde criança. Fazia tudo o que podia para irritá-lo. Suas brigas eram comuns desde os tempos de escola, e a repulsa que sentiam um pelo outro era incentivada por ambas as famílias.

— Não se junte com aquele arruaceiro – dizia sempre sua mãe –, os Carvalho Rodrigues não pertencem à nossa classe.

De fato, por causa da atuação de longa data na política, a família de Firmino Queiroz sempre fora a mais influente, embora nem de longe fosse a mais afortunada. Todavia, Bentinho sempre fizera questão de jogar o seu sangue azul na cara de Teodoro, cujo bisavô fora um pobre garimpeiro antes de construir seu reinado naquele distrito.

— O que está olhando? – perguntou Bentinho a Teodoro, que não parava de encará-lo de punhos cerrados. – Perdeu alguma coisa por aqui? Ah... – Sorrindo com cinismo, ele olhou para Larissa e passou um braço no ombro dela. – Talvez você só esteja analisando a linda dama que, pelo visto, vem tirando o seu sono.

Com os nervos por um fio, Teodoro deu um passo à frente, mas um de seus colegas o segurou pelo braço.

— Hoje não – Renato sussurrou. – Eles estão em maior número.

— Não me importo! – Teodoro puxou o braço com força. – Já faz tempo que quero dar um murro nesse panaca – sussurrou irado, mas se virou para Benedito e sorriu, porém não era um sorriso simpático. – Pensa que levou grande coisa me livrando dessa caça-dotes? Ela já deu para quase todos os fazendeiros dessa cidade. E é isso mesmo que você merece: os restos de todos.

Sem se afetar, Bentinho deixou a cabeça cair lentamente de lado.

— Se acha mesmo isso, por que ficava atrás dela quando ela estava transando comigo escondida? Não sabe que você nunca foi páreo para mim? Aliás, em nenhum setor...

O rosto de Teodoro ficou em chamas.

— Eu não ficava atrás dela, babaca, eu só a procurava pelo mesmo motivo que você está com ela agora: conseguir uma transa fácil.

– Ei! – Larissa empurrou o ombro de Bentinho. – Vai deixar que ele fale de mim assim?

Benedito se virou para ela e, com uma elegância forçada, levou uma das mãos de Larissa, que exibiam unhas impecavelmente vermelhas, aos lábios. Estava adorando aquilo tudo. O ciúme incontido na voz de Teodoro era música para seus ouvidos.

– Claro que não, minha flor. Nada vai estragar a nossa noite. Por que não vai lá dentro da delicatéssen buscar algo para eu beber, enquanto eu ensino a esse pé-rapado como se trata uma dama?

Com um sorriso agradecido, Larissa deu um beijo em seu rosto e em seguida mirou Teodoro de cima a baixo, emanando asco. Depois, virou-se e rebolou para longe do grupo.

Os primos e amigos de Bentinho pularam da caçamba da picape para o chão, alguns estalando os dedos das mãos e outros alongando o pescoço de um lado para o outro. No fundo, era disso mesmo que estavam à procura: alguns Carvalho Rodrigues para surrar. E se o grupo rival estivesse em desvantagem – como era o caso –, ainda melhor. A noite prometia ser divertida.

Não vendo saída, o grupo de apenas cinco garotos – contra oito – ao lado de Teodoro também andou para a frente. Estavam temerosos, mas não podiam simplesmente fugir e fazer jus à fama de maricas. Sangrariam até a última gota antes de deixar que o nome dos Queiroz sobrepujasse o dos Carvalho Rodrigues na boca miúda daquele povo. Dois segundos depois, Bentinho e Teodoro pararam frente a frente, os narizes à distância de um dedo.

– Acho que você deve desculpas à minha garota – disse Bentinho, cruzando as mãos na frente do corpo.

– Ela não é sua, é propriedade de domínio público desse distrito – devolveu Teodoro, com as mãos já tremendo.

Bentinho suspirou e olhou para os amigos.

– Isso que dá ter de lidar com essa ralé. Temos de ensinar boas maneiras de vez em quando. – Olhou novamente para o rival. – E a sua primeira lição é: nunca mais fale mal de uma garota que um dia possa tornar-se a sua primeira-dama.

Dito isso, Bentinho lhe acertou um soco no queixo, e uma onda negra turvou a visão de Teodoro. Mas, quando o breu da quase inconsciência se dissipou, ele avançou para Bentinho, e a pancadaria em torno deles também começou.

A mão do gerente foi rápida para discar. Alguns estragos depois, uma viatura apareceu no posto e, como era de rotina, carregou todos os jovens rebeldes para a delegacia. Alguns precisariam tomar pontos, e a manhã seguinte prometia hematomas nos rostos de todos. Mas somente detiveram Bentinho e Teodoro, que foram apontados como os precursores da briga.

Que novidade...

– Quantas vezes já falei que não quero mais saber de brigas na minha cidade? – gritou o delegado Macedo, andando de um lado para o outro, farto daquilo. – Será possível que vocês só vão parar quando houver uma morte?

– Eu adoraria enterrar esse ordinário! – Teodoro praguejou.

O delegado parou de andar e pôs as duas mãos na mesa, abaixando-se para encará-lo.

– Acha que isso tudo é uma brincadeira? – ele esbravejou. – Sabe quantas brigas de filhinhos de papai como vocês já acabaram na cova? As estatísticas são absurdas! Gostaria de ser a próxima vítima?

Teodoro não respondeu, mas apenas porque não queria desrespeitar um amigo tão chegado a seu pai. E foi exatamente em respeito a essa amizade que, algumas admoestações depois, o delegado Macedo acabou liberando os dois delinquentes. Mas, antes de saírem, o delegado prometeu que não iria mais facilitar a vida deles caso houvesse uma próxima briga. Passariam a noite no xilindró e não seriam liberados sob fiança alguma.

Macedo, na prática, era neutro como a Suíça. Amigo íntimo de Adebaldo, também devia muitos favores a Firmino Queiroz. E sabia que tudo que este último não precisava era de um filho preso em plena fase de campanha eleitoral. No entanto, não aprovava aquela conduta violenta de ambos. Separados, até eram bons garotos. Mas a rixa entre as famílias os transformava em selvagens quase todas as vezes em que se viam.

Macedo pegou a chave de seu carro e resolveu encerrar o expediente naquela noite. Esteve trabalhando por dezoito horas seguidas. Por hábito, passou por cada departamento para conferir se todos já tinham ido embora. Quando constatou que sim, puxou um chiclete de nicotina do bolso da blusa e se encaminhou para a saída. Daria tudo por um cigarro, mas prometera à mulher que pararia com aquilo de vez. Não queria morrer de câncer como seu pai.

Ele fechou a delegacia e parou na calçada por um minuto, respirando o ar frio da noite. Tudo que queria era relaxar e tomar o delicioso quentão preparado por sua patroa. Mas, quando olhou para o lado, deparou-se com um cartaz colocado recentemente num poste próximo, anunciando as festividades de julho, e soube que tudo que não conseguiria no próximo mês era o seu tão almejado sossego.

ATO II
As que começam antes do tempo também morrem cedo.
Somente esta me resta: a herdeira grata do que tenho.

O tilintar dos cubos de gelo no copo de uísque de Firmino Queiroz indicava satisfação. Tinha acabado de descobrir, como havia muito ansiava, que seu afilhado político – e grande promessa do seu partido, logo após seu próprio filho, Betinho – estava interessado em sua filha. Era quase certo que um dia o menino também seria prefeito, já que seu filho não se empenhava em manter uma reputação honrosa. E Firmino sempre sonhara com um casamento como aquele para Juliana. Ela não merecia nada menos que se tornar primeira-dama no futuro e assim carregar o nome da família Queiroz adiante, marcando a história de Itanhandu. Tinha classe e estava sendo preparada para assumir esse cargo desde que se entendia por gente. Aliás, fora exatamente por essa razão que Firmino e Laura optaram por colocar a filha para estudar em um excelente internato na Europa assim que ela atingiu a puberdade. E agora que faltava um mês para ela completar 18 anos e estava de volta ao Brasil, nenhuma notícia poderia alegrá-lo mais.

O rapaz sentado à sua frente em uma das poltronas do seu escritório o olhava ansioso, apertando seu copo, esperando por uma resposta. Mas, pelo sorriso satisfeito que via no rosto de seu padrinho, o pretendente já imaginava qual seria o veredicto. Patrick amava Juliana desde pequeno – quando estudavam juntos –, antes de ela se mudar para a França. E, sempre que ela vinha de férias para o Brasil, ele dava um jeito de pedir à sua mãe para visitar dona Laura, tendo assim a possibilidade de observar sua filha. Pena que Juliana era muito reclusa e só gostava de interagir com o seu violão. E o ignorava solenemente. Mas agora isso iria mudar, Patrick estava confiante. Ele havia mudado para melhor, e todas as moças da cidade o consideravam um belo rapaz. Era alto, esbelto e elegante. Tinha traços afilados e um andar refinado. Mantinha os cabelos muito lisos e loiros sempre bem arrumados para trás e andava constantemente de terno, a não ser quando estava em seu haras, praticando hipismo clássico. Qualquer garota daquele distrito daria um rim para um dia estar ao seu lado, e Juliana não seria diferente. Contava com Firmino para isso.

— Você tem a minha bênção para conquistá-la, Patrick. Nossas famílias são amigas há muito tempo, e nada poderia me deixar mais feliz. Além do que, fico contente que tenha falado comigo primeiro. Demonstra respeito, algo muito raro de se ver nos rapazes de hoje em dia... Só espero que esse namoro não atrapalhe a sua campanha política. Será uma grande honra tê-lo na prefeitura de Itanhandu, o berço político de Juscelino Kubitschek. Mas, agora me diga: o que posso fazer por você?

Patrick se inclinou para a frente, apoiando os cotovelos nos joelhos, e pediu:

— Mantenha-me por perto. Não sou mais aquele menino tímido de antes. Posso conquistá-la, mas preciso de algum tempo perto de Juliana.

Firmino assentiu com a cabeça e pôs o copo na mesinha de apoio ao lado de sua poltrona.

— Farei isso. De agora em diante, nossas reuniões serão no escritório aqui de casa, e não lá na sede do partido. Também o convidarei para alguns jantares nos próximos dias. Mas já vou lhe avisando que não será nada fácil. Juliana, embora tenha ficado no internato por muitos anos, é uma garota determinada e sabe o que quer. Puxou a mim. — Ele sorriu do autoelogio. — De todo modo, farei de tudo para colaborar com esse relacionamento. Falarei de você em nossas conversas. — E, otimista, acrescentou: — Só peço que não inventem de se casar antes das eleições deste ano. Minha mulher iria pirar! E eu não daria conta de dois eventos tão grandes ao mesmo tempo...

— Fique tranquilo. — Patrick encostou-se na poltrona, satisfeito com o apoio conseguido.

Firmino deu um generoso gole no copo que havia servido de novo.

— Quer um conselho? — perguntou a Patrick.

— Claro que sim.

— Não deixe ela perceber que está muito interessado. Juliana é do tipo que gosta de ter a sensação de que lutou por aquilo que conseguiu.

Portanto, não saia por aí bajulando-a nem fazendo declarações desesperadas na calada da noite.

O rapaz riu do conselho.

– Pode deixar. Declaração é algo que a gente só faz quando tem um copo de bebida em uma das mãos e um celular na outra. Tentarei não usá-los ao mesmo tempo.

– Bom garoto. – Firmino ergueu o seu copo e brindou com o pretendente de sua filha. – Não vejo a hora de selarmos o destino de nossas famílias.

– Já está selado. – Patrick piscou. – Por nós dois.

ATO III
Se o amor é cego, nunca acerta o alvo...

– Oh, céus... Oh, céus... – Amabily entrou no quarto de Juliana com uma mão em cada lado da face, vermelha de excitação. – Aconteceu exatamente o que a gente estava pensando. Patrick veio aqui pedir para namorar com você! Isso não é lindo? – Ela uniu as duas mãos. – Que rapaz faz um trem desses nos dias de hoje?

– Estava ouvindo atrás da porta de novo? – Laura ralhou com a empregada, mas depois sorriu. – Nos conte tudo o que ouviu.

– Isso é ridículo! – Juliana, que estava deitada na cama, explodiu. Desde que soubera da visita de Patrick e que sua mãe deduzira qual era a intenção dele, não pôde deixar de se sentir enojada. Mal acabara de chegar em casa e já estava tendo a vida controlada novamente. – Estou sendo negociada como se fosse uma mercadoria, como se eu não tivesse vontade própria. Estamos em pleno século XXI, pelo amor de Deus!

– Deixe de besteira... – a empregada a advertiu. – Um rapaz vistoso como esse não é de se jogar fora. Ainda mais que ele tem jeito para política, não é, dona Laura?

– Certamente – concordou a mãe de Juliana, que estava desarrumando sua mala. – Ele tem um futuro brilhante! Poderá lhe dar tudo o que quiser. Dê uma chance ao rapaz e poderá se apaixonar por ele com o tempo, se assim decidir.

Juliana girou os olhos na direção do teto.

— E quem pode dizer ao amor: vá para lá ou vem para cá? Odeio Patrick! Eu o odeio desde pequeno! Sempre foi arrogante e presunçoso... Caçoava dos meninos carentes, esbanjava demais. E, além disso, ele tem bafo!

Sentando-se na beirada da cama, Laura sorriu. Era uma mulher bonita e meticulosa, além de muito prática, que se orgulhava das decisões que a levaram ao seu destino como primeira-dama. Ela era o pilar que sustentava seu marido e seus filhos. Mas, embora fosse aparentemente doce, controlava todos com mão de ferro quando necessário.

— Isso foi há muito tempo, minha filha. Precisa ver o rapaz lindo que ele se tornou. É cobiçadíssimo aqui na cidade.

— Então, por que não escolheu outra garota para perturbar e me deixou em paz?

— Porque ele está acostumado com o melhor. — Laura beijou sua testa e se levantou, contrafeita. Odiava quando Juliana era teimosa.

— Pois eu também quero o melhor — rebateu Juliana. — Passei a vida inteira presa naquele internato e agora quero fazer o que me der na telha. E, no momento, quero estudar.

— Você pode estudar e namorar ao mesmo tempo — Amabily se meteu.

— Isso mesmo — Laura aprovou. — Se quiser ser primeira-dama, precisa ser instruída. Conhecimento nunca é demais.

— Não quero ser primeira-dama. Quero estudar música!

Laura suspirou e abriu a janela do quarto. "Aquele papo de novo..."

— De novo essa história, Juju. Esse negócio de música não leva ninguém a nada. Isso deveria ser só um *hobby*. Maldito seja o dia em que permiti que tivesse aula de violão! Devia ter estudado piano, como eu. O violão se tornou uma fixação...

— Você não entende o que a música é para mim. Quando eu toco violão, eu me sinto... — Os olhos de Juliana se enevoaram. — É o único momento em que me sinto livre para fazer o que quero. Em que posso me expressar sem ser reprimida... — Juliana apertou os lábios, decepcionada, quando viu que sua mãe estava mais preocupada em alisar as cortinas do que em tentar compreender o seu lado artístico. — Você nunca vai entender.

Comovida, Amabily se sentou na cama e colocou a cabeça de Juliana em seu colo, como fazia desde que ela era pequena.

— Sua mãe não está dizendo que você não pode tocar — ela a confortou. Para ela, a menina era como uma filha. Inclusive, ela própria a amamentara quando Laura não quis fazê-lo, porque tinha medo de ficar com os seios caídos. Por sorte, Amabily ainda amamentava seu filho pequeno, que morrera de meningite poucos meses depois. – Ela somente está dizendo que isso não pode ser o alvo da sua vida. Não pode ser cantora e primeira-dama ao mesmo tempo.

– Pelo visto, você nunca ouviu falar da Carla Bruni – Juliana fungou.

– Não seja tola – disse sua mãe, com extrema paciência. – Pare com essa choradeira e vá já se arrumar. Tomaremos um chá todos juntos em poucos minutos. Assim, poderá conhecer Patrick melhor.

Com esse veredicto, Laura resolveu sair e deixar a filha ainda choramingando sobre as pernas de Amabily. Não achava que era bom ficar dando muita "trela" para os seus faniquitos.

– A verdade é que não quero compromisso nesse momento – confessou Juliana. – Nem com Patrick nem com ninguém. Preciso curtir minha liberdade um pouquinho. E, se um dia eu quiser namorar, será com o homem que eu escolher. Alguém por quem eu me apaixone de verdade.

Amabily deu um meio sorriso.

– Ah, minha menina... A juventude romantiza muito as coisas. Precisamos ser práticas na hora de escolher um marido. Veja eu, fui seguir o meu coração e acabei casada com um bêbado inveterado.

– Mas você o ama, não é?

Amabily sorriu em resposta.

– O coração é traiçoeiro – ela disse –, a pior das armadilhas. Fuja dele enquanto puder, ou poderá ficar presa para sempre.

ATO IV
Só ri de uma cicatriz quem nunca foi ferido.

Os raios de sol atravessavam a suja janela de vidro, esparramando sua luz amarela no chão. Renan estava sentado, debruçado sobre a velha mesa de madeira conseguida em um brechó da cidade, olhando fixamente para a tela do computador. Estava aberto um arquivo Word, mas que, para sua decepção, estava em branco. Não estava inspirado naquele dia. Aliás, desde que terminara o relacionamento com Daniele – sua paixão secreta desde o quinto ano –, não achava motivação para escrever poesias.

Quando começou a escrever, Renan sentiu como se tivesse migrado para um universo paralelo. Era o único lugar onde ele se sentia seguro, onde podia despejar seus sentimentos, frustrações e perguntas... algumas nunca respondidas. A folha do caderno era o único lugar onde ele podia gritar. Até que, um dia, um de seus colegas de classe pegou seu caderno e leu um de seus poemas em voz alta no meio da turma, e Renan virou a chacota da classe. Foi chamado de florzinha, de maricas e de outros nomes ainda piores... Não fosse a professora de Português ter intercedido, ele teria desistido de escrever para sempre. Mas, enquanto todos os alunos riam do que era recitado, ela somente olhava para Renan com um olhar atento. Em seguida, a professora tomou o caderno do aluno baderneiro e o devolveu para o dono. Depois, fez um longo discurso para a turma, falando da beleza da arte de escrever. Disse que poucos eram os artistas que tinham talento para a poesia e elogiou Renan tremendamente na frente da classe. Os olhos do menino brilharam e, a partir daquele dia, a professora Maria Lúcia se tornou sua mentora literária. Trazia livros diferentes para ele todos os dias. Apresentou-o a Carlos Drummond de Andrade, Mario Quintana, Castro Alves, Augusto dos Anjos e a outros grandes escritores brasileiros. Filho da parte pobre da família Carvalho Rodrigues – pois Adebaldo não dava guarita para parentes, nem mesmo para o irmão, como era o caso do pai de Renan –, o menino nunca teria tido acesso a todos aqueles volumes.

Reservado e calado, Renan crescera às margens da comunidade. Fora um menino branquelo, franzino e de cabelos escuros e lisos, que podia facilmente passar despercebido. Estava sempre quieto no seu canto, os olhos castanho-claro sempre focados no caderno. O único amigo que tinha era seu primo mais chegado: Teodoro. Sempre que estavam juntos, Renan conseguia liberar o menino normal que existia dentro de si. Ria das estripulias do primo e chegou a aprontar algumas pela cidade com ele. Eram muito diferentes, mas acostumados a correr pelos campos juntos, fazer estilingues e ficar debaixo da mesa para ver as calcinhas das outras primas. Criaram laços que permaneceram ao longo da vida. E agora Teodoro era sua única referência de família no mundo.

Renan morava numa pequena casa de dois quartos que herdara dos pais falecidos, um pouco longe da cidade. Sua mãe, que Deus a tenha, não havia sobrevivido a seu parto, e seu pai morrera de infarto no dia de seu aniversário de 15 anos. Embora morassem só os dois, nunca foram muito ligados. Antes de falecer, seu pai era agricultor e trabalhava de sol a sol. Renan sempre dependia do apoio dos vizinhos, e isso o envergonhava.

O fato é que, depois da morte do pai, uma prima distante terminou de criá-lo, mais por obrigação, e tão logo Renan fez 18 anos, ela o mandou de volta para a própria casa, que estava fechada e com cheiro de mofo, e avisou que o menino precisava trabalhar. Com muito esforço e dedicação, Renan concluiu os estudos à noite enquanto trabalhava de dia como auxiliar de escritório na empresa do tio. Pelo menos isso Adebaldo fizera por ele: dera-lhe um emprego, e o sobrinho era grato por isso.

Mas Renan não queria ficar naquilo para o resto da vida. Seu maior sonho era sair da cidade e poder fazer o curso de Letras em alguma universidade de renome. E, agora que terminara o segundo grau, estava estudando arduamente para isso. Contudo, quando não estava estudando ou trabalhando, ficava em casa, escrevendo. Somente ia à missa aos domingos – por hábito herdado do pai –, e aos sábados, quando acontecia o milagre de seu primo ficar em casa, jogava cartas na casa dele. Renan não gostava de noitadas, muito menos de brigas, e por essa razão nunca saía em companhia de Teodoro e dos outros primos.

Ainda mirava de forma apática a tela do computador de segunda mão que herdara de Teodoro quando o próprio invadiu sua casa com um grande sorriso nos lábios e orgulhoso do olho roxo. Renan suspirou.

– Por que está se escondendo aqui? – Teodoro perguntou, jogando-se no sofá.

– Não estou me escondendo. Estou me desesperando. Faz dias que não escrevo nem uma linha.

Teodoro balançou a cabeça em reprovação.

– Você e essa sua mania de nerd. Maldito seja o dia em que te dei esse computador. Larga essa porcaria e vem viver a vida, quem sabe você não se inspira...

Desanimado, Renan fechou o arquivo intacto e girou a cadeira para olhar para o primo de frente.

— Noite agitada? – apontou o hematoma que se destacava no rosto moreno do primo.

Teodoro sorriu, os olhos negros brilhantes.

— Fizemos mais estrago do que eles desta vez. E olha que eles estavam em maior número! Precisava ver como ficou aquela cara feia do Bentinho... Ficaria uma graça num pôster eleitoral. Todo mundo votaria nele, mas por pena.

Com um olhar de censura, Renan se levantou e abriu a geladeira para pegar uma garrafa de água.

— Se é isso que você chama de viver a vida, prefiro ficar aqui no meu canto. Quando será que vocês vão crescer e parar com essa rixinha infantil? Que coisa mais atrasada...

— Foram eles que começaram. Mas não quero mais falar sobre isso. Vim te arrancar dessa tumba. Aliás – Teodoro olhou para as roupas largadas no chão, a toalha na cama e as pilhas de louça na pia –, não sei como você ainda não pegou leptospirose ou algo do tipo. Isso aqui está pior que o lixão.

Porque não achou nenhum copo limpo, Renan bebeu um pouco de água direto do gargalo da garrafa. Teodoro examinou o cabelo liso do primo, que tinha uma aparência oleosa, e se perguntou quanto tempo havia que Renan não tomava banho.

— Está incomodado? Pode arrumar. Não estou com ânimo para faxina – disse Renan, depois de beber.

Teodoro pegou a garrafa e limpou o gargalo. Depois, destemido, deu um gole também.

— Bah... Que merda é essa? – perguntou com cara de nojo.

— Água. Sei que não está acostumado.

— Tem gosto de estrume. Deve ter algo podre na sua geladeira.

— Só tem um ovo na minha geladeira.

— Ovo? Acho que está mais para caixão de pintinho.

Renan o ignorou e se jogou de costas na cama, olhando para o teto. Teodoro colocou a garrafa com o líquido duvidoso de lado.

— Ainda pensando na Daniele? – perguntou, pois sabia como Renan, que tinha alma de artista, era dado a estados depressivos.

O primo balançou a cabeça que não, mas seus olhos o contradiziam. Na verdade, embora até gostasse da garota, o que mais o incomodava era sempre ter sido abandonado por todas as namoradas. Tinha sonhos fantasiosos a respeito do amor. Era apaixonado pela ideia de amar. Achava que um dia encontraria sua alma gêmea e que aquela pessoa daria o ritmo e a cor que faltavam em sua vida. Mas ainda não havia acontecido, e isso o frustrava.

Tentando animá-lo, Teodoro lhe lançou um sorriso ligeiro.

— Sai dessa toca, primo. Ficar chorando por desgraças passadas é a melhor maneira de atrair outras. Você deveria é ir à festa da cidade hoje à noite comigo.

Com os olhos semicerrados, Renan olhou para o primo.

— Festa? Que festa?

Teodoro tapou o rosto com as mãos, simulando desespero.

— Pelo amor de Deus! Há quanto tempo você não sai dessa toca?

— Saí ontem. — Renan ficou pensativo. — Para trabalhar.

— E não viu os milhões de cartazes que estão pela rua?

— Cartazes? — A única coisa de que Renan se lembrava eram os buracos das calçadas, poderia decorá-los de tanto andar olhando para o chão.

— Do Festival de Música de Itanhandu! O evento mais esperado da cidade...

Renan se lembrou ligeiramente de ter ouvido o tio no escritório reclamando daquela festa.

Preocupado com o estado de melancolia do primo, Teodoro o pegou pelo braço e foi carregando Renan até o banheiro.

— O que está fazendo? — indagou Renan, sendo arrebatado.

— Dando um jeito nessa sua ressaca de amor. Isso a gente cura com banho, do que, aliás, você está precisando.

— Mas eu não quero tomar banho agora.

— Percebe-se. — Teodoro o enfiou debaixo do chuveiro. — Hoje eu não vou te deixar em casa de jeito nenhum. E vou mandar a Rosa vir aqui dar um jeito nesse chiqueiro.

— Quem é Rosa? — Renan foi tirando a roupa debaixo da água, que já caía.

— A empregada da minha mãe. Você já esteve com ela milhões de vezes... — Olhou para baixo quando Renan começou a tirar o short. — Ei! Vê se fica de cueca. Não quero ter uma visão de suas partes baixas.

— Pensei que *você mesmo* iria me dar um banho... — Renan sorriu pela primeira vez em dias, divertindo-se.

— Vai se ferrar! — Teodoro se virou de costas e saiu do banheiro.

ATO V

Ela ensina a tocha a ser luzente. Sua face está pendente na noite, tal como uma joia... Bela demais para o uso, e muito cara para a vida terrena.

Renan não podia negar que o prefeito sabia como organizar uma festa. A cidade estava em polvorosa. A praça principal estava toda iluminada com luzes pisca-pisca amarelas, como as de Natal, e havia diversas barracas de comida e bebida. Lampiões em locais estratégicos davam um charme todo especial ao local. Com certeza, a festa superava, e muito, as dos anos anteriores. Mas a grande novidade era que, naquele ano, o prefeito havia proposto uma festa a fantasia. Por isso, muitos participantes estavam caracterizados. Renan, assim como Teodoro – e só por muita insistência do primo –, estava todo vestido de preto e usava uma máscara modelo veneziana. O palco estava ornamentado com luzes coloridas, e um enorme painel pintado por um artista local decorava o fundo. Um *banner* gigantesco com a imagem do prefeito abraçado a Bentinho estava pendurado na parte direita do palco. Abaixo da foto deles, havia o slogan: "A alegria da nossa festa são vocês!"

Renan soltou um muxoxo analisando a cafonice e a falsidade da frase. Esperava sinceramente não ver o rosto de Bentinho pessoalmente naquela noite, ainda mais em companhia de Teodoro, que era sempre tão destemperado. O primo, que já carregava um copo de caipirinha na mão, examinava atentamente as garotas em suas fantasias de cigana, melindrosa, pantera e a sua preferida: a de diabinha. Não queria dar o braço a torcer, mas uma parte dele desejava que Bentinho já tivesse dado um pé naquela vagabunda e que Larissa voltasse correndo para se jogar aos seus pés. Só assim ele poderia dar-lhe o troco.

Sem querer mais pensar sobre aquilo, Teodoro puxou Renan para o meio da multidão, em busca dos outros primos. Encontraram-se todos e ficaram conversando em roda, esperando o show começar. A maioria dos garotos estava sem camisa, pois, embora estivesse frio, optaram por usar fantasias de Tarzan, índio ou qualquer coisa que lhes permitisse exibir seus músculos. Renan se sentia um peixe fora d'água no meio daquele povo. Não gostava de multidão. Nada o fazia sentir-se mais sozinho do que estar no meio de um monte de gente e perceber que ninguém se importava com ele. Fora assim por toda a sua vida. Ele olhou para Teodoro, sempre tão extrovertido, rindo e conversando com os outros garotos, e se sentiu um alienígena. Nunca fora bom no trato com outras pessoas e era agradecido por ter restado pelo menos Teodoro em sua vida.

Seu estado de espírito ainda piorou quando avistou Daniele ao longe, vestida de policial e na companhia de outro rapaz, caracterizado de Harry Potter. Ambos estavam comendo pipocas, colocando-as na boca um do outro. Uma parte de Renan estava feliz por ela, pois sabia que Daniele era uma boa garota, somente não havia dado conta de suprir todas as necessidades emocionais que ele vinha acumulando durante anos. E Renan bem quisera fazer dela a sua muleta, mas Daniele conseguira fugir a tempo. Melhor para ela.

Ele voltou os olhos para a multidão em busca de um rosto, só não sabia qual. Ninguém olhava para ele. As pessoas sorriam, brincavam e bebiam... Algumas olhavam em sua direção, mas era como se seus olhos o atravessassem. Como se ele fosse feito de vidro. Mas não era isso o que o incomodava naquele momento. Renan estava inquieto naquela noite, com uma sensação esquisita. Um aperto no peito. Como se algo estivesse prestes a acontecer, algo trágico e sublime ao mesmo tempo. Ele achou que estava ficando louco, mas sua agonia aumentava a cada minuto. Quando ele pensou em se voltar para Teodoro para avisar que iria partir, foi interrompido por um ruído agudo emitido pela enorme caixa de som, que fez todos taparem os ouvidos de susto. O apresentador da noite, que devia ser surdo, deu dois tapinhas no microfone para ver se ele estava realmente funcionando.

– Queridos moradores e visitantes, é com muito orgulho que damos início ao nosso tão esperado Festival de Música de Itanhandu. Este ano, teremos muitas novidades nas atrações. Mas, antes de começarmos, vamos receber com alegria o grande responsável por esta festa, nosso querido e ilustríssimo prefeito Firmino Queiroz! – O apresentador se pôs a aplaudir efusivamente, puxando as palmas de todos.

Firmino subiu ao palco acompanhado pelo filho e por Patrick, que concorria a uma vaga de deputado naquele ano. Os três acenavam e sorriam para a multidão com aquele sorriso forçado que só os políticos sabem exibir, até que Bentinho fez um sinal feio com o dedo do meio para os amigos, que o estavam zoando porque ele estava vestido de terno. Sua mãe, que via tudo dos bastidores, tapou o rosto e balançou a cabeça em reprovação.

– Prezados itanhanduenses – começou o prefeito –, é com muita satisfação que a prefeitura se esforçou para presenteá-los com esta linda festa. Nossa alegria é promover o lazer de vocês. E assim esperamos que seja também no ano que vem. Aqui está um prefeito que fará sempre de tudo para dar o seu melhor, e, para provar isso, quem abrirá o show esta noite é a pessoa mais preciosa deste mundo para mim, o melhor que eu posso doar para a nossa querida cidade: a minha doce e talentosa filha Juliana Queiroz!

O prefeito se afastou do palco, e os participantes da festa, curiosos para ver quem era a famosa filha do prefeito, afastada da cidade por tantos anos, explodiram em palmas. Mas, de repente, o palco ficou todo escuro, e luzes fortes foram direcionadas para a plateia, para ofuscar a visão do público. Renan aproveitou que todos estavam distraídos e se virou de costas para partir.

Juliana entrou no palco em meio às sombras, olhando a multidão, que estava iluminada. Ainda estava incrédula em que o pai tivesse concordado com aquilo. Quando pedira a ele uma chance para tocar no festival, poderia jurar que Firmino iria negar-lhe imediatamente o pedido, dizendo que aquilo não era para a sua classe. Que cantar era coisa de gentinha... Mas ele somente ficou olhando para ela, com um olhar astuto, e concordou serenamente. Mal sabia ela que tinha acabado de ajudar o pai a completar o seu discurso político daquela noite.

Juliana se sentou numa cadeira alta que trouxeram ao palco e ajeitou o violão em seu colo. Depois, com as mãos trêmulas – pois seu maior público havia sido suas colegas de quarto do internato –, ajustou o microfone e amarrou os cabelos lisos, castanhos e longos num rabo de cavalo baixo. A multidão já havia se acalmado, e agora um silêncio profundo imperava na praça. Juliana respirou fundo e, quando tocou a primeira nota, um canhão incidiu uma luz alaranjada em cima dela, quase a cegando, e todos puderam contemplar o rosto angelical da misteriosa filha do prefeito.

Os acordes que começaram a sair de seu violão ressoaram nos quatro cantos da pequena Itanhandu, acalmando o coração dos moradores. Quase se podia enxergar o manto de tranquilidade que as notas melodiosas iam estendendo por cima daquele público, envolvendo-o. E quando Juliana impôs a tênue voz para acompanhar a melodia de "What is Youth", Renan teve de olhar para trás, impactado pelo som que começou a fluir daqueles lábios. Foi literalmente como o canto da sereia para ele, pois seu tom era doce demais para que pudesse ser ignorado por qualquer ser humano. Assim como ele, muitas pessoas estavam impressionadas demais para falar, portanto apenas ficaram ouvindo, deliciados, a cantoria de Juliana. Era de se esperar que numa festa como aquela se ouvisse muito rock, forró ou sertanejo, mas jamais aquele gênero musical tão agradável aos ouvidos.

Petrificado, Renan se voltou lentamente e focou os olhos na beleza de quem emitia aquele som, maravilhado demais para se mexer. Ela era linda. E estava caracterizada de Julieta, vestida como uma princesa. Nada poderia ser mais apropriado para ela, Renan pensou consigo mesmo. Havia algo de divino naquele semblante.

Uma princesa.

Ou um querubim.

Ele ainda não havia decidido...

Renan não conhecia aquela música que Juliana estava cantando, mas sabia que não era atual e que combinava perfeitamente com aquele cenário. Nunca tinha ouvido aquela melodia na vida, mas lhe parecia agora a coisa mais bela do mundo...

Abençoado seja o criador das partituras.

Sem perceber que sua boca permanecia entreaberta, Renan fechou os olhos para desfrutar melhor do prazer de ouvi-la cantar. Queria estar em outro lugar, sozinho, para que nenhum barulho atrapalhasse a absorção daquelas notas que ele estava bebendo pelos ouvidos, degustando-as como a um bom vinho.

Juliana alcançava as notas altas e baixas com a mesma harmonia, com a mesma simplicidade, acompanhando os acordes, dando tudo de si, mas parecendo não se esforçar nem um pouco para isso. Nunca no festival de Itanhandu o público fizera tamanho silêncio. Casais se aconchegaram para desfrutar daquele doce momento, crianças pararam de brincar para escutar aquela voz que parecia a de um anjo, e até os olhos de Laura, que nunca tinha ouvido a filha cantar, ficaram enevoados. Sem dúvida, foi um momento sublime para todos.

Como era de se esperar, quando a música terminou, a cidade inteira começou a assoviar e a aplaudir. Um grande coro começou a puxar pedidos de bis, mas Renan não conseguiu fazer isso, não conseguiu fazer nada. Mal podia mexer-se. Somente abriu os olhos e olhou para Juliana, como se ela fosse um anjo que tivesse acabado de aterrissar na terra para abençoar a todos com aquela voz magnífica.

E, quando ela abriu um sorriso, que era de pura felicidade, o coração de Renan ameaçou parar de bater. Nunca em sua vida ele havia visto algo tão lindo. O conjunto todo era perfeito. O cabelo, os lábios, os seios apertados pelo vestido... Parecia quase pecado desejar algo com uma aparência tão pura. Tão inocente...

Mas ele a desejou, com todas as suas forças. Porém, não com a sexualidade pura e simples com que um homem deseja uma mulher. Ele desejou ser uma alma junto à dela. Milhões de versos sobre aquela nova musa surgiram em sua cabeça, como se uma represa tivesse se rompido. Tudo que Renan queria era ter um caderno em suas mãos naquele momento. Poderia ficar escrevendo por duas eras do gelo sobre como a visão dela o impactara. Mas será que ele conseguiria expressar em palavras o que sentia naquele instante? Com a beleza que merecia? Ele acreditava que não.

Um desespero abateu seu coração quando Juliana agradeceu à plateia, curvando-se, e depois virou de costas para sair. Uma imensa multidão o separava do palco, mas Renan não se intimidou. Com a faca nos dentes e o olho no objetivo, embrenhou-se no meio do público, acotovelando pessoas pelo caminho, em direção à escada por onde os artistas desciam. E foi com muita dificuldade e com a camisa manchada por um pouco de cidra arremessada pelo caminho que chegou até lá. Havia uma pena azul de pavão agarrada à gola de sua blusa. Ofegante, ele observou Juliana de longe, ainda nos bastidores, rindo e sendo abraçada por uma mulher, que Renan não sabia ser Amabily. Ele desejou estar ali para abraçá-la também, congratulá-la por aquela performance sublime, mas havia seguranças que o impediam de subir as escadas. Precisaria aguardar que Juliana descesse. Tendo uma personalidade essencialmente pacata, Renan nunca havia sido tomado por tamanha euforia na vida. Seu coração batia descompassadamente... Como se tudo que ele quisesse na vida estivesse a poucos metros do seu alcance.

Riu de si mesmo quando percebeu que suas mãos começaram a suar de nervoso. Sabia que estava sendo idiota. Juliana não o conhecia, talvez mal lhe dirigisse a palavra, mas ele só queria estar perto dela por um segundo que fosse. Jamais havia sido afetado daquela maneira. Era como se tivesse sobrevivido a um acidente de trem. Parecia loucura! Parecia um absurdo!

Um absurdo que fazia todo sentido para um poeta como ele.

Quando finalmente Juliana pendurou o violão nas costas e começou a descer, Renan sentiu a garganta ressecar. Sua boca ficou levemente entreaberta. Era como se Juliana descesse em câmera lenta. Atordoado, ele deu mais um passo à frente, mas foi barrado pelo braço do segurança de novo. Mesmo assim, Renan sorriu para ele, sem saber por que fazia aquilo. Somente quando ela precisou passar para fora o segurança o afastou um pouco para deixá-la passar. Porém, tão logo Juliana deu o primeiro passo, já se deparou com Renan, que estava parado na sua frente. Ela olhou para cima, pois ele era mais alto que ela, e mirou a boca sorridente embaixo da máscara veneziana. Seus dentes eram brancos e alinhados, e o lábio superior era discretamente maior que o de baixo. Juliana passeou rapidamente os olhos pelo seu rosto. A essa hora, até os cabelos de Renan já estavam inexplicavelmente suados, embora estivesse frio. As laterais do cabelo estavam arrepiadas, esmagadas pelo elástico que sustentava o adorno. E ela sentiu algo remexer em seu íntimo quando fitou aqueles olhos castanho-claro, misteriosos, mirando-a quase em adoração. Juliana respirou profundamente e sentiu uma forte ardência no peito, como se algo tivesse se estilhaçado. Uma dor estranha, quase prazerosa. Ela não conseguiu discernir de imediato se aquilo era bom ou ruim, mas sabia que era algo diferente de tudo que já havia sentido na vida.

Perplexa, ficou olhando para Renan, à mercê daqueles sentimentos conflituosos. Não conseguiu emitir nenhum som. Esperava desesperadamente que o estranho à sua frente falasse alguma coisa para que ela pudesse emergir daquele transe inusitado, mas Renan também não se mexeu. Só desfez lentamente o sorriso e ficou olhando para sua boca, com um olhar de desejo tão forte que Juliana quase podia senti-lo na pele. Era como se, por alguns segundos, todo o resto em torno deles tivesse simplesmente desaparecido. Nenhum dos dois sabia o que queria dizer. Ou fazer. Por isso, foi outra pessoa quem rompeu o silêncio entre eles.

— Saia da frente da minha irmã. — Assustados, Renan e Juliana olharam para o lado e avistaram Bentinho em companhia de seus amigos. Renan sentiu uma fagulha de medo se acender como um fósforo em suas entranhas. — O que pensa que está fazendo?

— Ele não está fazendo nada — Juliana interviu, pois conhecia o gênio intempestivo do irmão.

— Então, por que esse idiota está parado na sua frente? — Bentinho se aproximou e arrancou a máscara de Renan. Depois, olhou ultrajado para ele. – Um Carvalho Rodrigues? Só podia ser. Só os covardes se escondem.

– Ele veio me elogiar. Não foi? – Juliana se virou para Renan, e a ardência em seu estômago piorou ao contemplar seu rosto descoberto. Ele tinha olhos puros, traços delicados, mas um maxilar bem marcado que sugeria força. Ele sorriu, só não sabia se porque a achara ainda mais linda de perto ou por se sentir lisonjeado sendo defendido por ela.

– Você foi maravilhosa – foi só o que Renan conseguiu dizer.

– Está vendo. – Juliana fitou novamente o irmão, pois estava cansada de ter sua vida monitorada pela família. – Ele só veio fazer o que alguém da minha família deveria ter feito.

– Pois agora que ele já elogiou, pode ir embora – decretou Bentinho, procurando briga. – E espero não cruzar com a sua raça por aqui.

Mas Renan nem olhou para ele.

– O que vai fazer agora? – perguntou para Juliana, e ela voltou os olhos para ele sorrindo, apreciando seu atrevimento.

– Estava pensando em comemorar o meu sucesso de hoje.

O sorriso de Renan esmaeceu um pouquinho.

– Com quem?

– Com quem o aprecia. Conhece alguém?

Satisfeito, Renan estendeu o braço para ela.

– Então, que tal comemorar com o seu fã número 1?

Juliana dobrou levemente os joelhos, numa mesura de agradecimento, e, sem pensar no que estava fazendo, tomou o braço dele. Em seguida, ambos desapareceram na multidão, deixando Bentinho e seus amigos fulminando de raiva.

ATO VI
*Se a rosa tivesse outro nome, por acaso
não teria o mesmo perfume?*

Juliana e Renan caminharam calados por alguns instantes, ela constrangida por ter se agarrado ao braço de um estranho para confrontar o irmão e ele maravilhado demais com o toque da pele dela para estragar o momento com palavras. Portanto, Renan não conseguiu conter a decepção quando Juliana puxou o braço de volta.

– Você... – ambos falaram juntos.

– Você primeiro. – Juliana sorriu com ternura.

Renan pigarreou.

– Você canta maravilhosamente bem. Que música era aquela?

– Não é dessa época. É tema de um filme antigo.

Renan estreitou os olhos por um instante, depois sorriu.

– *Romeu e Julieta*, suponho... – Ele apontou para a roupa dela.

Juliana girou os olhos em resposta.

– Eu estava me perguntando... – Renan diminuiu o passo quando olhou para a frente e percebeu que Juliana caminhava em direção à própria rua. – Já está indo embora da festa? Mas mal começou...

– Não gosto muito de badalação.

Se não parecesse loucura, Renan teria dado um soco no ar de alegria ao ouvir aquela frase.

– Também não gosto muito de festas. Não precisamos ficar lá no meio. Mas também não precisamos ir embora.

Juliana mordeu os lábios, ponderando. Não estava acostumada a passar tempo com rapazes que não fossem seus primos ou seu irmão. Embora fosse determinada e obstinada em várias áreas da vida, era ingênua em termos de vida amorosa. Renan indicou uma praça próxima com a mão, e ambos começaram a caminhar para lá. Ele resolveu entabular conversa.

– Faz tempo que você voltou à cidade? Ouvi dizer que morou muito tempo fora...

De súbito, Juliana estacou e olhou com firmeza para ele, com um olhar interrogativo. Depois, agarrou a correia de apoio do violão grudada em seu peito como se fosse um escudo.

– Quem é você? – perguntou, na defensiva.

Renan finalmente se deu conta do lapso.

– Eu... Perdão, me esqueci de me apresentar. Meu nome é Renan.

– Pois muito prazer, Renan. Por que veio falar comigo?

– Eu... – Ele não sabia como responder àquela pergunta nem como compreender aquela súbita mudança de humor.

– Não costumo falar com estranhos. Não devia estar aqui com você – disse ela.

– Por que não?

– Você pode ser um tarado. Um maníaco. Um estuprador.

— Eu pareço ser alguma dessas coisas? — Seu sorriso se encheu de candura.

Juliana ficou olhando para ele. Sabia que Renan não era daquele tipo. Como explicar então aquela apreensão que estava sentindo dentro do peito? "Talvez uma garota criada num internato para meninas tenha menos tato com os garotos", pensou.

— Acho melhor eu voltar para casa — disse.

Renan tentou não demonstrar a frustração que sentiu, pois não queria pressioná-la.

— Posso acompanhá-la até o portão? Pode ter algum tarado, maníaco ou estuprador à solta em Itanhandu...

Ela não conseguiu evitar um sorriso.

— Esse foi um golpe baixo.

— O quê? Me aproveitar do seu medo? — Ele sorriu, divertido.

— Pois saiba que eu não tenho medo de nada, só de nadar. Estava testando você.

— E eu passei no teste?

Juliana o analisou por um momento.

— Passou na primeira etapa — ela respondeu. — Vou deixar que você me acompanhe. Mas aviso logo que sou faixa preta de karatê — mentiu.

Ambos foram caminhando juntos, competindo para ver quem andava mais devagar, e aos poucos as palavras começaram a fluir entre eles de forma mais descontraída. Juliana se desinibiu lentamente. Ambos comentaram um pouco sobre seu passado e descobriram que tinham gostos parecidos para a leitura. A cada sorriso que Juliana dava, Renan se emocionava ainda mais. O barulho da festa ficava para trás, e a noite fria e serena os envolvia. Às vezes, Juliana estremecia e abraçava os próprios braços, fazendo com que o volume dos seios alvos aumentasse sob o decote quadrado do vestido em estilo antigo. Como Renan desejava tomá-la nos braços e esquentá-la com o seu corpo... Sentir o cheiro da trilha do colo dela até a garganta... Mas ele não se permitiria ser tão atrevido. Ela era diferente das outras. Havia sido criada num internato, cercada de mulheres, e devia ter conceitos religiosos aferrados à sua personalidade. Porém, a Juliana que foi se apresentando pelo caminho não parecia nem de longe uma carola de igreja. Sonhava em morar na Tailândia, fazer uma tatuagem, ter uma banda pop... Era uma garota perfeitamente normal, sob a imagem de uma dama do século XVI.

No entanto, o humor lhe fugiu, dando lugar ao desconforto, quando Renan reparou que já haviam chegado ao imenso portão de barras de ferro pretas da propriedade do prefeito. Ele mirou a residência da família, que ficava no alto de uma colina: uma casa duplex com a parede de tijolos aparentes e sacadas brancas em todos os quartos. O estilo era centenário, já que era a moradia da família desde a revolução de 1930. Um enorme gramado a cercava e continha o jardim mais bem cuidado que Renan já vira na vida. Havia até um labirinto feito de plantas. Não que ele tivesse visto muita coisa na vida. Afinal, nunca saíra da cidade.

Renan se lembrou do humilde casebre onde morava e se sentiu pequeno diante daquilo tudo. Depois, espiou Juliana de novo com um ar mortificado, como se fosse indigno dela. Quando ela percebeu a mudança em seu semblante, falou:

— Bem — ela olhou para a casa —, chegamos. Obrigada por me acompanhar e por me trazer intacta. — Ela riu.

— Sempre às ordens. — Ele bateu continência, brincando, mas permaneceu sério.

O silêncio imperou entre os dois por alguns segundos.

— Você mora muito longe daqui? — ela perguntou, querendo render assunto, sem saber exatamente por quê.

— Um pouco.

— Costuma vir aqui em casa? Muitas pessoas da cidade costumam vir aqui em casa... — Ela tentou disfarçar o calor que sentia por dentro, enquanto Renan examinava atentamente o seu rosto, como se o estivesse memorizando. E ele ficou fascinado quando Juliana corou.

— Só os empregados do alto escalão do seu pai vêm aqui. Sou apenas um humilde morador, auxiliar de escritório. — Ele colocou as mãos no bolso da calça jeans, envergonhado com o cargo. Pela primeira vez na vida desejou ter uma posição com um pouco mais de prestígio.

— Bem — ela examinou a casa de novo, sem se abalar —, então acho que já está na hora de conhecer. Que tal fazer um *tour* pela casa do prefeito? Estou morrendo de fome e sei fazer um sanduíche de atum de primeira.

Renan manteve os olhos fixos nela, oscilando entre espantado e exultante com o convite.

— Quer que eu entre aí com você?

Juliana deu de ombros.

— Por que não? É o mínimo que eu podia fazer por você ter me acompanhado. Meu pai iria até te agradecer, se soubesse.

Renan olhou para trás e passou a língua sobre os dentes de cima.

— Não sei se isso é uma boa ideia.

— Que mal há em comer um sanduíche comigo? O que pode acontecer de pior?

— Seu irmão pode chegar e me transformar no recheio do sanduíche, por exemplo...

Juliana deu uma risada incontida.

— Você não me pareceu ter medo dele na festa. E olha que ele não estava sozinho.

— Não tenho medo dele, só não gosto de briga.

— E por que ele brigaria com você? — Juliana cruzou os braços.

Renan olhou para ela e pensou um segundo antes de responder.

— Porque sou um Carvalho Rodrigues, ora essa...

O sorriso de Juliana sumiu do rosto imediatamente.

— Eu sei disso. Ouvi quando meu irmão falou com você. Quero que saiba que não concordo com essa rixa idiota. Pensei até que isso já tivesse passado.

— Você ficou muito tempo longe daqui. A cada ano que passa, o ódio entre nossas famílias aumenta.

— E você faz parte disso?

— Claro que não.

— Então, pronto. Somos a geração que trará a paz entre nossas famílias. Por isso mesmo, vamos iniciar a nossa amizade com um sanduíche de atum. Nossos filhos, no futuro, serão amigos.

— Ou talvez sejam os mesmos — disse Renan, e Juliana enrubesceu novamente. Para não embaraçá-la, ele recuou. — Vá lá dentro e tranque os cachorros, então, eles devem ser treinados para atacar os Carvalho Rodrigues.

— Está me parecendo que os Carvalho Rodrigues é que são treinados para atacar os Queiroz — insinuou ela, chocando a si mesma, com um leve sorriso.

Renan se animou com a frase.

— Bem treinados? — ele especulou.

— Muito bem treinados. — Ela retribuiu o sorriso, que logo sumiu, pois, ao ouvir isso, Renan se aproximou dela ainda mais.

Nervosa, Juliana se virou e segurou o portão para abri-lo. Não podia se permitir beijar na frente da sua casa um cara que acabara de conhecer. E, afinal, tudo que ela não procurava naquele momento era um *affair*. Estava louca para fugir para o quarto e colocar seus sentimentos – que estavam tão agitados quanto um mar revolto – exatamente no lugar. Não gostava de tocar naquele assunto, mas só havia beijado alguém uma vez, um primo distante, e se envergonhava pela sua inexperiência. Todas as meninas da sua idade já faziam muito mais que isso, mas a vida não lhe dera muitas oportunidades. Sempre fora vigiada, e no colégio só havia meninas. Além do que, como filha do prefeito da cidade, poucos eram os garotos que tinham oportunidade de se aproximar quando ela estava de férias. Precisava fugir de Renan, pois, embora estivesse adorando os poucos momentos que estava tendo com ele, tinha medo de decepcioná-lo. Praguejou, no entanto, quando percebeu que o portão estava fechado e que ela não havia saído com a chave. Todos os empregados e a família estavam na festa.

– Vamos ter de voltar lá para buscar a chave – Renan declarou, desanimado, mas Juliana olhou para o alto e não se moveu.

– Nada disso. Sei onde fica escondida a chave reserva da cozinha. Só preciso pular o portão. – Tirou o instrumento que carregava nas costas.

– Está maluca? – perguntou Renan quando ela lhe deu o violão para segurar. – Esse portão tem mais de três metros de altura. Se cair, pode se machucar.

– Deixa disso. Faço isso desde que era pequena. Toda vez que eu vinha de férias, eu pulava esse portão para ir até a cidade, geralmente para comprar sorvete. Minha mãe nunca me deixou comer doces.

Talvez isso explicasse aquele corpinho de deusa, Renan pensou.

– Então, espera. – Ele a segurou pelo braço, porque não podia mais conter-se. – Para o caso de você cair e desmaiar... – E, no segundo seguinte, imprensou Juliana contra o portão. Só olhou em seus olhos por dois segundos para ver se ela iria repeli-lo. Como isso não aconteceu, desceu os lábios de encontro aos dela. E, quando os tocou, o que vinha fervilhando dentro de Juliana explodiu.

Que Deus a ajudasse!

Ela se agarrou a Renan, segurando-o pelo pescoço, e abriu mais os lábios para deixá-lo entrar. Permitiu-se desfrutar daquele momento impulsivo. Nunca se dera esse direito e também não saberia se haveria outra oportunidade. Seu pai estava planejando seu casamento com um homem que detestava. Por que não viver a vida a seu modo naquele momento?

O gosto e o cheiro de ambos se misturavam. Não se sabia onde começava um e onde acabava o outro, tamanha a euforia com que os dois se agarravam. Renan não podia descrever o que Juliana estava fazendo com seus sentidos, muito menos Juliana, que sempre fora tão reprimida. O prazer de ambos era quase doloroso. Em certo momento, quando seus instintos começaram a gritar mais alto, Renan se afastou, mas somente porque não queria desrespeitá-la. Juliana não era como as outras. Era pura. E ele não estava com nenhuma pressa. Somente beijá-la naquela noite já havia sido uma experiência extremamente sensual para ele, ainda mais olhando-a naqueles trajes. O vestido, embora comportado, ressaltava tudo que havia de melhor em seu corpo.

Ambos ficaram apenas se observando, sem fôlego, como se, sedentos, tivessem acabado de encontrar água no deserto. O único pensamento que tomava a cabeça dos dois era o quanto queriam aquilo outra vez.

— Pensei que o príncipe só beijasse a princesa *depois* de desmaiada — Juliana brincou.

— Não sou um príncipe. Sou um sapo. E ele gosta de beijar antes e depois.

O sorriso de Juliana era pura satisfação.

— Vou lá dentro buscar a chave — ela disse, e, como parecia determinada, Renan exibiu um leve sorriso no rosto e se recostou num poste próximo para assistir ao show.

Juliana puxou o vestido para cima, tirou os sapatos e começou a escalar as grades de ferro. Chegou ao topo com uma rapidez impressionante. Minutos depois, pulou no gramado do outro lado e se virou para Renan.

— Dez anos de prática. — Ela sorriu um sorriso travesso, puxou o vestido e correu colina acima. Nesse momento, Renan soube que já estava perdido. Faria o que precisasse para sentir o gosto dela novamente, até mesmo arriscar a própria pele.

ATO VII
*A despedida é uma dor tão suave que te
diria boa-noite até o amanhecer...*

Uma madrugada pode parecer pouco tempo se mensurada em horas, mas para o coração dos amantes pode parecer uma vida inteira.

Juliana e Renan não se desgrudaram naquela noite. Comeram sanduíches, passearam pela propriedade, interagiram com os cachorros e namoraram no labirinto. O assunto entre ambos parecia não terminar.

Às quatro da manhã, os pais de Juliana retornaram, e Renan teve de se esconder na varanda do quarto dela, que dava para a parte de trás da casa. Sabia que já era hora de ir embora, mas, ainda que não houvesse mais nada a dizer, ele não queria partir. A cumplicidade e a amizade que desenvolveram durante a noite pareciam um presente de Deus. E havia muito tempo que ambos ansiavam por isso... Por alguém que os ouvisse... Renan já havia contado tudo sobre a morte dos pais, sobre a paixão pela escrita, sobre as ex-namoradas, sobre a solidão que o acompanhava... E Juliana ficou impressionada com quanto eles se pareciam nesse ponto em particular. Embora ela vivesse cercada de gente, somente Amabily realmente se interessava pelo que ela sentia, mas mesmo assim invariavelmente apoiava as decisões de sua mãe, talvez porque ela fosse a sua patroa.

Ambos também combinavam no interesse que tinham por artes. Além de compor, Juliana gostava de fotografar, *hobby* do qual Renan também partilhava. Ficaram horas e horas falando daquilo.

Quando sua mãe finalmente veio até seu quarto, Juliana fingiu que estava dormindo. E assim que ela saiu, Juliana passou a chave na porta e foi até a varanda se despedir de Renan.

— Quando vamos nos ver de novo? — perguntou ela, aflita. — Minha mãe não costuma me deixar sair.

— Virei todos os dias no fim da tarde. — Ele segurou seu rosto. — Se a luz do seu quarto estiver acesa, subirei por aqui. Se estiver apagada, saberei que não posso vir.

— Vai escalar a varanda? — Ela se espantou, olhando o gramado lá embaixo.

Renan deu um sorriso ligeiro.

— Não é só você que está acostumada a subir nas coisas. Vivo na roça e subo em árvores desde que nasci. Está no sangue... Além do que, me parece propício. — Ele olhou para a roupa dela, enquanto passava as pernas para fora da sacada.

— Tudo bem, meu Romeu. Mas aviso logo que não costumo me vestir desse jeito.

— Em algumas cenas, Julieta estava pelada — ele falou, brincalhão.

— Para ver isso, você teria de escalar muito mais alto. — Ela sorriu, mesmo ficando vermelha.

Renan parou de olhar para baixo e tornou a admirá-la.

– Você deve ficar linda até vestida de pano de saco – ele comentou.

Encantada, Juliana se aproximou de novo e ambos se beijaram com ardor. Mal podiam suportar dois segundos longe um do outro e não sabiam como conseguiriam aguentar até a tarde seguinte.

Mas conseguiram. Com muito custo. E em todas as tardes, durante as quatro semanas seguintes, Renan foi visitá-la em segredo. A luz sempre estava acesa, pois Juliana sempre dava um jeito de se afastar das pessoas. Inventava dores de cabeça, sonos repentinos, dizia que queria ficar sozinha para compor... Inventou tantos tipos de dor que acabou ficando – talvez por punição divina – gripada duas semanas depois. Chorou naquela noite pensando que Renan não viria vê-la por causa de sua gripe, mas abriu um imenso sorriso quando ele apareceu na varanda do quarto, envolto num cobertor e com o nariz vermelho. Renan somente sorriu para ela, assoou o nariz num lenço de papel e, chegando ao pé da cama, falou:

– Chega pra lá.

Ambos dormiram juntos naquela noite, ao som de tosses e espirros, revezando-se em febre, cuidando um do outro.

Por duas vezes, Juliana também havia conseguido escapar para encontrar seu amado às margens do Rio Verde. Renan lia poemas, e Juliana lhe mostrava novas canções, que continham promessas de devoção e amor indubitáveis. Naqueles raros momentos de paz, quando não precisavam se esconder de ninguém, ambos fantasiavam como seria viver num mundo onde suas famílias não tivessem disputas. Como seria bom Renan poder almoçar na casa de Juliana aos domingos, os dois irem ao cinema, poderem passear de mãos dadas pela praça... Como Juliana sentia falta disso... Por essa razão, certa vez, Renan se sentou ao seu lado durante a missa de domingo. A família dela estava à sua direita, e Renan, à esquerda. Sem que ninguém notasse, passaram a cerimônia toda de mãos dadas por debaixo da bolsa de Juliana. E no meio da missa ela chorou, revoltada por ter de se esconder. Afinal, eles não estavam fazendo nada de errado. Juliana queria subir na cadeira e gritar o seu amor, mas sabia que não poderia fazê-lo, pois isso só iria dificultar a vida dos dois.

Renan também passou a missa toda angustiado por não ter podido enxugar suas lágrimas, teria de esperar até a noite para fazê-lo. Aquilo também o estava matando.

Mas ambos foram levando aquele relacionamento proibido como podiam, desfrutando ao máximo da companhia um do outro sempre que estavam juntos. Às vezes, somente se admiravam mutuamente em silêncio, meditando na pureza do que sentiam. Não acreditavam que poderia existir algo mais belo que a inocência da amizade que se unia aos delírios apaixonados do amor. Quando Renan estava no trabalho, ambos trocavam e-mails, que reliam dezenas de vezes por dia. Estarem juntos pareceu tornar-se uma necessidade latente para ambos, tão básica como respirar.

Com o passar do tempo, esperar o sol raiar para eles começou a ser um suplício. Quando se viam, no entanto, jogavam-se nos braços um do outro, desesperados. E os desafios que enfrentavam para aquilo acontecer pareciam só aumentar aquela paixão.

– Eu não consigo me cansar de você. – Essas palavras fluíam da boca de ambos, a cada dia mais agoniadas do que satisfeitas. Até que, numa madrugada, enquanto observava Renan indo embora correndo furtivamente pelo gramado, Juliana percebeu que precisava fazer alguma coisa. A vida era sua. Faria 18 anos no dia seguinte. Iria ter de falar com o pai.

ATO VIII

Acabou? – diz Romeu. – Para mim começa agora.

Ele havia se preparado de forma especial naquela noite. Comprou uma roupa nova, usou seu melhor perfume e deixou uma joia particularmente promissora guardada no bolso da calça, para o caso de a oportunidade lhe aparecer. Andaria sempre com ela de agora em diante, decidiu, confiante de que Juliana tomaria uma decisão favorável aos seus planos. Ao chegar perto da residência de Firmino Queiroz, jogou num canteiro de flores a lata de cerveja que vinha bebendo pelo caminho. Talvez o álcool lhe desse coragem para fazer o pedido.

O portão de ferro estava aberto para recepcioná-lo, conforme o combinado. Ele subiu lentamente a ladeira, examinando a propriedade.

Era uma linda casa, de fato. Cigarras e grilos cantavam bem perto dali, anunciando mais um dia de sol, mas estava esfriando rapidamente conforme o dia atingia o crepúsculo.

As luzes do jardim que margeavam o caminho foram acesas no momento em que ele passava. Eram 6 horas da tarde, horário em que isso acontecia automaticamente. Ele olhou novamente para o casarão. O quarto de Juliana ficava virado para a parte de trás da casa, e ele imaginou se ela estaria se aprontando. Ficou extremamente contente. Entretanto, ela própria abriu a porta da sala assim que ele bateu.

– Patrick? O que está fazendo aqui?

Ele disse a si mesmo que não era desgosto o que via estampado no rosto dela.

– Seu pai não te avisou que eu viria?

Juliana se apavorou. Havia ficado tanto tempo no computador teclando com seu amado que mal reparara no recado que seu pai lhe dera através da porta do quarto. Seu amado, aliás, que chegaria ali em poucos minutos...

– Não. Meu pai não me avisou nada. – Ela permaneceu parada, como uma barreira diante da porta. – Mas qual o motivo real da visita?

– Pensei em visitar uma velha amiga. – Patrick abriu um sorriso, que julgou sedutor.

– E ela mora perto daqui?

Ele fechou o semblante, desanimado, e Juliana se sentiu um pouco cruel.

– Olha, Patrick, hoje é um péssimo dia. Não estou me sentindo bem. Estou com dor de cabeça. Já, já vou dormir...

– Juliana? – Firmino gritou por trás dela. – Nosso convidado chegou?

Juliana fechou os olhos e xingou o pai mentalmente, depois respondeu:

– Se está se referindo a Patrick, sim, ele está aqui.

– Pois o deixe entrar.

Sem saída, Juliana finalmente saiu da frente de Patrick e permitiu que ele entrasse na sala. Em seguida, acompanhou-o até o escritório do pai e colocou uma mão no abdômen, teatralmente, como se estivesse morrendo de dor. Foram recebidos pelo cheiro do charuto.

– Boa noite, padrinho. – Patrick estendeu a mão para cumprimentar Firmino Queiroz.

— Que bom que conseguiu vir. O jantar será servido em poucos minutos. Amaaaaabily! – Firmino assustou a empregada na cozinha com seu grito. – Traz um golinho de vinho tinto para o meu afilhado aqui. E para a minha filha Juliana também. Isso mesmo... – frisou quando Juliana olhou para ele, pasma. O pai nunca a deixara beber. – Amanhã você fará 18 anos e já está na hora de começar a apreciar uma boa bebida. Mas somente vinho. E somente perto do seu velho pai.

"Ah, tá!", Juliana pensou, astuta, "só está querendo é me embebedar para cair na lábia desse cretino."

— Acho que não é um bom dia – ela fez uma careta e apertou mais o estômago. – Minha barriga está doendo pra caramba, e estou com um pouco de azia. Acho que vou me deitar.

— Pensei que estivesse com dor de cabeça – Patrick comentou.

"Maldito playboyzinho com memória de elefante."

— Isso também. Estou com um mal-estar generalizado. – "E isso acontece toda vez que te vejo", ela deixou de acrescentar.

— Nada disso. – Firmino se levantou e puxou a filha pelo braço para que se sentasse no sofá de couro preto ao lado dele. – Você tem passado muito tempo sozinha no quarto. Precisa interagir com alguém da sua idade.

— Isso porque você não me deixa visitar minhas antigas amigas – retrucou Juliana, sabendo que não lhe restara quase nenhuma amiga desde que saíra da cidade, mas desesperada para acender a luz do quarto e sinalizar a Renan que ele podia vir. – Além do que, não há muita coisa interessante para se fazer neste fim de mundo. As horas por aqui se alongam demais...

Firmino pareceu irritado com o comentário.

— Pois você deveria achar algo de produtivo para fazer. Temos uma fazenda enorme para você andar a cavalo, a maior biblioteca particular da cidade, e sua mãe adoraria carregá-la para fazer compras... Não entendo o que alonga tanto as suas horas...

Juliana bufou.

— Não ter aquilo que, quando eu tenho, as fazem parecer muito curtas.

— Mas sobre o que...

— Esquece, pai. Posso ir para o meu quarto?

Firmino julgou ter uma excelente ideia.

— Por que não pega um pouco de ar puro? É ótimo para esse mal-estar. Patrick pode acompanhá-la até o jardim. Talvez lhe faça bem.

— Eu adoraria. — Patrick olhou para ela, animado. — E tenho certeza de que Juliana também vai gostar de saber mais sobre mim no passeio. Há muitos anos nós dois não conversamos.

Juliana olhou para ele e resistiu à tentação de enfiar o dedo na goela e vomitar. A prepotência e a arrogância de Patrick sempre foram um coquetel difícil de engolir. E o céu era testemunha de que ela tentara ser amiga dele na infância, mas não podia concordar com o comportamento repulsivo de Patrick naquela época. Será que ele havia realmente mudado? Juliana acreditava que não. No entanto, pensou antes de declinar do convite, talvez fosse bom que os dois ficassem sozinhos, assim ela poderia lhe dizer explicitamente que não tinha a menor intenção de engrenar em qualquer tipo de relacionamento com ele. Nem mesmo se a espécie humana estivesse ameaçada.

— Tudo bem. — Ela se levantou. — Vamos para o jardim.

Torcendo para que Renan não estivesse subindo a ladeira, Juliana saiu para a varanda com Patrick na sua cola. Animado, ele havia compreendido o assentimento dela como uma autorização para progredirem, criarem intimidade. Por qual outra razão Juliana toparia ficar sozinha com ele? Talvez, pensou Patrick com convencimento, ela nem estivesse passando mal, talvez somente estivesse nervosa com a sua presença. Isso não seria novidade. Ele causava aquele efeito nas garotas.

Otimista, Patrick caminhou ao lado dela, em silêncio, até que Juliana achou a distância da casa suficientemente segura e se virou para ele, fazendo seus longos cabelos esvoaçarem.

— Não posso namorar você, Patrick — disse ela à queima-roupa. Ele mal teve tempo de sentir o golpe no ego.

— Por que não? — ele indagou, confuso. — Que outro partido nesta cidade pode ser mais interessante do que eu?

Ali estava o Patrick de sua infância.

— Amo outro — disse ela, sem medo de melindrá-lo. — Não quero te iludir nem criar nenhuma falsa esperança.

Unindo as sobrancelhas, Patrick perguntou:

— Mas por que seu pai não me contou?

—Ele ainda não sabe. Mas logo vai saber.

Um silêncio de suspense pairou entre eles. E, pela expressão de Patrick, Juliana quase podia ouvir os gemidos de raiva e frustração em seu cérebro.

— Ele é aqui da cidade? — Patrick tentou esconder o ressentimento amargo na voz.

Juliana fez com a cabeça que sim.

— Não quero brincar com seus sentimentos, Patrick, por isso contei a você. — Com cara de súplica, ela segurou sua mão. — Só te peço que não conte nada a ninguém. Eu mesma quero contar tudo aos meus pais. Pela nossa amizade... — ela tentou apelar.

— Nunca fomos amigos. — Patrick puxou a mão.

— Claro que fomos — Juliana mentiu. — E ainda somos. Nós nos conhecemos desde pequenos. Tenho muita consideração por você. — Ela se aproximou novamente e tocou seu rosto. Patrick sentiu o sangue ferver, num misto de ódio e desejo por ela. Juliana sempre conseguia feri-lo sem deixar escorrer sangue. — Não podemos mandar no coração — continuou ela com brandura. — Tenho certeza de que um dia encontrará alguém que ame você da mesma maneira. — Não havia desdém no seu comentário.

— Só me diga o nome dele — Patrick pediu, muito sério.

Ressabiada, Juliana recuou.

— Por enquanto não posso, mas em breve você saberá.

Patrick assentiu com a cabeça, depois respirou fundo e tentou recuperar o sorriso.

— Somente me dê uma chance, Juliana. Talvez, com o tempo, se você me conhecer melhor...

— Isso não vai acontecer. — Agora a voz dela foi fria.

Os olhos de Patrick se tornaram duros como lascas de gelo.

— Pois muito bem. Você teve a sua chance e desperdiçou. Agora acabou.

E, como se tivesse dado um fim ao futuro-não-relacionamento deles, virou-se e voltou para a residência ao encontro de Firmino Queiroz.

Penalizada, Juliana o seguiu, mas somente para subir direto para o próprio quarto e torcer para que Patrick mantivesse a boca fechada. Porém, mal cruzou a porta do aposento, teve de conter um silvo de susto quando alguém a puxou pelas costas e tapou sua boca.

— Quem é ele? — perguntou o invasor, ardendo em ciúmes.

Ao ouvir aquela voz, Juliana sentiu uma quentura no estômago e se virou para segurar seu rosto.

— Amor, você já subiu? Nem vi você cruzar o jardim...

— Tive de me camuflar duas vezes mais para o seu convidado não me ver. Quem é ele? — Renan perguntou pela segunda vez.

Juliana apertou os lábios, indecisa. Vinha escondendo a verdade de Renan por medo de encarar as consequências, mas sabia que não podia mais prolongar aquilo. Por isso, resolveu falar a verdade.

— É Patrick, afilhado do meu pai.

— E o que ele está fazendo aqui? Não é a primeira vez que o vejo, mas nunca o tinha visto a sós com você.

Juliana soltou a bomba de uma vez.

— Meus pais querem que a gente se case.

O rosto de Renan assumiu um tom vermelho vivo.

— Como é que é?

— Mas é claro que eu não concordei — ela tentou acalmá-lo. — Foi exatamente por isso que o chamei no jardim, para dissuadi-lo da ideia.

— Por que nunca me contou isso antes? — Renan se sentiu traído.

— Porque nunca teve a menor importância. Você sabe que eu amo você. É com você que eu quero me casar.

— Então prove. — Renan a segurou pelos braços. — Vamos agora mesmo lá na sala contar tudo aos seus pais.

Juliana balançou a cabeça sinalizando que não.

— Não pode ser assim. Você não pode simplesmente descer do meu quarto. Meu pai te mataria.

— Há razões ainda mais fortes para que ele me mate. Sou um Carvalho Rodrigues. Mesmo assim, não tenho medo de enfrentá-lo. Eu morreria por você.

Ao ouvir aquilo, Juliana se derreteu num sorriso.

— Vou conversar com ele hoje. Amanhã você vem aqui oficialmente. Eu prometo. — Ela o puxou pela parte da frente da camisa. — Você fica ainda mais lindo quando está com ciúmes, sabia? — E beijou seu queixo, provocando-o.

Renan sorriu e pôs as mãos nos próprios quadris, semicerrando os olhos enquanto seu olhar se demorava nos lábios dela.

— Você está gostando disso, não é? Está gostando de mexer com os meus nervos. — Juliana deu um sorrisinho sapeca e começou a caminhar para trás. Renan avançou para ela. — Pois então eu vou mexer com seus nervos também. Prepare-se para o ataque.

Ela caiu de costas na cama, e, como sempre faziam, Renan caiu por cima dela e começou a lhe fazer infinitas cócegas. Mordia seu pescoço, apertava seus joelhos com os dedos e beliscava sua cintura... Só que, diferentemente das outras vezes, em vez de ser sigilosa, Juliana disparou a gargalhar, o que fez com que Amabily entrasse subitamente no quarto.

— Mas o quê? — A empregada levou as duas mãos à boca quando avistou um garoto em cima de Juliana, mordiscando seu queixo.

— Amabily? — Juliana arregalou os olhos e se levantou. — Pelo amor de Deus... — Puxou a empregada e fechou a porta. — Pelo amor de Deus, fique calma. Renan é meu namorado...

— Namorado? — Tonta, Amabily examinou o rapaz. — Como assim, namorado? Nunca o vi mais verde na vida!

— Estamos namorando em segredo. — Juliana explicou. — Vou contar tudo ao meu pai esta noite.

Recuperando a calma, Amabily agarrou a saia do próprio avental e comprimiu os lábios numa linha fina ao olhar para Juliana.

— E posso saber o que ele está fazendo aqui? Logo no seu quarto?

— Não é nada disso que a senhora está pensando — Renan se justificou.

— Não estou falando com você, rapazinho, e sim com essa desmiolada. — Olhou novamente para Juliana. — Tem noção do que poderia acontecer se Bentinho aparecesse por aqui? Ou, por tudo que é mais sagrado, se o seu pai aparecesse por aqui?

— Eu sei, eu sei... — Juliana segurou a mão de sua ama de leite. — Também acho que tudo isso é muito arriscado, mas tive medo de apresentá-lo aos meus pais, pois Renan é um Carvalho Rodrigues...

Amabily ficou branca como uma boneca de cera. Em seguida, exasperada, lançou as mãos para o alto.

— Estão loucos! Loucos! Seu pai vai cortá-lo em pedacinhos...

— Obrigado pela força. — Ainda sentado, Renan tapou o rosto com as mãos.

— Não vai, não. — Juliana interrompeu. — Vou conversar com ele com calma. Eu já sou adulta. Amanhã farei 18 anos e já posso dirigir a minha vida.

A empregada fez com a cabeça que não.

— Pois está errada, mocinha. Ainda não pode se sustentar, e até que isso aconteça eu sugiro que...

— Juliana! — O grito raivoso de Firmino veio ecoando pelo corredor. As passadas pesadas na escada pareciam poder rachar o concreto. — Onde está você?

Juliana e Amabily olharam apavoradas para Renan, que se levantou.

— Não vou fugir. Vou falar com ele.

— Só por cima do meu cadáver. — Com um tranco, Amabily o empurrou para a varanda. — Fique quietinho aqui, ou eu mesmo darei cabo de você.

218

– Por favor. – Os olhos de Juliana lhe suplicavam. – É mais fácil conseguir o que se deseja com um sorriso do que com a ponta da espada. Eu me entendo com o meu pai.

Renan rangeu os dentes quando Amabily fechou as cortinas, sem lhe dar outra opção. Firmino irrompeu pelo quarto como um furacão.

– Que história é essa de que você está namorando? – Ao ouvir isso, Juliana desejou com todas as suas forças que Patrick ardesse no fogo do inferno. – Como pode estar namorando se você mal sai de casa?

– Eu já ia te contar – disse ela, começando a tremer. – Nos conhecemos pela internet – mentiu descaradamente.

– Não há nada para me contar. Não aceito esse namoro. Acabe logo com isso! – gritou ele, decidido.

Para sua própria surpresa, Juliana ergueu o queixo e o enfrentou.

– Acaso o senhor acha que não tenho vontade própria? Estou cansada de ter gente se metendo na minha vida. Tomando minhas decisões.

Firmino apertou os olhos para ela.

– Ter uma filha ingrata é mais doloroso que a mordida de uma serpente.

– E ter um pai autoritário, também.

O pai avançou para ela com a mão levantada. Juliana deu um passo cauteloso para trás.

– A senhorita está proibida de usar o computador – disse ele, abaixando a mão. Não ficaria bem para o prefeito ter uma filha agredida por ele próprio. – O iPad, o celular ou qualquer coisa que te ligue com o mundo lá fora.

Juliana se revoltou.

– O senhor não pode fazer isso. Não pode controlar meu destino para sempre. Vivemos num país livre.

– Mas posso controlar o destino do seu namoradinho, que será *a cova*, se você não me obedecer.

Nesse momento, Renan ameaçou entrar no quarto, mas tomou uma "bundada" de Amabily por detrás da cortina que o jogou de encontro à sacada.

– O senhor não seria capaz. – Os olhos de Juliana se enevoaram.

– Pois tente encontrá-lo novamente para ver! Vou reforçar a segurança agora mesmo. Se escondeu esse namorado até agora, é porque ele não vale grande coisa. Não deve estar à altura de Patrick. E você é filha do prefeito, não é qualquer uma.

— Pai, por favor...

— Está decidido. Ou você fica noiva de Patrick ou irá passar mais um ou dois anos fora daqui. Não quero que se envolva com os caipiras dessa cidade. Essa gentinha não te merece. — Renan desejou ter um gravador para acrescentar aquilo ao próximo discurso dele para aquela *gentinha*. — E então, qual a sua decisão?

Juliana fechou os punhos ao lado do corpo.

— Prefiro morrer a deixar que Patrick me toque.

Seu pai inspirou profundamente, buscando paciência.

— Pois então Amabily fará suas malas. Amanhã mesmo você parte para a Alemanha. Ficará num novo internado para aprender um pouco da língua.

Dito isso, Firmino saiu e bateu a porta do quarto, fazendo estremecer as paredes. Nunca em sua família uma mulher tomara as rédeas da situação. Não seria agora, e justamente a sua filha, que lhe daria aquele desgosto. Amabily foi atrás dele para tentar acalmá-lo e dissuadi-lo da ideia. Não podia perder de novo a sua menina. Indignado, Renan invadiu o recinto.

— Ele não pode fazer isso. Não pode obrigá-la a viajar...

Desesperada, Juliana se agarrou ao seu pescoço.

— Meu pai é capaz de tudo, Renan. Ele sabe muito bem quais são as mãos que ele deve molhar.

— Não podemos permitir.

— Mas o que eu posso fazer? — Lágrimas quentes escorriam pelo rosto dela, queimando-o. — Não tenho onde cair morta. Acabei de fazer 18 anos.

Renan a afastou de seu corpo somente o suficiente para segurar seu rosto e olhá-la nos olhos.

— Case comigo.

— O quê? — O coração de Juliana começou a bater ainda mais rápido.

— Case comigo — Renan repetiu. — Não posso lhe oferecer tudo o que seu pai pode, mas prometo que nunca lhe faltará nada. Nem que eu tenha de trabalhar de sol a sol para isso. Além do que, se estiver legalmente casada comigo, seu pai não poderá obrigá-la a se casar com mais ninguém.

— Está falando sério? — O sorriso em meio às lágrimas se abriu, cheio de esperança.

– É claro que estou falando sério. – Renan beijou seu rosto. – Já somos maiores de idade, podemos decidir.

De repente, a expressão dela se tornou preocupada.

– Não, não... – Ela se virou de costas. – Meu pai viria atrás de você. E, quando ele soubesse onde estou, ele poderia... Não, Renan, não posso arriscar. – Ela já ouvira boatos de que seu pai fazia os inimigos comerem capim pela raiz.

Renan também havia pensado sobre isso.

– Pois, então, vamos embora daqui. Tenho algumas economias. Nos casamos somente no cartório. Um amigo de Teodoro trabalha lá. É nosso primo de terceiro grau. Tenho certeza de que ele acelera a papelada para nós. Só preciso de um dia para recolher minhas coisas, sacar todo o dinheiro e receber o que tenho direito no trabalho, e depois partimos.

– Isso tudo é uma loucura. – Ela se virou para ele, sorrindo de nervoso.

Renan, muito sério, segurou suas mãos.

– Tenho certeza de que é isso o que eu quero, Juliana. Você agora é a minha vida. Não posso me arriscar a perdê-la. Mas tem certeza de que é isso o que você quer? Afinal, viajar para a Europa não é um castigo tão ruim assim...

Juliana o olhou fixamente nos olhos e apertou sua mão.

– Qualquer lugar longe de você, para mim, seria um castigo. Eu amo você. Vou com você para onde quiser me levar. E eu também posso trabalhar. Posso dar aula de música e...

Seus devaneios foram interrompidos pelo beijo apaixonado que ele lhe deu. Renan já ouvira tudo o que precisava. E, sendo o poeta que era, tinha plena fé que o destino sempre estaria a favor dos amantes.

Juliana também não queria voltar atrás. Sabia que passariam dificuldades, mas tudo valeria a pena para estar ao lado dele. Além do que, não poderia seguir uma vida planejada por seu pai, que não levava em consideração seus sentimentos, suas escolhas e seu modo de ver a vida. Não queria ser uma marionete. E, principalmente, não queria mais ter de se esconder para ficar com o homem que amava.

Para Renan, nada poderia ser mais prazeroso que ter a certeza de que Juliana seria sua para sempre. Portanto, agora só lhe restava ligar para Teodoro e pedir para o primo mexer os pauzinhos. Pela primeira vez, Renan estava grato por ter um parente rico. Sabia que dinheiro era o que mandava naquela cidade. E, se tudo desse certo, ele e sua amada se casariam naquela mesma noite.

ATO IX
*Assim que o amor entrou no meio, o meio virou amor.
O fogo se derreteu, o gelo se incendiou.*

Mesmo numa cidade pacata, a vida de um delegado não era fácil. Macedo recebia diariamente dezenas de queixas de pessoas que tinham suas propriedades invadidas por vizinhos, roubos de galinhas, cavalos assassinados, mulheres agredidas, briga de garotada e carros estacionados em frente à garagem alheia. Não que ele desejasse uma onda de crimes hediondos na cidade para entretê-lo, mas o que o aborrecia, de fato, era a falta de proatividade da guarda municipal para resolver esses pequenos problemas sem importuná-lo. Macedo lhes dava autonomia para isso, entretanto, a maior parte dos moradores gostava de resolver tudo diretamente com ele, que era muito bom em conciliações. Estava quase se autodenominando o psicólogo principal da cidade. Pelo menos, ganharia ainda mais para fazer isso.

Fatigado, levantou-se de sua mesa e colocou a arma quase aposentada no coldre. Em seguida, conferiu se todos já tinham ido, apagou a luz e ligou o alarme. Dava a última volta na chave da delegacia quando percebeu que a luz do cartório do outro lado da rua estava acesa, o que não era comum. O cartório geralmente fechava às 8 horas da noite, e já passava das 10. Intrigado, e com certa expectativa de ter um pequeno mistério para resolver na cidade, aproximou-se de lá. A rua estava praticamente deserta, salvo por um bêbado que jazia jogado no chão, dormindo em um papelão perto do bar, com a luz do poste falhando por cima dele. Com discrição, Macedo se aproximou da janela de vidro e tentou olhar através da persiana praticamente fechada, o que lhe permitiu ver uma cena que lhe arrepiou os cabelos da nuca: a filha de Firmino Queiroz estava trajada de saia e blusa brancas, com uma flor de lótus pendurada na orelha direita, de mãos dadas com o sobrinho de Adebaldo Carvalho Rodrigues. Em frente a eles, o tabelião da cidade estava de pé, segurando um livro grosso, e Teodoro estava ao seu lado, sustentando um imenso sorriso, o mesmo sorriso que sempre exibia quando sabia que uma boa briga estava por vir. A situação não deixava a menor dúvida: aquilo era um casamento.

Sentindo as pernas fracas, Macedo se escorou na parede como se estivesse prevendo um tsunami. Aquela cena fora somente a primeira onda. Com certeza, pensou, retirando um lenço do bolso para passar na testa, que começou a suar frio, a filha de Firmino havia fugido para se casar em segredo.

E logo com quem!

O que seria daquela cidade quando o prefeito soubesse daquilo? O que ele deveria fazer?

Provavelmente, calculou Macedo, Firmino Queiroz enlouqueceria e iria atrás de seu arqui-inimigo, achando que fora tudo uma armação, dizendo que ele tinha feito aquilo por inveja, para macular de alguma forma o seu nome. Que sua filha fora seduzida por aquele malandro a mando dele. E, certamente, Adebaldo Carvalho Rodrigues não engoliria a ofensa, e só Deus sabe qual seria a sua retaliação. Sem contar o pobre Renan, que provavelmente seria despedaçado, lentamente, sob tortura. O que aquelas crianças estavam pensando, meu Deus do céu?

"Acalme-se", Macedo disse a si mesmo, desejando loucamente um cigarro. Talvez não fosse tão terrível assim, ele tentou convencer a si próprio. Talvez fosse apenas o início de uma era de paz. Um casamento, afinal, representava a união de duas famílias. E, após os arroubos iniciais, talvez aquilo servisse para acabar com aquela rivalidade inútil que havia entre eles. O melhor que tinha a fazer era ir para casa e rezar para que nenhuma espingarda saísse da gaveta naquela noite.

Rezaria por isso.

Sendo assim, desencostou-se da parede, alisou a camisa e cambaleou para casa, tentando digerir aquela notícia. Ao chegar, pegou imediatamente uma garrafa de uísque para encher um copo, ignorando a dor de cabeça que começava a latejar, e se jogou no sofá no exato momento em que Renan disse "sim".

*

— Ainda não acredito que fizemos isso — disse Juliana uma hora depois, passando a perna para dentro da varanda do próprio quarto, seguida por Renan. Ambos haviam conseguido fugir pelo muro dos fundos para se casarem, visto que a segurança só fora reforçada no portão principal.

— E eu não acredito que vou ter de esperar mais um dia para tê-la para sempre comigo — disse Renan, puxando-a pela cintura.

Ambos se beijaram pela décima vez.

— Agora falta pouco — disse ela com um sorriso, olhando maravilhada para a cordinha fina que tinha no dedo em lugar da aliança. Renan havia prometido que, assim que saíssem da cidade, compraria uma de verdade para ela. — Não vejo a hora de mudar minha identidade para Juliana Queiroz Carvalho Rodrigues.

O rosto de Renan se sombreou. Ele ficou quieto.

— O que foi? — Juliana notou.

— Você fala como se isso fosse motivo de orgulho — ele disse.

— E é. Afinal, é o nome do meu marido, o homem mais importante do mundo para mim... — Ela sorriu e o abraçou, depois franziu o cenho. — Mas por que você está com essa carinha? — Juliana recuou e tocou seu rosto, percebendo que Renan ficara introspectivo. — Falei alguma coisa errada?

— Claro que não. — Renan sorriu com ternura e beijou sua mão. — É que é estranho ouvir isso. Eu nunca fui importante para ninguém.

O semblante de Juliana se tornou condoído.

— Essa é a coisa mais triste que já ouvi alguém dizer. Mas felizmente é algo que ficou no passado. Você agora é tudo para mim, Renan. — Os cachorros começaram a latir, e Juliana olhou para baixo. — Mas acho melhor você ir embora agora. Não podemos arriscar.

— Nem pensar. — Decidido, Renan entrou no quarto e trancou a porta, dando duas voltas na chave. Juliana ficou olhando para ele, abismada, quando ele se virou, com os olhos ardentes, e abriu o primeiro botão da camisa. — Tenho algo muito importante a fazer, e nem todo o perigo do mundo poderá me privar da minha lua de mel.

Juliana ficou instantaneamente vermelha. Acontecera tudo tão rápido que nem havia pensado sobre aquilo.

— Lua de mel? Aqui?

— Não é aqui que a minha mulher está? — Ele se aproximou, lentamente.

Juliana engoliu a saliva com dificuldade. Vendo sua apreensão, Renan suspirou.

— A não ser que você não queira – disse ele, compreensivo.

— Não. – Ela segurou seu braço. – É claro que eu quero... Eu só preciso... – Olhou para o próprio corpo, constrangida, lembrando-se subitamente da terrível calcinha de bolinhas que estava usando naquele dia. – Só preciso de alguns minutos para me preparar.

O olhar de Renan se enterneceu.

— Quer que eu fique na varanda esperando? – ofereceu ele, solícito.

Juliana olhou para sua suíte.

— Não precisa, eu só vou ao banheiro e já volto.

Renan assentiu e se deitou na cama, com as mãos atrás da cabeça. Em poucos segundos, sob o olhar divertido dele, Juliana abriu e fechou milhões de gavetas, recolhendo um monte de coisas, e carregou tudo embolado para o banheiro. Quando fechou a porta, largou tudo na pia e se olhou no espelho. Estava mais rubra que a torcida do Flamengo. Precisava se acalmar para ser devidamente deflorada por seu marido.

Deflorada? Que horror!

Não conseguia usar o termo "transar" nem ao menos em pensamento, que diria praticá-lo!

"Mas tudo bem", ela disse a si mesma. A Juliana puritana ficaria para trás. Precisava ser *sexy*. Precisava tomar um banho, colocar uma bela lingerie, passar um hidratante e, com absoluta certeza, precisava depilar a virilha.

Começou a se movimentar pelo banheiro com o coração aos pulos, pensando em como faria para seduzi-lo. Não tinha a menor ideia de como fazê-lo. Na arte da sedução, que parte cabia ao homem e que parte cabia à mulher?

Era melhor não pensar sobre aquilo, ela decidiu. Era melhor deixar a coisa acontecer. Mas morria de medo de decepcioná-lo. É claro que sentia desejo por ele, como pôde constatar diversas vezes em meio aos seus afagos durante a madrugada. Mas agora seria diferente, iriam até o fim... Será que aquilo iria doer?

Minutos depois de suas conjecturas, ela finalmente reuniu coragem e voltou para o quarto. A luz estava apagada, o que lhe causou ainda mais calafrios. Todas as suas dúvidas desapareceram, contudo, no minuto em que viu Renan sem camisa na sacada que era ligada ao seu quarto. Ele estava de braços cruzados, esperando por ela, o lado esquerdo do seu rosto iluminado pela lamparina da varanda. Seus olhos eram uma só promessa dos momentos maravilhosos que estavam por vir. E quando ele atravessou para dentro, as cortinas pareceram se mexer em câmera lenta quando Renan caminhou até ela, tomou-a nos braços e a levou para a cama para fazê-la sentir-se a mulher mais desejada do mundo.

ATO X
Tão tedioso e lento é este dia, tal como a noite em véspera de alguma grande festa para criança impaciente que tenha roupa nova, mas não pode vesti-la.

A brisa fria que entrava pela janela acariciava o rosto de Juliana. Ela ainda podia sentir o cheiro do orvalho da madrugada, fresco e suave. A meia claridade indicava que ainda não havia amanhecido totalmente.

Lentamente, ela se espreguiçou e abriu os olhos, achando que tivera o melhor sonho de sua vida. Sabia que não havia dormido por longo tempo. Piscou algumas vezes até desanuviar a visão, mas assim que avistou seu amado encostado na porta que dava para a varanda, nu, olhando para ela, teve a certeza de que era tudo realidade. Renan abriu um imenso sorriso, que ela lhe devolveu, esticando os braços para que ele voltasse para a cama. Ele se aproximou e jogou o corpo por cima do dela. Estivera olhando Juliana dormir por quase uma hora, completamente encantado. Não conseguira dormir, planejando tudo que precisava fazer naquele dia para que ambos pudessem ficar juntos para o resto da vida.

Ele a beijou delicadamente nos lábios, olhando em seus olhos, incrédulo em que ela fosse realmente a sua mulher. Nunca se sentira tão feliz. Nenhum dos dois tinha medo de nada naquele momento. Se o amor estava mesmo no timão de seus corações, que ele mesmo conduzisse aquela aventura. Estavam plenamente confiantes de que o futuro só lhes reservava alegrias em companhia um do outro.

– Você já vai? – perguntou ela, fazendo biquinho.

Renan a beijou com carinho na testa.

– Daqui a pouco o sol já vai raiar, meu amor, e os seguranças de seu pai vão estar mais alertas. É sempre melhor eu sair enquanto ainda está um pouco escuro.

Juliana olhou para a sacada.

– Maldito seja o sol que vai levá-lo para longe de mim...

Renan riu.

– E bendita seja a lua que me deu você esta noite.

– Não sei se aguento. – Ela o abraçou com força. – Não sei se aguento esperar até a próxima lua...

– Teremos muitas luas pela frente, minha vida, mas agora eu realmente preciso ir. – Renan beijou seu pescoço e se levantou. – Deixei as referências do local onde nos encontraremos mais tarde em cima da mesa. É muito fácil chegar lá, basta seguir as minhas indicações.

– A que horas devo ir?

– Antes do almoço já terei resolvido tudo – avisou ele, colocando as calças. – Só não se esqueça de levar os documentos. Vamos viajar.

Animada, Juliana segurou o lençol sobre os seios e se apoiou em um dos cotovelos.

– E para onde vamos?

– Escolheremos o destino na rodoviária. – Ele riu, enquanto calçava os sapatos. – Pensei em ir para algum lugar no sul do Brasil. Bem longe daqui. Ouvi dizer que as praias de Santa Catarina são lindas... E eu nunca vi o mar.

– Estou adorando isso cada vez mais – Juliana falou. – Adoro praia. Vou levar pouca coisa, somente o suficiente para começar uma nova vida. Quero tudo novo.

– Tudo? – Ele ergueu uma sobrancelha, brincalhão.

– Tudo, menos o marido – ela riu.

Renan jogou a camisa no ombro e veio até ela para lhe dar um último beijo.

– Pois, então, está combinado. E não se esqueça do violão. Talvez precisemos dele para comer. – Ele riu.

– Pode deixar. – Ela se sentou. – Me dê notícias durante o dia?

– Não sei se será possível. – Renan colocava a carteira no bolso. – Meu telefone não pega bem na casa de Teobaldo.

– Mas e se eu precisar falar com você?

Renan segurou o seu rosto.

– Meu amor, fique tranquila, tudo vai dar certo. É só você fazer tudo direitinho como combinamos.

– Tudo bem. Ei... – Ela o chamou, quando viu que Renan já se dirigia para a sacada. Ele parou e olhou para trás, mas Juliana somente achou engraçado e sorriu. – Eu... esqueci o que ia dizer...

Divertido, Renan cruzou os braços e se apoiou na parede. Juliana sempre fazia isso. Ficava puxando conversa horas e horas para distraí-lo e ele não ir embora.

– Pois eu posso ficar aqui até você se lembrar.

Juliana mordeu o lábio inferior.

– E eu posso esquecer dezenas de vezes, só para você não partir.

Renan colocou um dedo na boca, fingindo estar pensativo.

– Ou eu vou e vivo, ou eu morro ficando...

Com um sorriso, Juliana estendeu os braços de novo para ele. Renan não resistiu.

– A vida é muito curta para desperdiçar um pedido desses. – Ele voltou para a cama.

ATO XI
*Súditos revoltosos, inimigos da paz, que profanais
vossas espadas no sangue dos vizinhos...*

Aquela noite não havia sido como Bentinho queria. Havia ido a uma festa promissora em uma cidade vizinha em companhia de seus primos e de Patrick. Porém, ao chegar lá, não encontrou nada que o estimulasse. Não havia garotas suficientemente bonitas para ele e nenhum Carvalho Rodrigues apareceu na festa. Era uma pena. Encontrar algum deles sempre coloria sua noite com um pouco mais de diversão. Enfastiado, voltou mais cedo para a sua cidade com os amigos, onde beberam e jogaram conversa fora durante toda a madrugada, no mesmo posto de gasolina de sempre. Agora estava amanhecendo, e todo o grupo iria com ele para sua casa a fim de exigir um bom rango de Amabily. Que se danasse que eram cinco da manhã! Bentinho achava que empregados tinham de estar a postos vinte e quatro horas por dia para atender aos seus caprichos.

Patrick estava ao seu lado no banco do carona do carro, mais bêbado que um gambá. Estava disposto a dar uma fugida do grupo e se infiltrar no quarto de Juliana. Ele tomaria à força, decidiu. Não permitiria que ela partisse para a Alemanha porcaria nenhuma. Depois que ela provasse do seu néctar, com certeza esqueceria aquele bastardo por quem achava que estava apaixonada. Aliás, se Patrick descobrisse quem era, acabaria com a sua raça.

Estava pensando nisso quando observou mais à frente uma pessoa que caminhava à margem da estrada, ainda deserta. Com certeza, estava vindo da casa de Firmino Queiroz, pois era o único lugar para onde levava aquela ruela. Bentinho também notou a presença do transeunte, pois diminuiu a velocidade do carro e, ao chegar mais perto, colocou a cabeça para fora da janela. Ao reconhecê-lo, freou e saiu batendo a porta do carro, com um ar intimidador. "O que aquele verme está fazendo na minha rua?", meditou ele com ódio.

Patrick o seguiu, ainda segurando a garrafa de cerveja, assim como os outros colegas.

– O que você está fazendo aqui?

Renan se amaldiçoou por estar tão inebriado com a sua noite de amor que mal havia reparado no carro. De outro modo, teria se camuflado na mata.

– Pensei que a rua fosse pública – disse ele com calma.

– Não esta aqui. Esta rua pertence à minha família. E você ainda não respondeu a minha pergunta.

– É você? – Patrick passou à frente de Bentinho com um ar ultrajado. – É você o namoradinho da Juliana?

Bentinho se virou bruscamente para o amigo. Renan sentiu se arrepiarem os cabelos de sua nuca.

– Que papo é esse?

– Sua irmã está namorando escondido, e é alguém da cidade – anunciou Patrick, com a voz arrastada. – Ela não quis me dizer quem era. Mas por que outro motivo esse cretino estaria saindo da sua casa na calada da noite?

Bentinho se lembrou da festa, quando Juliana e Renan saíram de braços dados.

– Isso é verdade? – Ele perguntou a Renan, espatifando no chão a garrafa de cerveja.

Renan se manteve calado.

– Responde! – Bentinho o puxou pela camisa para encará-lo de perto. – O que Patrick falou é verdade?

Renan olhou bem dentro dos olhos dele e disse:

– Não. Isso não é verdade.

Com um sorriso de escárnio, Bentinho o soltou e olhou para os primos, como se aquilo só confirmasse que seria impossível Juliana se interessar por alguém de tão baixa estirpe.

— Juliana não é mais *só* a minha namorada – Renan completou.

Um murmúrio de dúvida ecoou entre os outros garotos, mas Bentinho os silenciou com a mão.

— Por acaso você andou se drogando?

Antes que Renan dissesse mais alguma coisa, todos ouviram o barulho dos pneus da picape que virava a esquina. Era Teodoro, em companhia dos primos.

O estômago de Renan se revirou violentamente. Ele não estava a fim de confusão. Tudo que queria era ir para casa e resolver o que precisava para fugir com Juliana, mas algo em seu íntimo o avisou que isso não seria possível.

Teodoro freou perto deles e saiu imediatamente do carro, cambaleante, com um amplo sorriso. Seus companheiros também pularam da caçamba da picape, os olhos brilhando de excitação, como se tivessem acabado de ganhar um presente.

— Finalmente, achamos o noivo! – Teodoro veio para perto e passou os braços no ombro de Renan. Estava visivelmente bêbado. Depois, olhou com deboche para Bentinho. – Já está confraternizando com a nova família? – Ele riu. – Te procuramos a noite toda para comemorar, primo, mas acho que você devia estar fazendo algo muito mais interessante, não é mesmo?

— Teodoro, por favor, vamos embora daqui – Renan sussurrou para o primo, percebendo seu estado. – Não quero confusão justamente no dia de hoje. Tenho muito a fazer.

— Ah, sim... – Teodoro bagunçou o cabelo dele, realmente decidido a provocar Bentinho em homenagem à união das famílias. Nada como um banho de sangue para estimular a camaradagem... – Realmente, você deve ter muito a fazer. Mas, se a noite foi boa como está escrito na sua cara, sugiro que você antes descanse um pouquinho...

— Noivo? – perguntou Bentinho chocado, os cantos dos lábios repuxados para cima, mas não era um sorriso. – Então, é verdade... Você e minha irmã se casaram?

— Ops... – Teobaldo olhou para Renan, com um sorriso bêbado. – Ele ainda não sabia? Pensei que era esse o motivo da reunião...

— Não era, até agora. – Bentinho deu um passo à frente, na direção de Renan, mas Teodoro se meteu entre eles.

— Pois agora não há nada que você possa fazer – incitou Teodoro, no fundo, mais do que satisfeito em ter dado a notícia. – Ambos estão casados. Casamento consumado. – Ele riu, colocando atrevidamente a mão sobre o ombro de Bentinho. – Sabe, nenhuma vingança poderia ter sido mais gloriosa para mim do que o meu priminho aqui começar a foder sua irmã... – Ele soltou uma gargalhada no ar, mas em seguida sentiu algo sólido atingir abruptamente seu maxilar. A dor aguda que sentiu explodindo em sua face foi o grito de largada para o que ele tanto queria.

Como sempre, ambas as famílias avançaram uma na outra. Renan tentou impedir, puxando Teodoro para trás conforme se atracava com Bentinho aos socos e chutes, mas foi impedido por Patrick, que o puxou pelas costas e lhe deu um mata-leão. Como estava sob o efeito do álcool, a mão de Patrick não estava muito firme. Renan lhe deu uma cotovelada na costela e se virou. Em seguida, deu-lhe um pontapé no meio do peito que o fez cair no matagal e ficar por lá. Quando Renan olhou novamente para o primo, ficou desesperado. Teodoro sangrava muito no rosto. Bentinho e outro amigo estavam sobre ele, acertando-o seguidamente no local onde havia sido aberta a ferida. Renan não pensou, precisava defender o primo. Então, pegou uma garrafa que estava no chão e a quebrou na cabeça de Bentinho, que desmaiou. Em seguida, chutou o rosto do outro garoto, que caiu para trás, e o socou até que desmaiasse também. Nunca tinha sentido tanta adrenalina correndo por suas veias.

Quando os meninos Queiroz começaram a ficar em menor número, todos fugiram. Logo depois, os que ficaram da família Carvalho Rodrigues acabaram com o carro de Bentinho. Arrancaram os retrovisores, quebraram as lanternas e os vidros, e amassaram todo o capô. A briga entre eles nunca havia sido tão violenta. A dor aguda e quente que Teodoro sentia na face se espalhava em todas as direções. Renan esticou as costas, passando a mão pelo pescoço para aliviar a dor deixada por Patrick, enquanto passava os olhos sobre os estragos que haviam feito. Aquilo não poderia ter acontecido em pior hora. Depois, com cuidado, ajudou o primo a se levantar, e foi quando um dos meninos gritou:

— Ai, cacete, ele está morto!

Renan olhou para trás e viu que o garoto se referia a Bentinho, que estava deitado de barriga para cima, de olhos abertos, vidrados, fitando o céu.

O sangue lhe fugiu todo do rosto. Não era possível que ele tivesse batido tão forte com a garrafa a ponto de matá-lo! Desesperados, ele e Teodoro se aproximaram e viram Bentinho deitado sobre uma enorme poça de sangue. Renan soltou o primo e, contendo-se para não vomitar com a cena, ajoelhou-se para escutar o coração do garoto. Não estava batendo. Patrick também permanecia desacordado, mas o movimento de seu peito indicava que ele estava respirando.

Começando a tremer, Renan virou o corpo de Bentinho e levou as mãos ao rosto, horrorizado, quando viu que ele havia caído sobre um grande caco de garrafa que ele mesmo espatifara no chão. O vidro lhe rasgara a carne na altura do coração.

Após uma pausa de choque, os três primos suspenderam Renan, que estava catatônico, pelos braços.

– Fuja daqui. – Parecendo mais sóbrio, segurando a camisa que tirara do corpo sobre o próprio nariz quebrado, Teodoro lhe deu a chave do carro. Mal sentia o próprio cheiro de sangue e suor. – Fuja agora! Até eles descobrirem, você já saiu da cidade, estará longe.

– Mas, e você? – Renan estava vendo o mundo todo à sua volta rodar.

– Eu sempre procurei briga. Devo pagar. Mas você, não. Me perdoa, primo. Me perdoa por te meter nessa furada.

Renan olhou para a entrada do casarão, pensando no que Juliana faria quando descobrisse o que acontecera. Haviam combinado de se encontrar logo mais numa casa que Teodoro mantinha perto do rio. Era para onde o primo sempre levava as garotas, mas naquele dia a havia emprestado para Renan. Poucas pessoas sabiam daquele lugar. Será que agora Juliana viria? Será que haveria ainda hoje um velório?

Por Deus! Em menos de vinte e quatro horas ele se casara e se tornara um assassino. O assassino do irmão dela! Que desgraça maior poderia se abater sobre ele?

Seguindo as ordens do primo, Renan entrou na picape e dirigiu tropegamente para a casa de Teodoro. Quando chegou, reuniu rapidamente tudo de que precisava, colocou na caçamba do carro e foi tomar um banho para tirar as marcas de sangue do corpo. Jogou todas as roupas sujas no lixo. As mãos que haviam socado um dos garotos ainda estavam latejando de dor. Desnorteado, chorou copiosamente por uma hora debaixo do chuveiro, lamentando por sua vida. O que seria dele dali em diante? Seria um eterno fugitivo? Por tudo que era mais sagrado, ele não quisera matar ninguém... Nem mesmo Bentinho. Só fizera o possível para defender o primo naquela hora, e agora arruinara sua própria vida!

Aquele indizível sofrimento só aumentava em seu peito quando imaginava perder Juliana. Será que ela conseguiria conviver com o assassino de seu irmão? Renan não apostava suas cartas naquilo.

Passou a manhã agonizando, sem notícias. A certa altura, talvez por cansaço e tensão, caiu no sono, mas somente para despertar para uma nova agonia. Era quase meio-dia, e Juliana ainda não havia chegado. E ele estava louco para lhe contar o que havia acontecido. Contar a versão verdadeira dos fatos. Torcia para que ela o ouvisse. Mas ali não havia telefone nem internet. Era apenas um quarto e sala com frigobar, espelho no teto, cama e ar-condicionado. Teodoro decorara a casa com tudo que poderia conter um motel de quinta, nada mais. Se Juliana não chegasse em uma hora, Renan decidiu que iria atrás dela. E se ela não o perdoasse, ele se entregaria de bom grado às autoridades. Não haveria pior punição do que ganhar o ódio de sua amada.

ATO XII

*Por que és tu Romeu? Renega teu pai e recusa
teu nome, mas se não for possível, jura que me ama e não
serei mais uma Capuleto.*

A notícia do casamento de Juliana atingiu Firmino como uma bomba, mas que ele nem teve tempo de digerir. Mal um de seus sobrinhos que fugira da briga lhe relatava o ocorrido, o delegado Macedo ligou para sua casa. Bentinho fora encontrado morto na sua rua, jogado no mato que margeava a estrada. Apático, Firmino caiu sentado em sua poltrona, ignorando a própria dor, pensando em como contar aquilo para sua mulher.

Do outro lado da cidade, Adebaldo Carvalho Rodrigues preparava com rapidez as malas do filho. Iria mandá-lo para o exterior até que a coisa toda esfriasse. Estavam todos desesperados com a possibilidade de Teodoro ser preso e preocupados com o futuro de Renan. Embora reconhecesse que podia ter sido mais presente em sua vida, Adebaldo se afeiçoara ao sobrinho ao longo da convivência em seu escritório. Ele era muito parecido com seu irmão, o falecido pai de Renan. Era honesto, humilde e trabalhador. Não merecia aquele destino.

Enquanto Celeste, mãe de Teodoro, acabava-se em lágrimas, o pai recolhia documentos, passaporte e uma boa quantia em dinheiro guardada no cofre para dar a ele. Em seguida, tirou lá de dentro uma arma e também a entregou ao filho. Mandaria dois seguranças para escoltá-lo até o aeroporto mais próximo. Teodoro saiu às pressas de casa, no mesmo momento em que Firmino invadiu o quarto de Juliana, seguido pela mulher, e lhe deu um tapa na cara.

– Vagabunda! – gritou ele, furioso. – Como pôde fazer isso com a sua família?

Os olhos de Juliana ficaram cheios de pânico e lágrimas. Pega de surpresa, nem tentou esconder sua mala.

– Do que está falando? – Ela fingiu não saber, reparando em como os olhos da mãe pareciam inchados. – É isso que eu ganho de aniversário? Uma bofetada?

– Pois essa é só a primeira – Firmino disse. – Agora, me responda: você realmente se casou com aquele bastardo?

"Então, eles já sabiam... Que se dane!" Juliana apertou os lábios com força.

– É verdade, nos casamos escondido no cartório ontem à noite. Eu não queria que tivesse sido desse jeito, mas eu sabia que vocês não aprovariam. E ele não é nenhum bastardo, é um homem de bem. Renan é muito melhor do que você e Bentinho.

Dessa vez, foi a mãe de Juliana que passou à frente do marido e a esbofeteou.

– Nunca mais fale assim de seu irmão! Aliás, nunca mais fale dele. Você o matou!

Ainda sentindo a ardência na face, Juliana apertou os olhos, confusa.

– Do que está falando?

– Seu irmão está morto – seu pai avisou, e Juliana sentiu as pernas falharem. – Foi assassinado numa briga hoje cedo quando voltava para casa. E, adivinhe: o assassino dele estava saindo daqui...

Juliana não podia acreditar.

– Isso só pode ser um engano. Renan nunca seria capaz de uma coisa dessas... – Ela precisava acreditar em suas próprias palavras.

– Mas ele foi capaz. Houve uma briga entre as duas famílias, e tudo começou por causa do seu namorado. Quer dizer, me perdoe – Firmino ironizou –, seu *marido*. A briga explodiu entre eles, e Renan o matou. Ele matou seu irmão!

– Como está Renan? – Juliana perguntou num impulso.

– Como está Renan? – Laura recuou, ultrajada. – Seu pai te diz que Bentinho morreu e você quer saber como está o assassino dele?

Juliana perdeu as forças e precisou se sentar, a cabeça dando voltas com aquelas informações absurdas. Então, seu irmão havia mesmo morrido, e seu marido, *seu amor*, estava envolvido na briga. Uma dor sem precedentes tomou conta do seu coração, e Juliana começou a chorar. Amabily, que até então ouvia tudo escondida no corredor, não aguentou e entrou no quarto para consolá-la.

– Afaste-se dela – disse Firmino, entregando a chave do quarto a Amabily. – Ela precisa aguentar as consequências do que fez. Vai conviver com essa culpa pela morte do irmão para o resto da vida. Aproveite que a mala dela já está pronta e tranque o quarto quando sair. Juliana viaja para Berlim amanhã, pois hoje eu tenho um velório para cuidar e quero muito que ela participe. Quero que olhe bem na cara do irmão morto.

– Papai, por favor...

– Jamais a perdoaremos – Laura a interrompeu. – Nunca, em toda a minha vida, eu tive tamanho nojo de você. Se casar com um Carvalho Rodrigues só para afrontar a família...

– Não foi por isso que me casei – Juliana disse aos soluços. – Eu o amo...

– Pois então terá dois enterros para chorar. Coloquei os meus capangas atrás dele agora mesmo. Até o fim do dia, esse cretino também estará morto! – Firmino declarou.

– Papai, não!

– Recolha tudo.

Um segurança de Firmino invadiu o quarto de Juliana e carregou o telefone fixo, o único aparelho que restava e com o qual ela ainda podia ter contato com o mundo exterior. Depois, fechou a porta da sacada e passou um cadeado entre as grades.

Juliana se jogou aos prantos no colo de Amabily quando todos saíram do quarto.

– Por quê? – gritou a menina. – Por que logo hoje isso tinha de acontecer?

A empregada a envolveu, jogando o corpo por cima de sua cabeça. Lágrimas abundantes também escorriam pelo seu rosto. Embora Bentinho fosse arrogante, ela o conhecia desde pequeno. Tinha afeição por aquele menino.

– Oh, minha menina, por que foi fazer uma loucura dessas? Se casar sem consentimento dos pais...

– Eles jamais deixariam.

– É claro que não. Renan é um Carvalho Rodrigues.

– Isso tudo é tão injusto.

– Eu sei.

– Oh, Deus, ainda não acredito que perdi meu irmão. Nós brigávamos muito, mas eu o amava...

– E ele sabia disso – a empregada tentou consolá-la.

– Morrer assim, de maneira tão trágica... tão jovem... – Os soluços ficaram ainda mais fortes.

Amabily suspirou.

– O pior é que agora outra tragédia está por vir. Seu pai fará justiça com as próprias mãos. E a partir daí essa cidade entrará em estado de guerra...

De supetão, Juliana se levantou e enxugou os olhos, como se tivesse tomado um choque.

– É verdade. Preciso ir atrás de Renan.

– O quê? – Amabily se levantou.

– Preciso avisá-lo.

Com uma expressão de reprovação, Amabily a segurou pelos braços.

– Avisá-lo? Você ainda está disposta a ficar com aquele assassino?

Juliana ficou olhando para ela, o olhar perdido.

– É claro que estou. Ele é meu marido.

– E o assassino do seu irmão.

Decepcionada, Juliana estreitou os olhos para ela.

– Por acaso você acredita nisso? – perguntou quando recuperou a voz. – Você o conheceu... Sabe muito bem que Renan jamais seria capaz disso.

– Seu irmão está morto! – Amabily se alterou. – Quer prova maior do que essa?

Juliana fez que não com a cabeça.

— Sei que Bentinho está morto, mas não acredito que a culpa foi de Renan. Bentinho sempre andou procurando briga. Se Renan fez alguma coisa, foi para se defender.

Amabily olhava para Juliana como se ela tivesse um terceiro olho na testa.

— Você só pode estar louca! Ou então está enfeitiçada...

— Amabily... — Juliana a segurou pelos braços. — Você precisa me ajudar... Se pegarem Renan, vão matá-lo.

— Pois não conte comigo para isso. Juliana, pense bem. — Amabily segurou seu rosto. — Mesmo que Renan não tenha tido a intenção, ele se mostrou violento. Além do que, embora seja um Carvalho Rodrigues, ele é um pé-rapado. E se seu pai não pegá-lo primeiro, logo, logo a polícia colocará as mãos nele. Quer ser mulher de um presidiário? É isso o que quer?

Juliana não respondeu, abalada demais com aquela linha de raciocínio. A empregada continuou:

— O melhor que você tem a fazer agora é anular esse casamento e pedir perdão aos seus pais. Eles já estão abalados demais com a morte de Bentinho. Precisam de você. E talvez, quem sabe, se você conhecesse Patrick melhor... Ele a ama muito. Tenho certeza de que ainda te quer, mesmo depois disso tudo.

— Mas eu não amo Patrick.

— Ah, Juliana, pelo amor de Deus! — Amabily a soltou. — Pelo menos uma vez na vida procure ser prática. É melhor se casar com Patrick do que seu pai mandá-la para fora do Brasil novamente. Aliás, se for, você só estará adiando esse casamento. Seus pais já decidiram isso. E eles sabem o que é melhor para você. E, se quer saber, eu concordo com eles. Se eu tivesse ouvido mais a minha mãe, jamais teria me casado com Antônio. E, talvez, fosse um pouquinho mais feliz sem ter de aturar todo dia aquela bebedeira dele.

Naquele momento, após tudo o que ouviu, Juliana olhou bem fundo nos olhos de Amabily e percebeu que estava sozinha. Ninguém estaria ao seu lado. E ela precisava fugir. Precisava avisar seu marido do perigo que ele estava correndo. Não podia perder duas pessoas tão queridas num único dia. Sua única chance era naquele momento, enquanto Amabily ainda não trancara a porta do quarto. Todos deviam estar entretidos com os outros problemas, e ela poderia facilmente pular da sacada do quarto do irmão e fugir pelo muro dos fundos, como vinha fazendo. Por isso, não pensou duas vezes. Pediu desculpas rapidamente e empurrou a empregada sobre sua cama. Em seguida, tirou a chave de sua mão, pegou o papel que Renan deixara com o endereço, saiu e trancou a porta do quarto por fora. Depois, colocou o endereço no bolso da calça e correu para o quarto do irmão, torcendo para que desse tempo de fugir antes de a família ouvir os gritos de Amabily.

Seu desespero para pular da sacada fez com caísse de mau jeito na grama, mas a dor no tornozelo não foi suficiente para pará-la. Juliana trepava no muro dos fundos quando os cachorros vieram latindo em sua direção. Ela olhou para eles e viu que dois seguranças vinham correndo também. Amabily, que já havia sido solta por alguém, apareceu na sacada por onde ela fugira e gritou seu nome. Juliana virou o rosto e pulou para o outro lado, depois disparou a correr desesperada pela margem do rio. Sabia que teria alguma vantagem se continuasse correndo rápido, pois provavelmente os seguranças colocariam as coleiras nos cachorros e sairiam pelo portão da frente.

Correu o máximo que pôde, até ficar ofegante. A certa altura, não aguentou e teve de parar para recuperar o fôlego. Camuflou-se numa moita e apoiou as duas mãos nos joelhos. Sua testa estava encharcada, e o suor que escorria fazia seus olhos arderem. Suas pernas queimavam, assim como seu peito. O ar lhe faltava, e seu tornozelo parecia que ia explodir. Precisava de algum tempo para se recuperar. Teve uma crise de choro. Achava que tudo aquilo era um pesadelo e que a qualquer momento iria acordar.

Após alguns segundos, Juliana pegou o endereço no bolso da calça e conferiu as referências de como chegar. Era fácil. Ela olhou para a frente e avistou uma canoa na beira no rio. Algum pescador da região devia tê-la deixado amarrada ali. Ela começou a ouvir os latidos dos cachorros se aproximando e se colocou ereta de novo. Foi quando teve uma ideia.

Rapidamente, Juliana tirou os sapatos e os colocou na margem do rio. Em seguida, soltou a canoa e entrou no riacho com a água até a altura das coxas. Com muito esforço, virou a pequena embarcação de cabeça para baixo. Depois, rasgou um pedaço de sua blusa, pendurou-a à vista na parte não submersa e empurrou a canoa para a parte mais funda do rio. A correnteza deu conta do resto. Ela esperava que desse certo, que pensassem que ela tentara fugir e se afogara, naufragando. Todos sabiam que Juliana não sabia nadar. Certamente, isso os despistaria e faria com que procurassem seu corpo por algum tempo no fundo do rio. Quando os latidos ficaram mais altos, Juliana saiu do rio e entrou no mato, em direção à casa onde encontraria Renan. Dois minutos depois, os seguranças com os cachorros chegaram àquele local, seguidos por Amabily, que caiu de joelhos na grama quando avistou a canoa e depois os sapatos.

ATO XIII
*Se tu amares profundamente,
não suportarás a dor da perda.*

Adebaldo invadiu a casa de Teobaldo seguido de seus capangas, Abraão e Baltazar. Cada um deles carregava uma arma na mão. Encontrou o sobrinho sentado no chão, com o rosto afundado na cama. Renan olhou para trás, assustado e eufórico, pensando ser Juliana, mas, quando avistou o tio, sua expressão de dor retornou e ele se colocou de pé. Adebaldo deu dois passos até ele e lhe deu um abraço que o pegou de surpresa.

— Tome – disse o tio, entregando-lhe um grosso maço de dinheiro. – Fuja para bem longe. Se precisar de mais, é só me ligar.

— Por que isso?

— Porque sei que foi Teodoro que te meteu nessa história. Você sempre foi um bom garoto e eu nunca lhe ajudei. Devo isso ao meu irmão.

— O senhor me ajudou, me deu um emprego.

— Poderia ter feito mais. Meu irmão sempre foi o preferido dos nossos pais, sempre tive ciúmes dele. Por isso, quando fiquei rico, quis esfregar isso na cara dele. Fiquei cego. Fui estúpido. Não posso consertar o que fiz com ele, mas posso ajudar você.

Renan olhou para o dinheiro e depois para o tio. Sabia que iria precisar. Por isso, somente o abraçou, como uma forma de dizer "obrigado".

— Agora vá – disse Adebaldo. – Meus homens vão levá-lo até o aeroporto. Teodoro já está lá te esperando. Vocês vão no meu jatinho para o Uruguai e de lá seguem caminho. Já está tudo acertado.

— Não posso – disse Renan. – Preciso buscar Juliana.

O tio o segurou pelos ombros.

– Soube dessa burrice, sei que vocês se casaram, mas a essa hora Juliana deve querer vê-lo morto. Vá embora, se ela vier te procurar, eu a mando ao seu encontro.

Renan olhou indeciso para os capangas.

– Jura que faria isso por mim? – perguntou ao tio.

– Pelo amor que tenho ao seu velho pai, que Deus o tenha, eu farei.

Renan não podia mais esperar. A qualquer momento, a polícia seguiria as pistas e bateria na porta. Por isso, pegou a mochila, que continha o mínimo de que precisava, e entrou no carro.

Seguros pela proteção do vidro fumê, passaram pela cidade. Adebaldo havia ido no carro de Baltazar para que não fosse seguido. Renan ficou o caminho todo com os olhos atentos, procurando por Juliana. Se a visse, a jogaria dentro do carro de qualquer jeito até que ela o ouvisse.

Mas o que se via no distrito era uma grande comoção. Pessoas conversando com a mão na boca, espantadas com as notícias. Itanhandu estava em choque com a morte violenta daquele jovem. Renan se encolheu no carro quando a patrulha do delegado Macedo passou em disparada por eles. Somente quando avistou Amabily aos prantos na escadaria da igreja matriz da cidade, pediu ao motorista para frear.

Com o coração aos pulos, e sem se importar de ser visto, Renan saiu do carro e correu para ela em busca de notícias de Juliana. Não importava que fosse enxotado ou apedrejado pelos moradores em praça pública, precisava saber como sua mulher estava. Mas quando Amabily o viu, somente se lançou em seus braços, aos prantos, em busca de consolo. Atordoado, Renan a afastou, segurando-a pelos ombros, e enxugou suas lágrimas.

– Perdão, Amabily, perdão pelo que aconteceu com Bentinho. Essa nunca foi a minha intenção...

A empregada chorou mais ainda.

– Que dia terrível... Terrível! – lamentou ela. – Meu Bom Jesus, como vou contar isso para a dona Laura? Preciso do padre, chame o padre...

Renan, perplexo, perguntou:

– Dona Laura ainda não sabe que Bentinho morreu? – Com uma expressão compadecida, Amabily ficou olhando para ele. – Fale, Amabily! Por que está me olhando desse jeito?

– A Juliana...

De repente, o sangue dele gelou.

— O que tem Juliana? — Ele a soltou. — Ela está bem? Está com raiva de mim?

— Ela sempre acreditou em você... — Os soluços da mulher recomeçaram com força.

A despeito das circunstâncias, o coração de Renan se encheu de alegria.

— E onde ela está? Preciso vê-la... Vamos fugir!

Amabily sacudiu a cabeça, sinalizando que não.

— Juliana não pode mais fugir com você. Oh, Deus! Pudera! Como eu gostaria que ela pudesse...

Renan sentiu um arrepio gélido perpassar sua espinha.

— Por que não? O que Firmino fez com ela?

Amabily enxugou o rosto e se sentou na escada, com um ar derrotado. Depois, com um olhar condoído, puxou a mão de Renan para que ele se sentasse ao seu lado. A expectativa no peito do rapaz já parecia doer. Ela olhou bem no fundo daqueles olhos jovens e sonhadores, sabendo que parte de seu brilho desapareceria para sempre em poucos minutos.

— Juliana morreu. Afogou-se enquanto tentava fugir pelo rio.

Renan ficou olhando para ela, como se aquilo fosse simplesmente impossível.

— Juliana...

— Isso mesmo, rapaz, ela ainda o amava. Fugia para se encontrar com você. Deve ter ficado desesperada para subir naquela canoa. Juliana morria de medo do rio. Não sabia nadar...

Um mal-estar súbito atingiu Renan com tal força que ele precisou apoiar a cabeça nas mãos. Aquilo não podia ser verdade. Se fosse, não restaria outra opção para ele a não ser se matar naquele exato momento. Não poderia conviver com aquela culpa.

Fechando os olhos, ele se lembrou da pele de Juliana sob a sua naquela noite, tão fresca e suave... do seu sorriso amoroso... dos olhos fechados enquanto eles faziam amor... e depois vidrados nos dele quando ambos atingiram o orgasmo. Choraram juntos naquela hora. Foi sublime. E depois sorriram. Prometeram que nunca mais se afastariam um do outro. Durante a madrugada, conversaram sobre como seriam seus filhos, sobre a casa onde morariam, sobre o estúdio de música que Renan construiria para ela dar aulas... Aquilo tudo não podia ter acabado. Não podia...

Renan olhou novamente para Amabily, o buraco em seu peito se expandindo, dando cada vez mais lugar ao vazio e à dor.

— Onde está o corpo? — ele perguntou.

Amabily assoou o nariz com a roupa.

— Ainda não acharam. Somente os sapatos dela estavam na margem. O barco estava virado... A minha menina...

— Onde ela estava? — Renan se levantou, tentando se iludir, acreditando que Juliana ainda poderia estar viva no fundo do rio até aquela hora. Amabily o olhou com pena. — Onde ela estava? — ele berrou.

Compassiva, Amabily deu um suspiro e se colocou de pé.

— De nada adianta ir para lá agora. Se for, você vai morrer. Os capangas do pai dela estão vasculhando o rio. E também estão atrás de você.

— Não quero saber. Preciso ir.

— Ela estava a poucos metros de casa. Pulou o muro dos fundos e foi correndo pela margem do rio... Renan! — gritou, quando ele saiu correndo na direção indicada. — Pobre menino... — Amabily entrou na igreja e retomou o seu pranto.

*

Renan correu o máximo que pôde. No caminho, algumas pessoas o apontavam, outras pegavam o celular para discar para a polícia e indicar seu paradeiro. Quando dois homens tentaram pegá-lo, Renan teve de pular alguns muros até despistá-los. Não porque temia por sua vida, mas porque precisava se despedir de Juliana primeiro.

Em poucos minutos, ele já estava na mata, correndo, ofegante, avançando desesperado para confirmar uma tragédia que não deveria existir. Às vezes, parava pelo caminho, tanto para recuperar as forças como para chorar... Depois, retomava a corrida com ainda mais força. Gritava por Juliana a plenos pulmões e não se importava mais se alguém o capturasse. Juliana havia morrido. No fundo, ele sabia disso. E tinha morrido por sua causa. Porque o amava. Era um fardo que ele jamais conseguiria carregar.

Quando chegou à parte do rio onde os capangas estavam, assim como Amabily horas antes, Renan caiu de joelhos ao avistar os sapatos dela. A confirmação do seu sofrimento cresceu dentro dele como uma avalanche. Seu choro se tornou forte e intenso, e ele gritou. Gritou, gritou e gritou... Por mais que gritasse, não conseguia extravasar aquela dor. Todos os seus planos, todas as suas esperanças haviam acabado com Juliana no fundo daquele rio. Ela havia sido a única coisa que lhe dera esperança de dias melhores. E agora, por culpa dele, ela estava morta.

Por um momento, os seguranças ficaram somente olhando para

Renan, não apenas surpresos pela sua aparição espontânea, mas também constrangidos pela sua dor. Nunca tinham visto um homem chorar em público daquela maneira. Estava visivelmente abatido, derrotado, desesperado... Quase à beira da loucura.

De repente, alucinado, Renan os surpreendeu quando se levantou, saiu correndo e se jogou dentro da água. Os seguranças foram atrás dele, que nadava até o meio do rio e mergulhava seguidas vezes, numa busca desesperada por nada. Renan foi até o fundo do rio, tateando tudo ao redor, na esperança de trazer Juliana de volta. Precisava vê-la uma última vez.

Quando finalmente o pegou, um dos seguranças o trouxe para a margem e o colocou ajoelhado na grama. Renan só tossia água e chorava. Não podia imaginar sobreviver àquela dor. Não havia mais nada em seu mundo que pudesse alegrá-lo. Aquele amor fora único para ele. Fora sublime. Fora tudo. Por isso, ficou quase grato quando levantou a cabeça e viu um dos homens de Firmino apontando uma pistola para sua cabeça. Nesse momento, Renan ainda encontrou forças para sorrir e, olhando nos olhos do seu carrasco, simplesmente pediu:

— Por favor.

E, em seguida, tudo ficou escuro.

ATO XIV

Restitui-me o meu Romeu, e quando morrer, em pedacinhos
o corta, como estrelas bem pequenas, e ele a face do céu
fará tão bela que, apaixonado, o mundo vai mostrar-se da
sua morte, e não mais ao Sol cultuará.

— Renan?

Suada e cheia dos arranhões que conseguira pelo caminho, Juliana finalmente chegou à casa. Ao entrar na sala e vê-la vazia, seu coração apertou. Será que a polícia havia chegado primeiro?

Alucinada, começou a vasculhar cada canto do local. A toalha do banheiro ainda estava molhada, o que indicava que alguém tinha estado ali havia pouco tempo. E pelo menos não havia nenhum objeto de Renan, nem mesmo a sua mochila. Talvez ele tivesse ficado com medo de a polícia aparecer e tivesse saído para encontrá-la no lugar de sempre, perto do rio.

Amaldiçoou a casa por não ter um telefone e a si mesma por não ter roubado um antes de fugir. Assim, ligaria e saberia onde Renan estava.

Afoita, resolveu beber um copo de água para recuperar as forças. Em seguida, pegou um par de chinelos de Teodoro, cujo tamanho era o dobro do seu, somente para não ter de voltar descalça. Torcia para que Renan não tivesse sido preso ou para que não fizesse a burrice de ir atrás dela em sua casa. Ele podia ter ficado agoniado, achando que ela não iria perdoá-lo, pensou. Mas Juliana tinha certeza de que havia uma boa explicação para tudo o que acontecera. Conhecia o coração de Renan. Ele era bom, jamais causaria mal a outra pessoa intencionalmente. Quanto mais cometer um assassinato. Aquilo tudo fora uma grande tragédia, pela qual ela só poderia chorar devidamente depois. Primeiro, precisava encontrá-lo. Precisavam fugir.

Juliana retornou pela margem do rio, sempre oculta pelas sombras das árvores. Ela e Renan sempre se encontravam bem perto de sua casa, em um lugar onde quase não havia pescadores. Ela se lembrou da primeira vez em que o encontrara ali. Juliana chegou atrasada, e Renan estava sentado embaixo de uma amendoeira, papel e caderno na mão, olhando perdidamente para o rio. Sustentava um leve sorriso no rosto, como se estivesse pensando em alguma coisa maravilhosa. Estava tão concentrado que Juliana não quis atrapalhar. Bateu uma foto dele com seu celular e depois caminhou de fininho para pegá-lo num susto, mas quase perdeu a respiração quando Renan a puxou de trás da árvore e a arremessou no chão, com as mãos presas do lado da cabeça.

– Bela tentativa – ele disse, sorrindo –, mas eu sinto seu cheiro de longe.

Juliana não via a hora de vê-lo de novo. Sendo bom como era, Renan devia estar arrasado com a morte de Bentinho. Ela queria consolá-lo e lhe dizer que ficaria tudo bem, que ele não tinha culpa. Precisava colocar aquele sorriso no rosto dele de novo.

Ainda estava caminhando quando um estrondo surdo ecoou pelo ar. Criada em meio a fazendeiros furiosos, Juliana reconhecia barulho de tiro. Apavorou-se. Será que haveria mais uma morte naquele dia? Pior, será que haviam atirado em Renan?

Alarmada, correu ainda mais rápido na direção do barulho e, quando avistou a chocante cena de longe, resistiu ao desmaio que ameaçou acometê-la. Dois homens, com as armas já guardadas nos coldres, suspendiam o corpo de seu marido. Um o segurava pelos braços, e o outro, pelas pernas, e o sangue ainda escorria pelas laterais da sua cabeça.

Foi como se ela tivesse tomado um soco no peito, e o ar ameaçou lhe faltar. Sem pensar no que estava fazendo, Juliana começou a cambalear até eles, como em câmera lenta. A garganta parecia que estava fechando, como se ela estivesse tendo uma crise de asma, e o choro ficou preso em vários pequenos soluços. A visão diante de si dançava ante seus olhos como se ela estivesse há dias perdida no sol do deserto. Aquilo definitivamente tinha de ser um pesadelo...

Quando um dos capangas a avistou, indicou para o colega que colocasse o morto no chão. Pelo menos aquele não iria fugir. Precisavam capturar Juliana, conforme as ordens de Firmino. Depois, dariam um jeito no corpo do rapaz.

Mas não foi necessário persegui-la, pois Juliana caminhou para eles como uma múmia, os olhos vazios e fixos no seu amado. E quando chegou perto de Renan, jogou-se em cima de seu corpo. As lágrimas explodiram, então, escorrendo pelas faces como chuva. Ela se agarrou aos seus cabelos e sussurrou o nome dele num apelo sofrido, implorando para que ele voltasse. Simplesmente não acreditava que não havia mais vida naquele rosto, que ainda estava corado...

Aflita, tentou cobrir o ferimento aberto na testa dele com as mãos. Não podia acreditar no que estava vendo. Aquele não podia ser o mesmo homem vivaz e alegre que ela amara somente um pouco mais cedo, naquele mesmo dia. Sacudiu-o inúmeras vezes, suplicando para que acordasse. Beijou seus lábios repetidamente, buscando calor, querendo passar-lhe sua vida, mas eles não se moviam. O sangue dele continuava escorrendo por suas mãos, cruel e implacável. E Juliana não podia fazer mais nada a não ser contemplar. Mal podia ouvir os ecos longínquos do segurança que pedia para que ela ficasse de pé. Porém, quando ela se deu conta de sua presença, ergueu o rosto para ele. Não havia fúria nem desejo de vingança em seus olhos, apenas um pedido de socorro. Juliana sentia como se alguém a tivesse esfaqueando, lentamente, de dentro para fora.

Ao olhar aqueles olhos tão puros cheios de dor, o homem teve dificuldade de engolir a saliva e, pela primeira vez em sua vida, vendo aqueles dois jovens destruídos por terem cometido o simples crime de se amar, teve vergonha do seu trabalho.

Depois de alguns segundos, Juliana olhou novamente para Renan. Fraca. Desistindo. Sabia que não havia mais nada a fazer. Não havia mais batidas em seu coração. Não havia mais pulso. Ali somente jazia um corpo cuja alma, que ela amava, já havia seguido seu destino inexorável. E como ela gostaria de ir atrás dele...

Num ritual de despedida, ela se abaixou e o beijou demoradamente nos lábios, tentando rememorar todos os momentos maravilhosos que haviam passado juntos. Em seguida, levantou-se e, para espanto do segurança, foi até ele e lhe deu um abraço apertado. Nem Pedro nem seu comparsa Gregório entenderam aquele gesto. Ambos somente ficaram se entreolhando, por cima da cabeça de Juliana, que chorava, compadecidos do seu sofrimento. Ela era só uma menina. Somente uma menina vendo seus sonhos da mocidade sendo levados pelo vento frio da morte.

O segurança a abraçou de volta, desejando ter tido misericórdia daquele rapaz. Desejando fingir que não o havia visto. E quando ela se afastou, Pedro resistiu ao impulso de lhe tocar os cabelos e consolá-la daquela perda, mas se achou indigno, por isso não o fez. Estava tão consternado com o vazio que via nos olhos dela que mal teve tempo de notar o que Juliana lhe havia roubado do coldre, e que já estava levando à cabeça. Só percebeu o que ela ia fazer quando ela deu um passo para trás e falou com clareza:

– Quero ser enterrada do lado dele.

Em seguida, puxou o gatilho.

ATO XV

Vem, noite circunspecta, com teu manto de matrona severa, todo preto, e nos ensina a perder uma partida em que se jogam duas virgindades sem mancha.

O cemitério municipal de Itanhandu nunca esteve tão lotado quanto naquela manhã. O silêncio era quase sobrenatural. Quase todo o comércio estava fechado naquele dia, em respeito à grande perda das duas famílias. Não havia crianças brincando na rua nem vizinhos fofocando no portão. Todos estavam reunidos, escutando os acordes do canto fúnebre.

Bentinho já havia sido enterrado, e agora todos velavam o jovem casal. A notícia da morte trágica de Renan e Juliana já tinha percorrido os municípios vizinhos através das redes sociais e em pouco tempo alcançou a cobertura televisiva.

O tempo estava cinzento e frio, embora não estivesse chovendo. Era como se até mesmo o sol, de tristeza, estivesse escondendo o rosto. Estava tudo calmo. Podia-se ouvir um choro baixo e as palavras do serviço católico vindo de algum lugar perto dali. A cidade inteira estava de luto.

O acontecimento atingiu ambas as famílias de tal maneira que nem tiveram forças para continuar se agredindo. Nem mesmo para buscar culpados. Naquele momento, eram todos solidários na dor. Sabiam que eram os únicos responsáveis pela destruição na vida daqueles jovens, vítimas da sua inimizade. Olhavam com pesar para o rosto pálido de suas crianças mortas. Ambos haviam sido postos lado a lado, Juliana e Renan, e, respeitando o último desejo dela, seriam enterrados no mesmo jazigo.

Uma foto dos dois juntos, achada no celular de Juliana, foi colocada num porta-retratos e seria enterrada com eles. Era a mesma foto que agora circulava pelas redes sociais do Brasil, causando comoção em todos e muita indignação contra as duas famílias.

Adebaldo e Firmino estavam velando os corpos, parados frente a frente, separados apenas pelos caixões. Seus parentes naquele dia se misturavam, cumprimentando-se e se consolando mutuamente. Não havia mais lugar para o ódio entre eles. Não diante daquela tragédia. Até Laura e Celeste se abraçaram assim que se viram.

Vez ou outra Adebaldo e Firmino erguiam os olhos um para o outro, num acordo silencioso, dividindo a culpa, como se declarassem que a guerra entre eles finalmente havia acabado. Não haveria mais vítimas dali em diante, pois Renan e Juliana jamais lhes permitiriam esquecer o que acontecera. Nunca imaginaram que aquela rixa entre eles um dia teria uma pena tão dura.

Em certo momento, o silêncio da cidade foi rompido pelas badaladas do sino da igreja matriz. E, quando finalmente vieram buscar os caixões, Firmino levou uma das mãos à testa para esconder o rosto e chorar pela sua filha. Nesse momento, Adebaldo se afastou da família e caminhou até ele. Ele havia perdido um sobrinho querido, tinha um filho fugitivo, mas seu adversário perdera os dois filhos. Ele não podia calcular a sua dor.

Todos ao redor pararam para olhá-los, apreensivos.

Sem medo da rejeição, Adebaldo colocou uma mão sobre o ombro de Firmino, seguida de um leve aperto de apoio. O prefeito somente assoou o nariz e olhou para ele, com um olhar arrasado, e depois agradeceu pela solidariedade com um meneio de cabeça. Em seguida, todos seguiram juntos o cortejo num silêncio reverente.

O delegado Macedo assistia a tudo de longe, inconformado por não ter conseguido evitar a morte de dois moradores tão jovens. Ele os vira crescer, assim como a Bentinho e Teodoro, que por decisão própria ele acabou deixando escapar. Já havia muita dor para aquelas famílias. Ao menos, ele estava satisfeito com a serenidade apaziguadora, embora sombria, que estava reinando entre eles durante a cerimônia. Uma de suas preces, pelo menos, fora atendida. Confiava que aquele era o início de uma era de paz. Mas a que alto preço...

Angustiado, Macedo acendeu um cigarro, pois a tensão dos últimos momentos o fizera voltar a fumar, e pegou para ler pela décima vez a matéria de capa do jornal da cidade, que, infelizmente, não poderia ser mais verdadeira.

Hoje conheceremos o luto de duas casas, iguais em merecimento, das quais nasceu um par de amantes desafortunados, que somente em sua sepultura o ódio dos familiares conseguiu destituir, sendo assim, na morte, muito mais venturosos do que na vida...

her gentle ... let her hea...
her consen... ...part,
..., within the scope of choice
...sent and ...ding voice
... I hold an old ...tom ...fea...
...ose invited ...a guest,
...es and you ... ...stone
...most welcome, makes my ...
... house look to behold this n...
...ing stars that make dark h...
...t as do lusty young men fee...
...l apparell'd April on the h...
... winter treads, even such d...
...h female buds shall you this...
... my house; hear all, all see,
...er most whose merit most sh...

O AUTOR...

William Shakespeare

Stratford-upon-Avon, 23 de abril de 1564.
Stratford-upon-Avon, 23 de abril de 1616.

Quis o destino que o maior dramaturgo de todos os tempos, William Shakespeare, vivesse numa época em que, graças ao amor da rainha Elisabeth I (1558 – 1603) pelas artes e especialmente pelo teatro, seu incomparável talento pudesse conquistar espaço, encontrando todas as condições favoráveis para florescer, encantando e sensibilizando plateias por toda a Inglaterra de então. Esse período, chamado de Elisabetano ou Era Dourada, sob o patrocínio da célebre rainha, foi um dos mais profícuos e valiosos para todos aqueles que se dedicavam às atividades artísticas, especialmente os dramaturgos, como Shakespeare.

Nascido na pequena Stratford-upon-Avon, provavelmente em 23 de abril de 1564, Shakespeare foi o terceiro dos oito filhos de John Shakespeare, um comerciante de lã, e de Mary Arden, filha de um rico proprietário de terras, e desde a juventude mostrou grande interesse pela literatura e pela escrita. Teve uma vida confortável até os 12 anos, quando o negócio de seu pai faliu. A partir daí, o pequeno Shakespeare precisou começar a trabalhar para ajudar no sustento da família. Mesmo assim, não deixou de estudar latim e de ler autores clássicos, novelas, contos e crônicas, que foram fundamentais para sua formação literária.

Aos 18 anos, casou-se com Anne Hathaway, seis anos mais velha, e com ela teve três filhos: Susanna e os gêmeos Judith e Hamnet, este último falecido precocemente aos 11 anos de idade. Foi somente após seu casamento que Shakespeare começou a escrever com regularidade.

Em 1590, começou a criar sua primeira peça, *Comédia dos erros*, finalizada quatro anos depois. Em 1591, decidiu mudar-se para Londres com a família, a fim de buscar oportunidades na área cultural, pois a cidade vivia um momento artístico verdadeiramente fervilhante, e foi a partir daí que seu talento efetivamente despontou. Em 1592, Shakespeare já estava se tornando conhecido, porém, somente pela sua poesia, pois nesse período, por causa da peste bubônica, os teatros ficaram fechados durante 21 meses. Teve publicados, nessa época, os poemas "Vênus e Adônis" (1593) e "O rapto de Lucrécia" (1594), que, juntamente com "Sonetos" (1609), trouxeram-lhe o devido reconhecimento como poeta.

A partir de 1594, seu prestígio aumentou ainda mais quando começou a trabalhar para a companhia de teatro The Lord Chamberlain's Men, da qual, posteriormente, viria a tornar-se sócio. Com o dinheiro adquirido na companhia teatral, Shakespeare tornou-se rico. Comprou uma casa em Stratford e muitas outras propriedades, tais como hectares de terras férteis e uma casa em Londres.

Embora seus 150 sonetos sejam até hoje considerados os mais belos de todos os tempos, foi na dramaturgia que Shakespeare ganhou incomparável destaque. Entre 1590 e 1611, escreveu a maioria de suas 38 peças, que se dividem entre comédias, tragédias e peças históricas. Sua arte dramática, inclusive, pode ser dividida em três fases: na primeira, compreendida entre 1590 e 1602, escreveu comédias alegres, dramas históricos e tragédias no estilo renascentista; a segunda fase, que vai até 1610, é caracterizada por tragédias grandiosas e comédias amargas, e foi o auge de sua produção; a última fase, que vai até sua morte, é marcada basicamente pelo lançamento de dramas com final conciliatório.

Suas peças são famosas e representadas há séculos, fascinando principalmente pela atemporalidade, pois a natureza humana — em toda a sua gama de grandeza, beleza e imperfeição — está nelas exposta, independentemente do tempo ou do espaço em que foram escritas. Devido a sua genialidade, Shakespeare é considerado o mais importante dramaturgo e escritor de todos os tempos. Seus textos literários são verdadeiras obras de arte, tendo, merecidamente, permanecido vivos até os dias de hoje, não apenas no teatro, mas também na televisão, no cinema e na literatura.

Em 1610, Shakespeare decidiu retornar à sua cidade natal, Stratford-upon-Avon, onde escreveu a última peça, *A Tempestade*, finalizada em 1613. E em 23 de abril de 1616 – coincidentemente no mesmo mês e dia tradicionalmente considerados como sendo os de seu nascimento –, veio a falecer o maior de todos os dramaturgos do Ocidente.

...E ELAS

Lycia Barros

Lycia Barros atua apaixonadamente como escritora desde o lançamento de seu primeiro romance, *A bandeja*, em 2010. Paixão herdada desde que cursou Letras na UFRJ, a autora luso-brasileira tem obras publicadas no Brasil e no exterior, e atualmente reside com o marido e os filhos em Braga, Portugal.

Em 2013, seu primeiro livro recebeu o prêmio literário Codex de Ouro de Melhor Romance Nacional de 2013. Além de escrever, a autora ministra cursos e palestras sobre escrita para novos autores.

Janaina Vieira

Janaina Vieira é carioca, nascida no bairro de Botafogo. Desde muito jovem começou a escrever poesias, contos e crônicas. Mais tarde decidiu escrever para crianças e jovens e publicou seu primeiro livro em parceria com o escritor Júlio Emílio Braz, grande amigo de longa data. Posteriormente deram continuidade à parceria, publicando novas obras em conjunto.

Para ela, escrever é uma das mais belas formas de arte, capaz de levar a sociedade a refletir sobre si mesma, sobre a vida e sobre o mundo onde vivemos.

Foi duas vezes premiada pela União Brasileira de Escritores (UBE-RJ) em 2002, recebeu um dos prêmios Wattys para livros eletrônicos em 2015 e foi a segunda colocada no concurso Cuéntame Un Cuento, da Universidade de Salamanca, Espanha, em 2017. Desde então, dedica-se à publicação de novas obras, entre elas a saga Prometidos, que já alcançou mais de 200 mil leituras no Wattpad.

Na internet: *www.janainavieira.com*

Laura Conrado

Laura Conrado é escritora e autora de títulos de sucesso entre o público jovem, como a série Freud, me tira dessa! e os livros *Quando Saturno voltar*, *Na minha onda*, *Literalmente amigas* e *Heroínas*. É ganhadora do Prêmio Jovem Brasileiro como Destaque na Literatura em 2012 e do Prêmio Destaques Literários 2012 pelo voto popular. Na antologia *Shakespeare e elas*, assina a releitura de "Sonhos de uma noite de verão". Celebrada pelos leitores e pela mídia como um importante nome entre o público jovem, a escrita de Laura reflete os anseios de uma geração e aborda temas importantes como o ingresso na vida adulta e o protagonismo feminino.

Nasceu em Belo Horizonte, Minas Gerais, em 1984. É mestranda em Estudos de Linguagens (POSLING) pelo CEFET-MG, jornalista e pós-graduada em Educação, Criatividade e Tecnologia. Além de escrever, Laura atua como palestrante e facilitadora de cursos de escrita.

Na internet: *www.lauraconrado.com.br*

Esta obra foi composta com a tipografia Electra e impressa
em papel Off-White 70 g/m² na Gráfica Formato.